「臺灣詩學‧吹鼓吹詩論壇」研究

詩人群體、網路傳播與企劃編輯

蔡知臻——著

主編　李瑞騰

總序
二〇二三，挖深織廣

李瑞騰

　　一些寫詩的人集結成為一個團體，是為「詩社」。「一些」是多少？沒有一個地方有規範；寫詩的人簡稱「詩人」，沒有證照，當然更不是一種職業；集結是一個什麼樣的概念？通常是有人起心動念，時機成熟就發起了，找一些朋友來參加，他們之間或有情誼，也可能理念相近，可以互相切磋詩藝，有時聚會聊天，東家長西家短的，然後他們可能會想辦一份詩刊，作為公共平臺，發表詩或者關於詩的意見，也開放給非社員投稿；看不順眼，或聽不下去，就可能論爭，有單挑，有打群架，總之熱鬧滾滾。

　　作為一個團體，詩社可能會有組織章程、同仁公約等，但也可能什麼都沒有，很多事說說也就決定了。因此就有人說，這是剛性的，那是柔性的；依我看，詩人的團體，都是柔性的，當然程度是會有所差別的。

　　「臺灣詩學季刊雜誌社」看起來是「雜誌社」，但其實是「詩社」，一開始辦了一個詩刊《臺灣詩學季刊》（出版了40期），後來多發展出《吹鼓吹詩論壇》（已出版54期），原來的那個季刊就轉型成《臺灣詩學學刊》（已出版42期）。我曾說，這「一社兩刊」的形態，在臺灣是沒有過的；這幾年，又致力於圖書出版，包括同仁詩集、選集、截句系列、詩論叢等，去年又增設「臺灣詩學散文詩叢」。迄今為止總計已出版超過百本了。

　　根據白靈提供的資料，2023年臺灣詩學季刊雜誌社在秀威有六

本書出版（另有蘇紹連主編的吹鼓吹詩人叢書六本），包括截句詩系、同仁詩叢、臺灣詩學論叢、散文詩叢等，略述如下：

本社推行截句有年，已往境外擴展，往更年輕的世代扎根，也更日常化、生活化了。今年只有一本白靈編的《轉身：2022～2023臉書截句選》，我們很難視此為由盛轉衰，從詩社詩刊推動詩運的角度，這很正常，2020年起推動散文詩，已有一些成果。

「散文詩」既非詩化散文，也不是散文化的詩，它將散文和詩融裁成體，一般來說，以事為主體，人物動作構成詩意流動，極難界定。這兩三年，臺灣詩學季刊社除鼓勵散文詩創作以外，特重解讀、批評和系統理論的建立，如去年出版寧靜海和漫魚主編《波特萊爾，你做了什麼？——臺灣詩學散文詩選》、陳政彥《七情七縱——臺灣詩學散文詩解讀》、孟樊《用散文打拍子》三書，提供詩壇和學界參考；今年，臺灣詩學散文詩叢有同仁蘇家立和王羅蜜多的個集《前程》和《漂流的霧派》，個人散文詩集如蘇紹連《驚心散文詩》（1990年）者，在臺灣並不多見，值得觀察。

「同仁詩叢」表面上只有向明《四平調》一本，但前述個人散文詩集其實亦可納入；此外，同仁詩集也有在他家出版的，像靈歌就剛在時報文化出版《前往時間的傷口》（2023年7月）、展元文創出版李飛鵬《那門裏的悲傷——李飛鵬醫師詩圖集之二》（2023年5月）、聯合文學出版楊宗翰的《隱於詩》（2023年4月）、九歌出版林宇軒《心術》（2023年9月）及漫漁《夢的截圖》（2023年10月），以及蕭蕭、蘇紹連、白靈在爾雅出版的三本新世紀詩選……等。向明已逾九旬，老當益壯，迄今猶活躍於網路社群，「四平調」實為「四行詩集」，含不盡之意見於言外。

「臺灣詩學論叢」有二本：蔡知臻《「臺灣詩學‧吹鼓吹詩論壇」研究：詩人群體、網路傳播與企劃編輯》和陳仲義《臺灣現代詩交響——臺灣重點詩人論》。知臻在臺師大國文系的碩博士論文都研究臺灣現代詩，他勤於論述，專業形象鮮明，在臺灣詩學領域

新一代的論者中，特值得期待；我看過他討論過「臺灣詩學・吹鼓吹詩論壇」的「企劃活動執行」、「出版及內容」，史料紮實、論述力強，此專著從詩社和詩刊角度入手，為現代新詩傳播的個案研究，有學術和實務雙重價值。

　　住在廈門鼓浪嶼的詩人教授陳仲義是我們的好友，他學殖深厚，兼通兩岸現代詩學，析論臺灣現代詩一直都很客觀到味，本書為臺灣十九位有代表性的詩人論，陳氏以饒沛的學養提供了兩岸現代詩學與美學豐富的啟迪與借鑒，所論都是重點，特值得我們參考。

　　詩之為藝，語言是關鍵，從里巷歌謠之俚俗與迴環復沓，到講究聲律的「欲使宮羽相變，低昂互節，若前有浮聲，則後須切響」（《宋書・謝靈運傳論》），是詩人的素養和能力；一旦集結成社，團隊的力量就必須出來，至於把力量放在哪裡？怎麼去運作？共識很重要，那正是集體的智慧。

　　臺灣詩學季刊社將不忘初心，不執著於一端，在應行可行之事務上，全力以赴；同仁不論寫詩論詩，都將挖深織廣，於臺灣現代新詩之沃土上努力經之營之。

「臺灣詩學‧吹鼓吹詩論壇」研究：詩人群體、網路傳播與企劃編輯

推薦序
鼓吹詩腸的時代
——蔡知臻《「臺灣詩學‧吹鼓吹詩論壇」研究》序

白靈

（詩人）

　　1950年代之後七十餘年的臺灣詩壇，或可勉強區分為四個階段：50、60年代的「兩個遠方」（西方及大陸）時期，70、80年代的「兩個鄉土」（大鄉土及小鄉土）時期，90和新世紀00年代的「兩個詩壇」（平面與網路）時期，以及10和正在行進中的20年代之「兩個競技」（臺灣與海外、人與智慧機器）時期。而1992年創立的臺灣詩學季刊社創社宗旨是「挖深織廣，詩寫臺灣經驗；剖情析采，論說現代詩學」，已標示了「詩的創作與研究」並重，但「創作優先」的看法。那時網路剛興，「按鍵寫詩」還在熱身，大致尚處於「詩的手工業時代」的尾端，創社同仁對如何介入當時新興的詩網路詩壇世界，所知有限，尚乏共識。

　　等到了2002年，走了10年已出版了40期的《臺灣詩學季刊》停刊，並改版為更著重詩學研究的《臺灣詩學學刊》（鄭慧如開端，接續是唐捐、林于弘、解昆樺各主編5年，目前是楊宗翰）。此其時，早已在新興網路活躍數年的同仁蘇紹連，以米羅‧卡索之名，先於1997年6月《臺灣詩學季刊》19期開設「網路詩版探索」專欄，首度介紹網路詩，其後他自行設立「現代詩的島嶼」（1998）、「Flash超文學」（2000）等網頁，2002年8月又曾先設《臺灣詩學網路創版》接受網路詩作投稿於早期的學刊上，2003年

他識得超大先機，建請詩社支持，於該年6月設立「吹鼓吹詩論壇網站」，申請網址登錄上網，又再於2005年創設精選網路詩作出版同名稱之《吹鼓吹詩論壇》詩刊（蘇紹連主編九年，再交棒予陳政彥及李桂媚，目前是蘇家立及楚狂雙主編），這一連串的動作，從此使得臺灣詩學季刊社成了真正符合詩刊與學刊並行、創作與研究並重、網上網下同步的組織。

因此，以「吹鼓吹詩論壇」命名的網站及刊物，是新世紀以來，觀察臺灣新詩創作的指標性場域，此一於「兩個詩壇」（平面與網路）後半期和「兩個競技」（臺灣與海外、人與智慧機器）前半期詩壇上最重要的名稱，更成了諸多70及80年代詩人及其他年齡段作者互動活躍過且最不可磨滅的記憶。如何為這階段複雜且不易整理的詩史留下紀錄，成了相當棘手的大難題。

幸有本書的作者、年輕詩人學者蔡知臻不畏網路錯綜紛繁之險阻艱難，以數年時間的觀察、收集、整理和研究，獨立完成此項任務，真是極為難得。此書先是對「吹鼓吹詩論壇」網站的誕生與最終命運做了一番回顧，包括18年（2003-2021）始終堅持的論壇原則、版主推薦與置頂機制，也針對時不時就會產生的作品論戰做了舉隅追蹤，雖然對詩的看法南轅北轍，卻各能充分表達且留下了完整的紀載。再對後來網路部分功能移轉至臉書、賡續命脈的「facebook詩論壇」的運作機制及其徵獎企劃也作了考察，以及再後起的「吹鼓吹詩論壇Instagram版」的運作與詩人回顧等等，算是對此大型詩網站的來龍去脈、起落和時代任務告一段落後的後續發展，作了系統性的追蹤。此詩網站2021年5月底停止運作後，並未形成人去樓空、廢置乏力的人造衛星停在半空中，而是於暫停運作後，6月1日起改由詩社同仁陳徵蔚教授接手，將之轉型為超大型網路資料庫，其中發表過的十幾萬首詩、舉辦過的活動、曾經成立的各個版名、駐過站的版主、發表過的每篇詩作均如履痕或齒痕印在網上，歷歷在目，仍可供層層深入、尋查、閱覽，讀者對其規模和

內容若有興趣，可由http://120.124.120.106/進入參訪。

　　本書最有趣的是第二章及第三章，作者用了兩章的篇幅回顧了於「吹鼓吹詩論壇」詩網上活躍過的詩人群體，乃根據作者於「吹鼓吹詩論壇IG版」專欄與相關文章彙整改寫完成。抽樣討論了較活躍的31位詩人，從蘇紹連（1949-）到林宇軒（1999-），足足有半世紀年齡段的差異，除較年長的靈歌、曾美玲、葉子鳥、寧靜海，其餘主力多為70年代出生的王宗仁、許赫、李長青、曹尼、達瑞、鯨向海、陳思嫻、楊佳嫻、冰夕、德尉（莊仁傑）、黃羊川，和80年代出生的蘇家立、涂沛宗、楚影、柯彥瑩（余小光）、阿米、陳允元、羅毓嘉、波戈拉、趙文豪、巫時，更年輕的則為90年代出生的洪國恩、小令、施傑原、王信益、林宇軒等。

　　其實限於篇幅及時間，曾在此網站上活躍過的遠遠不只上述這些名單，比如2012年爾雅版蘇紹連主編的《新世紀吹鼓吹：網路世代詩人選》中所選21人中有多達14人都不在其中，他們曾是《吹鼓吹詩論壇》網站前半段時期中的「資優生」，包括50年代出生的王羅蜜多、60年代出生的若爾·諾爾、劉金雄、蘇善，以及70年代的負離子、古塵、希瑪、然靈、劉哲廷，80年代的藍丘、陳牧宏、喵球、橄曦、90年代的百良等，加上前面本書所寫31人，如此就有45位詩人成了《吹鼓吹詩論壇》網站的主力，其實力和影響力真不可小覷。

　　上述詩人大半仍活躍於當代詩壇，他們出現於「吹鼓吹詩論壇」的軌跡乃至發表於此網站的時間點和長短均不同，此書雖只對前述31位作了追蹤，仍可看出運作18年的網站之大致影蹤和奧妙。比如最近以《前往時間的傷口》一書火紅、短時間即再版的靈歌，重拾詩筆，以六十大齡於2013年1月才由「吹鼓吹詩論壇」網站再出發，十年磨一劍，近年更是意象突奇噴發、越發銳利，令人刮目相看，而其於詩網上的版主經驗對其創作一定大有助益。二十餘歲即加入的蘇家立說後來成為版主才知「不僅僅要排班輪值，還要事

必躬親」、「此時讀詩化為沉重的責任，而不再是排憂解悶或自娛」，為詩網站的運作之不易做了註腳。這也是站長葉子鳥會發表為數可觀的6014篇文，大多數卻是與詩人們的互動、站務彙報、徵文啟示等，當然也包括詩創作，卻也見出她的活躍度和扛的責任有多沉重。

由此書的抽樣，可看到諸如：鯨向海於「吹鼓吹詩論壇」活動的時間為2003年至2012年，2003年6月18日開設了一個「男子漢詩歌版」，以凸顯性別意識的自主。羅毓嘉在論壇發表的第一首詩作〈我們〉，是於2005年11月24日發表於〈同志詩〉版。若搜尋以《要歌要舞要學狼》聞名的女詩人阿米的蹤跡，可看到她發表的筆數相當可觀，從2009直到2017年，發表的詩版非常多元，包括俳句‧小詩、分行詩第一版、中短詩、組詩‧長詩、情詩、女性詩歌、童詩、小說詩、人物詩、惡童詩、圖象詩、散文詩、政治詩等等版面，幾乎無版不入，正可提供研究詩人作品發表的先後蹤跡，乃至可尋查與印成書後的定稿有否不同。其他比如擅長詼諧、好玩詩作的許赫，作者稱他為「百變詩人」，2003至2011年也是深及各版面，乃至人物詩版、國民詩版、朗誦詩版等都可以發現詩人的詩創作，早在2008年7月16日於「分行詩」第一版發表〈臺灣新詩解放陣線〉一詩，正呼應了他此後一直提倡的「告別好詩」運動。另如最年輕的林宇軒於16歲的2015年即開始在論壇上發表創作，集中在少年詩園、小詩版、分行詩版、圖像詩版以及隱題詩版，其留下的痕跡和少作仍可供後人在此網站繼續追蹤。

接下來的第四章則專注在紙本詩刊《吹鼓吹詩論壇》的內容研究，以16至44期之「專題評論」為討論焦點，就主要的守門人的企劃方式及重要評論者做了概述和舉例。其實詩刊迄今已出了54期，內容繁雜，如此就專題評論來看一本詩刊的編輯方向，而未及於詩作本身，難以更全面照顧述及，當然是化繁就簡的方式，恐也是篇幅所限。第五章「吹鼓吹詩論壇」則以詩社近十年北中南舉行「吹

鼓吹詩雅集」之企劃活動執行做一番探討,留下了許多紀錄。第六章也頗特別,則是就「吹鼓吹詩論壇」網站在臉書上的延伸——以「facebook詩論壇」為名的粉絲網頁於2017年1月起引發的截句詩潮,其後出版了五十餘本相關書籍,其餘波盪漾,正可看出網路詩跨地域、跨性別、跨職業、跨媒介、跨時空及去中心化的後現代特質。比如王羅蜜多曾是戶政事務所主任、若爾・諾爾是商科教授、劉金雄是電子公司協理、負離子是密西根大學機械工程博士及軟體設計師,皆散居各地,專業都與詩文學相隔甚遠,透過詩網站卻得以牽連在一起,這是過去手工業寫詩時期難以想像的。由以上數章,可看出網路時代的詩交流之便捷,尤其為「臺灣與海外」華裔詩人們既牽連又相互競技的複雜關係開啟了便捷的管道,均是值得關切的焦點。

　　蔡知臻此書從「吹鼓吹詩論壇」網站的起源開始,就其對「兩個詩壇」(平面與網路) 後半和「兩個競技」(臺灣與海外、人與智慧機器) 前半的二十年,臺灣詩壇上最重要的「關鍵詞」——「吹鼓吹詩論壇」,如何跨網上網下、如何虛擬與實體互動共振,做了一初步但全面性的探討,為新世紀前二十年的詩國如何「擴及全境」做了一些切片審視,實屬不易,也提供未來詩史很重要的參考,更為後來者指出了可能的運作方向。當然,此書未探討到的《臺灣詩學吹鼓吹詩人叢書》,亦由蘇紹連主編,於2008年提出此出版企劃,2009年於秀威出版了黃羊川《血比蜜甜》、陳牧宏《水手日誌》、負離子《回聲之書》三位詩人的詩集。迄今已超過五十本,作者大多數與「吹鼓吹詩論壇」網站或詩刊有密切關聯,也是值得探索網路世代詩人風格的另一方向。包括他主編的《新世紀吹鼓吹:網路世代詩人選》在內,蘇紹連說:「他們的創作風氣主要來自於網路詩友們的砥礪及自我警惕後的塑造,反而吸收平媒詩集和詩刊雜誌的養分比較少,甚至很難找出他們的詩創作血源與臺灣前輩詩人有何明顯的關係,這群網路地下城的詩人們是集體以自

力更生的方式發展著個人的詩作形貌。」「網路地下城」如何運轉，棄前輩血源而「集體自力更生」，他們這些特色，其實已可在蔡知臻這本書中找到若干線索和端倪。

「吹鼓吹」三字以臺灣話說，是「嗙鼓吹（pun´-kɔˋ-ts'ue）」，西洋指吹喇叭，中式指吹嗩吶，且多用在婚喪喜慶或戲劇演出上。此三字強調了「吹ts'ue」或「嗙pun´」，但接後頭的「鼓吹（kɔˋ-ts'ue）」二字其實是複合詞，有「鼓」又有「吹」，實際演奏時的鼓吹樂器乃由打鼓的（也應含敲鑼打鈸的）和吹嗩吶（喇叭）的組成才熱鬧，而演奏樂器鼓吹時，旋律由嗩吶（喇叭）主導吹奏，打鼓（及鑼鈸）相對而言是伴奏性質，於是「嗙吹拍鼓（pun´-ts'ue p'aʔ-kɔˋ）」（即吹嗩吶打鼓）就簡化成「嗙鼓吹（pun´-kɔˋ-ts'ue）」。敲鼓吹樂中，主角「吹嗩吶（喇叭）」做當家，打鼓（及鑼鈸）接著一起上，「吹鼓吹詩論壇」網站的成功即是一綿長「鼓吹詩腸」的隊伍。蘇紹連曾引唐‧馮贄《雲仙雜記‧卷二‧俗耳鍼砭詩腸鼓吹》：「往聽黃鸝聲，此俗耳針砭，詩腸鼓吹，汝知之乎？」是說聽見黃鸝叫聲，足以清淨俗耳，引發詩情。此處他指出使用「吹鼓吹」三字的初衷，即是在網路初興的最好年代鼓勵愛詩人走上「借網便」參與「鼓吹」、「詩腸」的隊伍。此處「詩腸」指詩思、詩情，如「精異劉言史，詩腸傾珠河」（唐‧孟郊〈哭劉言史〉）、「詩腸苦與墨同磨，時逢炎景歡娛少」（清唐孫華〈長夏閑居雜感次隨庵韻〉），「腸」一字與「心」或「腦」並無分別，「腸懸一寸心」、「腸斷思紛紛」，均是此意。

一如在網路初起，蘇紹連創作了百首超文本詩一樣，在諸多詩人睜開眼睛看清前方之前，他總是站在時代的最前端，引發別人跟隨。「吹鼓吹詩論壇」一詞即由他命名及創立，以同一名稱在網路（2003）及平面（2005）詩壇熱鬧了近二十年，也使1992年創立的臺灣詩學季刊社在臺灣百年新詩史上開啟了成為唯一擁有學術型學刊及創作型詩刊兩個刊物的詩社，也創發出長達18年恐是史上規模

及品類最繁複也最龐大的詩網站（2003-2021），深刻地影響著臺灣新詩的發展。蔡知臻此書的論著，即為此時期及後續的發展和餘波曲線作了紀錄、存真和探討，重要性不言可喻，也甚值方家矚目和重視，更全面性深入的探索和研究就有待來日了。

「吹鼓吹詩論壇」詩網站
（2003-2021）資料庫

推薦序
「品味」一個人的詩歌史：
臺灣新世紀詩歌發展的微型圖誌
——讀知臻「臺灣詩學・吹鼓吹詩論壇」研究

林淑瑩

（淡江大學中國文學學系兼任助理教授）

　　這是一本在研究內容和架構形式上，超越一般詩學評議的著述。字裡行間飽含著知臻作為學者詩人的專業素養、詩性語言以及對文學的真摯情感。

　　知臻的新著文字真誠直率，評論具獨到見地，邏輯清晰，脈絡完整，全書共分六章，緊扣「吹鼓吹詩論壇」為主題對象，探索此詩歌群落內在的生命軌跡，並廓清其外沿的拓界成果，尤其當中涉及「詩人群像」的個別作品討論，用力之深讓人感佩、感動。宏觀與微觀的視野相互折射，側面呈現了臺灣新世紀詩歌發展史的微型圖誌，照映了書中所論及的每位詩人、詩評家「一個人」的詩歌史繁景，它同時也是作者知臻，在文創路途上又一段盛開的個人詩歌史進程。

　　他對全書的規劃與佈局，所有的寫作初衷與希冀達到的研究目標，全都在〈緒論〉中有所交代；其中與「吹鼓吹詩論壇」的緣分締結始末，是作者在日常生活中，眾多生命故事的迷人結合，開篇即打動讀者的共感之心。

　　接續的第一章以恢宏的史詩筆觸，詳述了「吹鼓吹詩論壇」的發展沿革，伴隨著作者理性與感性兼備的口吻，讀者能沿此詩歌論

壇的「沉浸式」足跡，延伸至對臺灣當代詩歌環境的初步認識，均是本論文的基石。當中對詩論壇「典律」的生成與建構過程，更提出自身看法，認為其守門人和作品審查機制特色，反映了「一種處於後現代社會所展示的『多元文學典律』」，更符合現今文學、文化與社會的發展走向，也更契合讀者與文學創作者的心理期待，客觀給予了「吹鼓吹詩論壇」公允的歷史評價與地位。

這種節制的客觀立場，還表現在其對所舉兩例詩歌「論戰」的緣由分析上，為我們展示了新世紀民間與詩壇的激烈碰撞，突出了人人可以成為作家、詩人的時代，每一位版主的專業與氣度、詩友的熱情與理念，而彼此交流的火花，都在知臻高度格局的統整之下，化為一場必要的盛宴，促使臺灣現代詩歌朝向更好的境地發展。所有詩歌交流機制、環境與平台的種種現象，帶出文學創作環境的整體變遷，經由知臻有序地、技巧的整理之下，我們看見了經由文學論戰開展一個新創時代的來臨。

對「吹鼓吹詩論壇」內外緣拓展脈絡有興趣的讀者，還可細覽本書第四、五章的「專題評論」、「吹鼓吹詩雅集」等企劃內容，並可加以參閱豐富的各輯「附錄」，隨著時間線的推展，各種讀書會（甚至附上照片）的舉辦也一一呈現，詩歌論壇在時空中的成長歷歷可見，可對吹鼓吹詩刊、論壇的獨特性質有所精確掌握；這幾個章節架構能建立的如此完整，是作者費心於齊全資料的基礎上而有所成，也顯見了其勤勉的學問功底與可貴的人格特質，令人印象深刻。

第六章的「截句詩潮」是全書的亮點之一，「吹鼓吹詩論壇」對此一時代氛圍與文學環境推波助瀾之下所產生的詩歌浪潮，有著相當程度的關聯與參與，知臻的新著能特別關注此議題，亦是緊貼現代詩的浪潮軌跡。截句、小詩的興起與FB、IG等新世紀社群媒體的普及密切相關，包括知臻尤為關注的新生代詩人，以及一般對詩歌創作有興趣的新生寫手，這一詩歌體裁是極為適合而重要的「試

金石」，有天賦或勤懇的作者，日後逐步以此過渡至中長詩、散文詩乃至其他詩類。詩歌與詩人的成長細節，均在本章具顯。

　　與末章聯動的，則是本書核心重點的第二、三章，作者從「主題詩」入手，對收錄於「吹鼓吹詩論壇」的詩人及其詩作，進行個別與群體的析論，表現相當精采。對31位詩人進行個別品評，這是知臻長久以來積累的詩評功力與成就展現。對詩風相近的詩人，先行主類分群，再為每一位詩人精準定下一個精當、精確的主題。簡介了他們的創作歷程、寫作特色，揀選了一至二首在論壇上發表過的，具代表性或獨特性的詩作，並給予專業、學術品評與詩藝特色的分析見解。這絕對是一個浩大的工程，知臻集創作與學術於一身的才華，精準靈動、悠然暢快的眼光與筆法，在此完全施展。更需一提的是，誠如前述所言，知臻相當心悅於出生於1980、1990年代的新生代（新世代詩人），恰好「吹鼓吹詩論壇」給予了這一眾年輕詩人一個創作的烏托邦樂園，他們諸多是臺灣當代詩歌史中，尚未論及的詩人，是以知臻在這兩個章節的深入探索，為這一新生代詩群在文學與詩歌史上的入列，開啟了極為關鍵的鋪墊，是相當重要的臺灣現代詩析評著作，可以說是臺灣現代新詩歌史大道上的，另一條悠長小徑，帶我們領略了同一個方向，但風景迥異的文學面貌。

　　以上是我個人對知臻這部新著的閱讀心得與淺見。而回顧我與他的相識「契機」，實屬偶然，相處多是在學術會議的短暫接觸、以及工作上的電子信件往返，但在惺惺相惜的默契交流中，總對知臻留下更好、更深邃的印象：他的謙遜、勤勉、才華橫溢、真誠、以及內斂的熱情，著實打動人心。對這位年輕的學者詩人，我極為珍視；並且深信，他應為世界所珍視。

　　一個人的氣質裡，藏著他一生讀過的書，走過的路，和愛過的人。而在知臻，還需加上其字裡行間的寫作餘韻，這是最值得品味的，屬於知臻一個人的詩歌史。

林淑瑩　2023.7.9　於淡水

附註：

1、本篇題名「品味」，代指本書作者知臻的首部詩集《品味》
　　（2017年）。

2、題名另借用了中國大陸當代詩人劉春所著《一個人的詩歌史（三
　　部曲）》（廣西師範大學出版社，2010年12月）。

推薦序
史料與系譜：打破當代詩社群的刻板印象

林宇軒
（青年詩人）

　　每堂現代詩課開始前，陳義芝老師總會先分享近日種種的文學念想：對新出版詩集的看法、參與文學獎評審時遇見的優秀作品、哪位詩人舉辦的活動……每週的課堂儼然是小型的詩壇快報。教室裡強烈的「師徒」之感，讓我至今仍不時懷念在師大國文這段「建構詩學觀念」的美好時光。

　　雖然沒有深交，但席間老師總會不時談及當時仍就讀博班的知臻學長。身為同樣研究、創作雙棲的寫作者，在各種交流中都能感受到學長對詩、對文學的熱忱。本書以我曾活動數年的「臺灣詩學・吹鼓吹詩論壇」為研究主題，有幸受學長之邀而忝為作序，還請海涵。

▍「書刊」外的詩社

　　「臺灣詩學季刊雜誌社」雖名為「雜誌社」，但實際上的活動不僅止於書刊的發行，是個不折不扣的「詩社」。雖然「詩社」不等同於「詩刊」的觀念早在20世紀就有許多討論，但遍覽過往臺灣詩社群的研究，大多都還是以「書刊」（含選集與詩刊）作為觀測「詩社」的取徑。

　　於此，知臻學長的《「臺灣詩學・吹鼓吹詩論壇」研究：詩人群體、網路傳播與企劃編輯》採取了不同於以往的新路，在刊物編纂之外選擇「網路論壇」、「詩人系譜」、「文學運動」等為研

究重點，切入的視角令人耳目一新。就我的觀察，這本書的最大貢獻，在於「打破當代詩社群的刻板印象」。

▍揀選關鍵史料

第一個「打破刻板印象」的方式，是「揀選關鍵史料」。

網路時代訊息龐雜，任何資料都可能轉瞬即逝，要進行與其相關的研究可說是一件困難的大工程。如何獨具慧眼地「揀選關鍵史料」來論述？一切端看研究者的能耐。以目前並未關站、但實際功能也已和「臺灣詩學・吹鼓吹詩論壇」同樣變為資料庫的「喜菡文學網」（1998- ）來說，林思彤在其碩士論文內對於典律建構、詩人作品乃至於筆戰，都有詳細的分析。

相對照之下，雖然《「臺灣詩學・吹鼓吹詩論壇」研究：詩人群體、網路傳播與企劃編輯》也選擇典律建構與筆戰來探討，但延伸論及了SNS網路社群平臺的「facebook詩論壇」與「吹鼓吹詩論壇Instagram版」，其間統整的「刊物編選流程」圖表以當代的視野揭示了詩刊在投稿方式上的轉變。

▍點畫詩人系譜

全書另一個重要貢獻，在於「點畫詩人系譜」。

值得注意的是，《「臺灣詩學・吹鼓吹詩論壇」研究：詩人群體、網路傳播與企劃編輯》從範疇較廣的「班底」而不從狹義的「同仁」切入，擴大了臺灣當代詩社群的研究可能。過往這些詩人們在「臺灣詩學・吹鼓吹詩論壇」的發表，除了呈現出「書刊」以外文學活動在當代的重要性，同時也為詩論壇在文學史定位──儘管網站關閉了，但其已然是活躍於2000至2010年代詩人們的集體記憶、臺灣文學的共同資產。

透過近於「挖出黑歷史」的方式，全書簡要地帶領讀者認識這批「詩人群」，同時揭露了詩人在「紙本」之外的另一面。當中

的議題有許多延伸討論的空間，比如楚影在臉書與文學論壇間「活動模式與效果」的差異、陳允元「被遺忘的孔雀獸」究竟是「被遺忘」還是集結時的「刻意捨去」等，這些現象在網路時代都值得進一步探尋。

▌更多的觀測方式

在前述的觀察之外，全書也有許多創見，比如將「吹鼓吹詩雅集」與詩社的「鼓動小詩風潮」連結，拓展了「文學運動」的可能。另外，書中眾多表格的統整也清楚呈現了各類資訊；加入個人生命經驗、不見慣常學術語言的書寫方式，讀來亦不會讓人感到過於繁重。

當然，「臺灣詩學・吹鼓吹詩論壇」的研究遠遠不只有書中的這些，還有「吹鼓吹詩人叢書」、每年度的徵稿與詩社聚會、「facebook詩論壇」與其他臉書詩社團的關係等，都是留待往後研究的領域。在文學活動愈加倚賴網路的當代，喜見學長的專書出版，期待未來有更多研究出現，共同發掘當代詩社群的可能。

　　「臺灣詩學・吹鼓吹詩論壇」研究：詩人群體、網路傳播與企劃編輯

▎推薦語

　　綜覽微觀「臺灣詩學‧吹鼓吹詩論壇」創制崛起興盛歷程，衡諸縱橫之辛墾力掘極深、辯詰剖理甚殷、析論評敘也廣、意識資訊亦龐，允為注視青春詩壇、關照新興世代的著錄書典之範式價值，謹予嘉勉鼓勵與推薦。

——田運良
（詩人、佛光大學中國文學與應用學系助理教授）

　　知臻以吹鼓吹為研究對象，透過詩人群體、網路傳播與企劃編輯的角度全面觀察吹鼓吹的發展，從歷史的宏觀面看到詩刊的經營與發展，也從發表人的角度看到詩刊的魅力與水準，細部的評析與統整資料的能力，讓人沉浸學術的知性之美當中，令人感動且讚嘆。

——李翠瑛
（詩人薆朵、元智大學中國語文學系副教授）

這本書是吹鼓吹的重要文學史料，也可以是現代詩創作新手與經營者的參考指南。一群有志的詩人不斷透過紙本刊物、實體活動與數位網路平台，進行現代詩跨媒介的傳播與實驗，開展多重文學典律的可能，為現代詩的過去、現在與未來，展現了一條多元的前行道路。

——黃慧鳳

（靜宜大學閱讀書寫暨素養課程研發中心助理教授）

詩人學者蔡知臻以文學傳播學的視角全面考察「吹鼓吹詩論壇」在臺灣詩學上造成的傳播影響，並深究其詩人社群與截句書寫運動，脈絡梳理翔實，論述精闢，由此拓展了詩刊場域研究的縱深幅度，是現代詩學不可忽視的重要研究。

——鄭智仁

（詩人、高雄醫學大學語言與文化中心助理教授）

健步在「學者」研究「詩人」這條學術進路上，知臻身兼此二者，筆耕不輟、真積力久，既有學者嚴謹闡釋的功底，又有煨熱詩藝、詩情的靈敏。他以深刻微觀的筆觸完成此書，漫遊「吹鼓吹詩論壇」詩人群像當中，精雕細琢，饒富意趣。

——鍾永興

（詩人徐行、廈門大學嘉庚學院人文與傳播學院副教授）

目次

緒論
契機與巧合、討論與研究

　　本書書名為：「臺灣詩學・吹鼓吹詩論壇」研究：詩人群體、網路傳播與企劃編輯，主探究臺灣詩學季刊社之詩人群體、論壇之傳播與相關企劃活動的推行與廣播，藉由文學與社會、傳播之關係研究，企圖建構一套從網路到紙本刊物、從學院到大眾、從嚴肅詩到推廣詩之進程、歷史與場域研究。

　　這本書的完成花近四年的時間，更是在我就讀博士班期間至今始料未及的一場饗宴。2019年10月左右，筆者發現吾師李老師翠瑛於「facebook詩論壇」發表了一篇解讀孟樊的截句評論文章，當下只是萌生好奇心，所以私訊老師提及自己是否也能夠撰寫截句評論投稿？經過翠瑛師的詢問與思考，筆者將已完成的一篇截句解讀發表在「facebook詩論壇」上，很幸運的後來經由詩人卡夫、寧靜海的編選，收入在兩人主編的《淘氣書寫與帥氣閱讀：截句解讀一百篇》（臺北：秀威，2019.11）當中。爾後與詩人寧靜海有較多的聯繫與討論，她直指筆者的評論文字上乘，「吹鼓吹詩論壇」的詩人葉子鳥似乎有工作需要筆者協助執行，當時筆者相當納悶，畢竟我與這幾位「吹鼓吹詩論壇」的詩人老師不是非常熟識，起先認為，應該會是擔任論壇版主之類的事務！但後來葉子鳥私訊筆者，說明「吹鼓吹詩論壇」將要開設Instagram（IG）版，希望能由筆者執筆，書寫「吹鼓吹詩論壇」上的詩人足跡。「吹鼓吹詩論壇」於2003年6月11日開壇，至關臺已營運近20年，從論壇上可觀察諸多臺灣現代詩人的成長歷程與寫作軌跡，有些是現已成名的青年詩

人，或是在論壇上互動踴躍的詩人，撰寫連載文章沒有特定的限制，只是希望能夠藉由「吹鼓吹詩論壇」之回顧方式，讓閱讀者能夠看到這些詩人在論壇上的互動與經歷，並且推廣、增高「吹鼓吹詩論壇」的使用率與註冊率。

　　接受邀請撰寫專欄文章，筆者沒多思考就承接此任務。從2020年7月開始撰文籌備，希望能夠趕上2020年9月Instagram（IG）版開設後的貼文。回顧專欄的文章，一路寫到2021年6月左右，總共回顧30位重要的詩人於「吹鼓吹詩論壇」上的互動。後來經由葉子鳥的詢問，說明這個專欄寫作的文章是否有成書的可能，筆者起先認為或許不太行，因為專欄的字數還不足以成書，但得知詩人白靈老師同意這本書可於2021年底進到臺灣詩學書系當中出版，筆者甚是驚訝，並且也在同時，下定決心要完成一整個系列的「臺灣詩學・吹鼓吹詩論壇」之整體研究，加上2021年5月31日「吹鼓吹詩論壇」面臨關臺的事實，筆者認為這樣的研究回顧似乎有必要做一個統整性的彙整，並且發表或出版，不敢說這會是一本怎樣的書，但筆者有機會能夠將「臺灣詩學・吹鼓吹詩論壇」研究書寫成書，都是機緣契機，也是巧合！

　　但事與願違，因為筆者同時處理博士論文的關係，2021年未能完成並順利出版此書，因有更多面向的處理是當時未曾想到、或是無法及時完成的，所以拖到現在。關於「吹鼓吹詩論壇」及其相關研究，如要有一個較為整體性的探討，必須要上承臺灣詩學季刊社，下承「吹鼓吹詩論壇」所引發的相關組織成立與刊物創辦，所以本書所涉及的討論除了網路論壇「吹鼓吹詩論壇」以外，包括臺灣詩學季刊社，以及《臺灣詩學學刊》、《吹鼓吹詩論壇》兩個刊物，加上「facebook詩論壇」、「吹鼓吹詩論壇Instagram版」、臺灣詩學季刊社所企劃的「吹鼓吹詩雅集」、「競寫」活動、出版品，最後是學術研討會等，這些都包含在筆者所撰寫內文當中，當然比重部分可能會有所不同，但以上資料皆是本研究不可避諱，需納入

討論。

　　依據上述，本書的研究路徑，預計從「吹鼓吹詩論壇」的文學典律建置、變化與後續影響為開端，進入一個較為概略性、以及整體性對「吹鼓吹詩論壇」的交代。第一章筆者將從「吹鼓吹詩論壇」的誕生直到關臺的命運做一個簡單回顧與爬梳，進而討論「吹鼓吹詩論壇」的執行模式與原則，以及作品精選的置頂機置與版主推薦的美學觀與多樣性辯證。再來，舉出兩個「吹鼓吹詩論壇」上的論戰實例，探究這些實際會發生在論壇中的景況，且版主、詩友等人應該如何回覆與處理。最後，「吹鼓吹詩論壇」因應網路社群與使用版面的轉換與更新，於是成立「facebook詩論壇」以及「吹鼓吹詩論壇Instagram版」，筆者進一步討論這兩個論壇版面的功用與發展。

　　第二章、第三章用兩章的篇幅回顧於「吹鼓吹詩論壇」上活躍的詩人群體，主要是由筆者於「吹鼓吹詩論壇IG版」專欄與相關文章彙整改寫完成。總共討論三十一位詩人，為蘇紹連（1949-）、靈歌（1951-）、葉子鳥（1961-）、王宗仁（1970-）、許赫（1975-）、李長青（1975-）、曹尼（1979-）、達瑞（1979-）、蘇家立（1983-）、涂沛宗（1984-）、楚影（1988-）、柯彥瑩（余小光）（1988-）、曾美玲（1960-）、鯨向海（1976-）、陳思嫻（1977-）、楊佳嫻（1978-）冰夕（1978-）、德尉（1979-）、黃羊川（1979-）、阿米（1980-）、陳允元（1981-）、羅毓嘉（1985-）、波戈拉（1985-）、趙文豪（1986-）、巫時（1990-）、洪國恩（1991-）、小令（1991-）、施傑原（1993-）、王信益（1998-）、林宇軒（1999-）、寧靜海（？-）。筆者從這些詩人不同的書寫主題，以共同的角度思考其關懷，展示至自身詩作創作上。

　　第四章為《吹鼓吹詩論壇》紙本刊物的主題研究，以十九期至四十四期的專題評論為例思考「吹鼓吹詩論壇」、文學傳播、守門人、企劃編輯、專題評論等議題之交會。《吹鼓吹詩論壇》是臺灣

詩學季刊社於2005年由蘇紹連領軍創辦的刊物，主要以詩創作，輔以相關評論以及詩活動為主要的刊行內容，聚集了許多詩社同仁，以及詩愛好者參與。《吹鼓吹詩論壇》前十九期的研究與討論已經展開，但後續期數的討論卻還有可以發揮的空間，所以本章試從十六期至四十四期討論詩刊的幾個重要命題，包括守門人的轉換與風格、刊物企劃編輯與命題設定，以及主要以創作為導向的詩刊，其所刊載的「專題評論」之作者群與刊行內容走向等相關問題。本章認為，從網路論壇到紙本刊物，《吹鼓吹詩論壇》引領了臺灣詩壇的走向，也受到眾多創作者、研究者與詩愛好者的支持與肯定，更牽涉到了文學傳播、企劃與議題建構等發展與時事社會之呼應。

第五章討論「吹鼓吹詩論壇」之企劃活動，關心近年所舉辦重要的詩創作、推廣的相關活動，即是從2014年推動的「吹鼓吹詩雅集」活動，藉由北部、中部、南部的群體、實體詩會，由不同主辦人、不同主評人與與會詩人的互相激盪、評價與回饋增加交流，本章希冀從「吹鼓吹詩雅集」的執行、辦理與成效，看出並了解臺灣詩學與吹鼓吹詩論壇對於現代詩推廣與傳播之能動性與多元性。

第六章討論近年臺灣詩學季刊社所推廣的「截句書寫運動」，將從三個部分進行研究回顧與述評。第一部分簡述2017至今的截句徵獎企劃，截句詩創作之主題、形式與推廣變化多元，詩社做了哪些努力與推廣民眾一同寫截句，達成人人都能寫詩的願景；第二部分探討截句作為一門學術研究，臺灣詩學季刊社做了哪些努力，以及相關研究的產出與回應等；第三部分探討從2017至今企劃並出版的截句詩系書籍，參與的詩人、主題、類型等，也進一步指出「截句詩潮」的消長狀態。

本書得以完成，感謝我的兩位老師：陳義芝老師與李翠瑛老師，他們分別在不同時期給予我現代詩學研究的學術養成與提點。還有眾多詩人老師、友人協助提供本書相關資料與觀點，包括白靈老師、蘇紹連老師、陳政彥老師、寧靜海老師、葉子鳥老師、靈歌

老師、曼殊沙華老師、蘇家立老師、宇軒、彥碩，更要感謝曾於「吹鼓吹詩論壇」努力的詩友們，以及季刊社的師長們之指正。另外，特別感謝白靈老師為本書撰序，補足歷史與詩社發展等相關內容。也感謝林淑瑩老師願意抽出寶貴的時間為拙著專文作序，我認為淑瑩老師是「知音」，從以前到現在都給予我大大的鼓勵；再來是宇軒帶著青年學者、創作者的觀察視角推薦這本作品，我相當欣賞他的勤勉與積極；感謝田運良老師、李翠瑛老師、黃慧鳳老師、鄭智仁老師以及鍾永興老師的推薦語，增添本書光彩。我所任職的國立臺中科技大學讓我能安心在此研究與教學，師長與同事也多給予後輩大大的肯定與鼓勵，我相當珍惜。最後，感謝我的父母、姊姊一路的支持，希望我能一直進步，成為更好的人。

　　本書部分內容初稿曾以不同形式發表，並經大幅修改後收入，以下條列說明之：

一、「吹鼓吹詩論壇IG版」專欄

1. 〈「吹鼓吹詩論壇」之詩人足跡：鯨向海（1）──「男子漢詩歌」是什麼？〉，發表於「吹鼓吹詩論壇IG版」2020年10月16日，網址：https://reurl.cc/2gQO1O。

2. 〈「吹鼓吹詩論壇」之詩人足跡：楊佳嫻（2）──你的現代詩啟蒙書？世代差異？〉，發表於「吹鼓吹詩論壇IG版」2020年10月23日，網址：https://reurl.cc/8neMG7。

3. 〈「吹鼓吹詩論壇」之詩人足跡（3）曹尼──從試探、地方到遷徙〉，發表於「吹鼓吹詩論壇IG版」2020年10月30日，網址：https://reurl.cc/v1oNON。

4. 〈「吹鼓吹詩論壇」之詩人足跡（4）羅毓嘉──涉入的詩樂園〉，發表於「吹鼓吹詩論壇IG版」2020年11月6日，網址：https://reurl.cc/R1QA6z。

5. 〈「吹鼓吹詩論壇」之詩人足跡（5）許赫──百變詩人〉，發表於「吹鼓吹詩論壇IG版」2020年11月13日，網址：https://reurl.cc/Kj5x8j。

6. 〈「吹鼓吹詩論壇」之詩人足跡（6）達瑞——以圖為始、以情綻放〉，發表於「吹鼓吹詩論壇IG版」2020年11月20日，網址：https://reurl.cc/m9bG8A。

7. 〈「吹鼓吹詩論壇」之詩人足跡（7）陳允元——被遺忘的孔雀獸〉，發表於「吹鼓吹詩論壇IG版」2020年11月27日，網址：https://reurl.cc/0O0EkM。

8. 〈「吹鼓吹詩論壇」之詩人足跡（8）波戈拉——痛苦的情詩〉，發表於「吹鼓吹詩論壇IG版」2020年12月4日，網址：https://reurl.cc/0OMW9b。

9. 〈「吹鼓吹詩論壇」之詩人足跡（9）楚影——與古人對話〉，發表於「吹鼓吹詩論壇IG版」2020年12月11日，網址：https://reurl.cc/N67op5。

10. 〈「吹鼓吹詩論壇」之詩人足跡（10）涂沛宗——獨特之眼〉，發表於「吹鼓吹詩論壇IG版」2020年12月18日，網址：https://reurl.cc/odkkQj。

11. 〈「吹鼓吹詩論壇」之詩人足跡（11）黃羊川——身體意識與性別感知〉，發表於「吹鼓吹詩論壇IG版」2020年12月25日，網址：https://reurl.cc/R1Anq6。

12. 〈「吹鼓吹詩論壇」之詩人足跡（12）陳思嫻——築一條從自我到社會的詩〉，發表於「吹鼓吹詩論壇IG版」2021年1月8日，網址：https://reurl.cc/3N1D50。

13. 〈「吹鼓吹詩論壇」之詩人足跡（13）阿米——花火詩人〉，發表於「吹鼓吹詩論壇IG版」2021年1月15日，網址：https://reurl.cc/NX6q59。

14. 〈「吹鼓吹詩論壇」之詩人足跡（14）王宗仁——散文詩的煉金者〉，發表於「吹鼓吹詩論壇IG版」2021年1月22日，網址：https://reurl.cc/KxAlEn。

15. 〈「吹鼓吹詩論壇」之詩人足跡（15）葉子鳥——論壇的凝視與推廣者〉，發表於「吹鼓吹詩論壇IG版」2021年1月29日，網址：https://reurl.cc/4aQg7K。

16. 〈「吹鼓吹詩論壇」之詩人足跡（16）寧靜海——詩藝的演繹者〉，發表於「吹鼓吹詩論壇IG版」2021年2月5日，網址：https://reurl.cc/YWX4Yn。

17. 〈「吹鼓吹詩論壇」之詩人足跡（17）施傑原——生死之姿〉，發表於「吹鼓吹詩論壇IG版」2021年2月19日，網址：https://reurl.cc/V3L6nn。

18. 〈「吹鼓吹詩論壇」之詩人足跡（18）巫時——厚嘴唇的誘惑〉，發表於

「吹鼓吹詩論壇IG版」2021年2月26日，網址：https://reurl.cc/R6WW7z。

19. 〈「吹鼓吹詩論壇」之詩人足跡（19）趙文豪——兼備的理性與感性〉，發表於「吹鼓吹詩論壇IG版」2021年3月5日，網址：https://reurl.cc/kVyyn9。

20. 〈「吹鼓吹詩論壇」之詩人足跡（20）柯彥瑩——海洋詩境〉，發表於「吹鼓吹詩論壇IG版」2021年3月12日，網址：https://reurl.cc/1gK5lX。

21. 〈「吹鼓吹詩論壇」之詩人足跡（21）冰夕——人生的風景〉，發表於「吹鼓吹詩論壇IG版」2021年3月20日，網址：https://reurl.cc/V328K5。

22. 〈「吹鼓吹詩論壇」之詩人足跡（22）林宇軒——青春揮灑〉，發表於「吹鼓吹詩論壇IG版」2021年3月26日，網址：https://reurl.cc/rao2R1。

23. 〈「吹鼓吹詩論壇」之詩人足跡（23）洪國恩——窺視的靈魂〉，發表於「吹鼓吹詩論壇IG版」2021年4月2日，網址：https://reurl.cc/L0Z9k3。

24. 〈「吹鼓吹詩論壇」之詩人足跡（24）蘇家立——詩心、詩教、詩傳播〉，發表於「吹鼓吹詩論壇IG版」2021年4月9日，網址：https://reurl.cc/4yO4aV。

25. 〈「吹鼓吹詩論壇」之詩人足跡（25）小令——日常新秀〉，發表於「吹鼓吹詩論壇IG版」2021年5月7日，網址：https://reurl.cc/eEXxx7。

26. 〈「吹鼓吹詩論壇」之詩人足跡（26）靈歌——性情與生活〉，發表於「吹鼓吹詩論壇IG版」2021年5月14日，網址：https://reurl.cc/EnG7zA。

27. 〈「吹鼓吹詩論壇」之詩人足跡（27）李長青——愛與成長〉，發表於「吹鼓吹詩論壇IG版」2021年5月21日，網址：https://reurl.cc/ZQRNmV。

28. 〈「吹鼓吹詩論壇」之詩人足跡（28）王信益——黑暗動物〉，發表於「吹鼓吹詩論壇IG版」2021年5月28日，網址：https://reurl.cc/9rEDdx。

29. 〈「吹鼓吹詩論壇」之詩人足跡（29）曾美玲——自我與社會映照〉，發表於「吹鼓吹詩論壇IG版」2021年6月4日，網址：https://reurl.cc/xGGMGz。

30. 〈「吹鼓吹詩論壇」之詩人足跡（30）莊仁傑／德尉——日常情愛〉，發表於「吹鼓吹詩論壇IG版」2021年6月11日，網址：https://reurl.cc/GmEE53。

二、紙本刊物與學術會議

1. 〈「吹鼓吹詩論壇」之詩人足跡：鯨向海——「男子漢詩歌」是什麼？〉，《吹鼓吹詩論壇》44期（2021.03），頁166-168。

2. 〈百變詩人：許赫〉，《吹鼓吹詩論壇》47期（2021.12），頁156-160。

3. 〈詩心、詩教、詩傳播：蘇家立〉，《吹鼓吹詩論壇》47期（2021.12），頁167-168。

4. 〈性情與生活：靈歌〉，《吹鼓吹詩論壇》48期（2022.03），頁156-158。

5. 〈日常情愛：莊仁傑／德尉〉，《吹鼓吹詩論壇》49期（2022.06），頁144-147。

6. 〈論壇的凝視、推廣及其圖像：葉子鳥〉，《吹鼓吹詩論壇》50期（2022.09），頁170-171。

7. 〈九〇後青年詩人於「吹鼓吹詩論壇」的發表情形——以小令、施傑原、王信益、林宇軒為例〉，《國文天地》435期（2021.08），頁108-113。

8. 〈《吹鼓吹詩論壇》之出版及內容研究——以十六至四十四期之「專題評論」為討論中心〉，《國文天地》436期（2021.09），頁116-134。

9. 〈「吹鼓吹詩論壇」之企劃活動執行研究：以「吹鼓吹詩雅集」為例〉，《中國語文》第772期（2021.10），頁38-50。

10. 〈現代性・跨媒介・意象論——解析蘇紹連詩創作的轉變〉，《國文天地》454期（2023.03），頁125-127。

11. 〈從網路論壇到紙本刊物：「吹鼓吹詩論壇」的文學典律建置、變化及其影響〉，發表於第十五屆思維與創作研討會（臺南：國立臺南大學國語文學系主辦，2023.04.28）。

第一章
「吹鼓吹詩論壇」的多重文學典律建置、變化及其影響

第一節　「吹鼓吹詩論壇」的誕生與命運

　　「吹鼓吹詩論壇」的出現，必須先談整個「臺灣詩學」體系的發展。關於這段歷史回顧以及相關討論，已經有許多論述提及，所以本章對此討論會基於這些既有論述上，重新建立一個較為清晰的「臺灣詩學」、「吹鼓吹詩論壇」及其後的發展脈絡，以便於後續討論論壇、刊物、叢書時有更基礎的背景認識。

　　1992年12月19日，「臺灣詩學季刊雜誌社」成立，創社的社員包括尹玲、白靈、向明、李瑞騰、渡也、游喚、蕭蕭、蘇紹連。從此開始，陳徵蔚指出：「『臺灣詩學』舉起臺灣本土詩學的大纛，一路堅持出版學報、詩刊至今。」[1]「臺灣詩學季刊雜誌社」成立後，也開始出版《臺灣詩學季刊》，這本刊物標榜的是評論與創作齊平進行，就這樣出版了四十期，然而在發展的過程當中，出現了「學術研究」以及「新詩創作」的分野，也就是促使刊物分流的一個轉捩點。李瑞騰曾在〈與時潮相呼應──臺灣詩學季刊社15週年慶〉回顧文中指出學術與創作分野的問題以及在臺灣詩壇的重要性：

---

[1]　陳徵蔚：〈詩速列車──駛向雲端的《吹鼓吹詩論壇》〉，《國文天地》426期（2020.11），頁11。

這一段期間的變化，說明我們正在摸索一個較契合同仁屬性，且能與時潮相互呼應的表現方式；而事實上，我們發展出同時發行嚴肅「學刊」與活潑「吹鼓吹」的雙刊模式，回望臺灣現代新詩歷史，這樣的情況確實未見。[2]

　　「吹鼓吹詩論壇」（論壇以及後來刊物的出現），也在這個「學術與創作分野」的背景下產生出來。2003年6月7日，蘇紹連提出創立「吹鼓吹詩論壇」，在其2010年發表的論述中，可以看到論壇成立的簡略的背景與自述：

> 「吹鼓吹詩論壇」（http://www.taiwanpoetry.com/phpbb3/index.php）是一個大型的詩作發表與討論的平臺，於2003年6月設立，其前身為2002年設立於hinet的「臺灣詩學網路投稿版」，再其前身為1998年設立的「現代詩島嶼」網站所附的「談詩坊」討論版，後來「談詩坊」討論版併合於「詩路」網站。[3]

陳徵蔚的論文也討論到，2003年6月11日完成網址的申請，成立了《臺灣詩學・吹鼓吹詩論壇》，一方面確立了學術研究以及新詩創作兩條路線，且也是對於進到網路虛擬詩創作空間的一個階段，在數位文學、網路文學的發展上是相當重要的一個里程碑。[4]葉子鳥也曾討論到「吹鼓吹詩論壇」的運作模式與相關紀事，她說到因為「吹鼓吹詩論壇」的建立，集結了當時眾多活躍的年輕詩人群，而

2　李瑞騰：〈與時潮相呼應──臺灣詩學季刊社15週年慶〉，收錄於林于弘、楊宗翰編著：《與歷史競走：臺灣詩學季刊社25週年資料彙編》（臺北：秀威，2018.01），頁10。

3　蘇紹連：〈在論壇發端・自由踏入與踏出的新世代詩人〉。網址：https://reurl.cc/rg3eAN。查閱日期：2021.07.01。

4　陳徵蔚：〈詩速列車──駛向雲端的《吹鼓吹詩論壇》〉，《國文天地》426期（2020.11），頁11。

這些詩人有些也成為當今臺灣詩壇重要的主力詩人，包括林德俊、楊佳嫻、鯨向海、李長青等人，她也讚許蘇紹連有著詩人網路的敏銳度，所以就詩的形式、內容的觀點及詩人的需求，將網站架構分門別類。[5]

　　「吹鼓吹詩論壇」秉持著「以新世代新勢力的網路詩社群」為主要的中心定位，以及「詩腸鼓吹，吹響詩號，鼓動詩潮」，希望建立一個臺灣詩浪潮的先驅團體，並且藉由網路的社群互動與媒體的快速傳播，形成一種「想像的共同體」，而這種共同體的形成除了集結當時年輕一輩的青年新銳詩人外，也打破了年級、世代的隔閡，吸引各路好手雲集雲端，即使是對詩創作不熟悉的新手作家，也能夠因為詩論壇上的回帖交流、版主悉心回文與互動，而得到許多不一樣的回饋並且更加進步。除創作之外，也鼓勵大家賞析詩作、寫下詩評，讓詩論壇更加多元且互動頻繁，透過這些互動與交流，引領他們走向不同的道路，有些人成為具有一定分量的詩人，也有人因此成為詩評者，更有人從寫詩者變成版主，甚至擔任副站長、站長等職務，詩人葉子鳥就是這樣一個鮮明的案例。

　　《臺灣詩學‧吹鼓吹詩論壇》從2003年開臺，經過一些時日後，發現紙本詩刊的必要性，所以在2005年9月，除了網路上的「吹鼓吹詩論壇」，也開始出版紙本的《吹鼓吹詩論壇》，起先是以半年刊的方式刊行，直到2015年6月自第21期開始，改為季刊模式，每年三、六、九、十二月發行，截至目前為止（2023年6月），已出版53期的《臺灣詩學‧吹鼓吹詩論壇》，歷經了多任主編的籌辦與編選，包括蘇紹連、陳政彥、李桂媚、以及從45期接任的蘇家立、楚狂。蘇紹連曾指出論壇與紙本刊物的互補性與相輔相成問題：

5　葉子鳥：〈「吹鼓吹詩論壇」紀事〉，《國文天地》426期（2020.11），頁35。

「吹鼓吹詩論壇」分為網路及紙本刊物兩個園地,其實是一體兩面的,就效益來說,是相輔相成的,整個臺灣的詩壇,找不到第二個詩社能放任由非會員去主持一個發表板,去挑選刊登詩作,去籌劃一個刊物的編輯,「吹鼓吹詩論壇」的會員及版主,是詩學網路及紙本刊物的最大資源,他們協助了論壇的開發及拓展,也是刊物詩作品質保證的提供者,功不可沒。[6]

紙本刊物之《臺灣詩學‧吹鼓吹詩論壇》目前仍繼續出刊發展,但「吹鼓吹詩論壇」卻因一些網路技術因素,以及人流互動參與的流量下降,所以於2021年5月31日關臺,以下為站長葉子鳥於臉書所發之公告:

敬告詩友:
「吹鼓吹詩論壇」將於2021年5月31日停止營運,為因應社群媒體的興起,將轉為僅供瀏覽閱讀的資料庫,俾使想研究詩、詩人或詩網站的變遷所參考。
一直以來感謝詩友的支持,請轉往「Facebook詩論壇」進行交流;另外亦有IG版的「吹鼓吹詩人足跡」回顧專文,敬請追蹤。
面對時代的轉易,對大陸詩友,深感不得不的遺憾。
Facebook詩論壇:https://www.facebook.com/groups/supoem
IG版的「吹鼓吹詩人足跡」:https://www.instagram.com/cqcslt/
站長葉子鳥、副站長靈歌暨全體版主謹上
#吹鼓吹詩論壇:http://www.taiwanpoetry.com/phpbb3/index.php[7]

6　蘇紹連:〈走入網路文學論壇的社群場域〉,收錄於林于弘、楊宗翰編著:《與歷史競走:臺灣詩學季刊社25週年資料彙編》(臺北:秀威,2018.01),頁31-32。
7　葉子鳥臉書貼文。網址:https://reurl.cc/6aQOKd。查閱日期:2021.06.22。

從上公告可見，雖然「吹鼓吹詩論壇」蔚為數位詩論壇的先驅，先說明目前臺灣最大的兩個文學論壇不外乎「吹鼓吹詩論壇」與「喜菡文學網」，但純粹以「詩」為發表園地的論壇不外乎此，關臺甚是可惜之事，畢竟論壇運作長達18年，對整個臺灣詩創作界也相當重要，現在整個論壇已在詩人陳徵蔚老師的管理之下成為一個詩學資料庫，也提供詩學研究者、愛好者更進一步檢索、挖掘這18年的論壇歷史。

　　以上大略回顧「吹鼓吹詩論壇」的前世今生，本章將繼續探討一個論壇所引發的文學典律、文學傳播與變化的問題。所以筆者將從四個部分進行討論，包括一、「吹鼓吹詩論壇」的運作規則、版主推薦與詩作置頂機制；二、論壇上的論戰（筆戰）討論舉隅；三、「facebook詩論壇」的運作機制及其徵獎企劃；四、「吹鼓吹詩論壇Instagram版」的運作與詩人回顧。筆者希望從這四個部分的討論，進而指出「吹鼓吹詩論壇」的運作，以及因應社群互動之版面改變而所開設的臉書版、IG版的論壇交流，更舉出幾場在「吹鼓吹詩論壇」上所發生的論戰（筆戰），詩創作者、評論者與版主之間的互動、應對與對典律的挑戰。

第二節　論壇原則、版主推薦與置頂機制

　　關於「吹鼓吹詩論壇」的發表原則與規定，其實並無制式化的規則，只需先上論壇申請帳號，通過認證成為會員，即可開始發表詩創作、詩評論或是進行回帖、討論。論壇的管理成員，其組織架構如附圖所呈現：

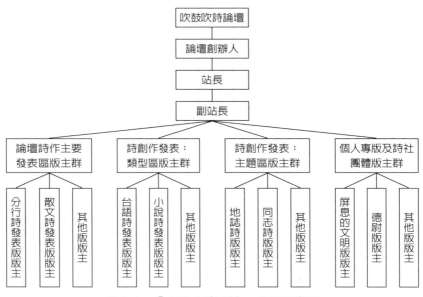

圖1-1：「吹鼓吹詩論壇」成員職掌圖

　　從這張論壇職掌圖之呈現可以略為看出整個論壇的分工與組成，當然在論壇上的職務更替狀況是相當頻繁的，尤其是各版的版主，有些版是一人承擔版主工作，有些版則是有幾位詩人協助一同管理，這也取決於版面的互動、人流與參與程度。副站長以上的職務變化，2016年時有一次較大的變動，蘇紹連（創辦人兼站長），以及

雪硯（編輯組長）卸任，交接給站長葉子鳥、副站長靈歌（兼北
部召集人）、王羅蜜多（兼南部召集人）、周忍星（兼中部召集
人），編選小組組長黃里以及執行編輯李桂媚。黃里與李桂媚的任
務是將論壇優秀作品、置頂作品編選編到紙本《吹鼓吹詩論壇》
中，這部分將於後文詳談。關於版主的名單，因為變動率太大，所
以筆者呈現出關臺前最後一批版主之名單，請見下表：

表1-1：「吹鼓吹詩論壇」版主一覽表（2021.05.31最新）

論壇詩作 主要發表區	「分行詩」：〈俳句、截句、小詩〉發表版	櫺曦、麥聿、紅紅、曼殊沙華、夏慕尼、靈歌
	「分行詩」：〈中短詩〉發表版	冰夕、季閒、袁丞修、寧靜海、葉子鳥、林宇軒、一代人、哲佑、卡夫、LinScott至卿、涂沛宗、破弦、言安倫、邱逸華
	「分行詩」：〈組詩‧長詩〉發表版	清歡
	〈散文詩〉發表版	漫漁
	〈大學詩園〉創作主力群	翼天
	〈少年詩園〉明日之星	袁丞修、施傑原
詩創作發表： 類型區	〈臺語詩〉發表版	王羅蜜多
	〈無意象詩〉版	編選小組
	〈小說詩〉版	喵球
	〈隱題詩〉版	莫傑、penpen
	〈童詩〉版	紀小樣
	〈新聞詩〉版	王羅蜜多
	〈雙語詩〉發表版 Bilingual Poetry	編選小組
詩創作發表： 主題區	〈地誌詩〉版	曹尼、然靈
	〈旅遊詩〉版	王浩翔
	〈原住民詩〉版	陳思嫻
	〈男子漢詩歌〉版	鯨向海
	〈同志詩〉版	羊毛衫
	〈親情詩〉版	蘇善

個人專版 及詩社團體	〈天人五衰・動情激素〉廖經元作品集	編選小組
	〈文學四季〉	古塵
	〈閱夜・冰小夕〉	冰夕
	〈我在船上等你〉	阿鈍
	〈蔗尾蜂房〉	kama
	〈戲論〉	liawst
	〈我們繼續開始〉	佚凡
	〈小熊談詩論藝〉	林德俊
	〈屏息的文明〉	楊佳嫻
	〈春與修羅〉	銀色快手
	黃里	黃里
	德尉	莊仁傑
	靈歌	靈歌
	謝予騰（mycell）	mycell
	陳牧宏（VanGough）	VanGough
	好燙詩社	鶇鶇、煮雪的人
	關於詩社	陳康濤、馬遲、洪慧、麥菲、熒惑、不清
	籠鳥詩社	王玉姐
	沿岸詩社	柯彥瑩、田姈甄
	我們隱匿的馬戲班	冰夕
	東方詩學	冰夕
	跟卡夫說說話	rosesky（李桂媚）

這些論壇上的版主，也不是時時刻刻都在線上，論壇還有一個機制就是「版主排班」，詳細班表可見論壇中所呈現[8]。蘇紹連曾言：「一個論壇的設置，首重於論壇主持人的文學修養及態度，怎麼樣的主持人就會有怎麼樣的論壇風格或形式，這跟一個刊物主編或一個藝術家一樣，他必須知道他要給出什麼，他要知道怎麼經營他心

8　〈版主排班表〉。網址：https://reurl.cc/vq6YNy。查閱日期：2021.06.22。

目中的論壇。[9]」所以蘇紹連身為「吹鼓吹詩論壇」的創辦者，對論壇的期許與走向有其自我的經營與整合模式，當然在論壇中我們可以看到許多階層的分工，而這些分工之職掌人士都有各自不同的經營與管理模式，但主要的核心態度與走向還是依循詩人蘇紹連。在論壇的管理上，可以從幾則論壇的貼文公告看到一些原則與規範，包括〈本論壇作者與讀者發文須知〉[10]、〈版主及會員的不當言論管理問題〉[11]、〈發表即認同作品留存本論壇，並同意由本社刊載於刊物中〉[12]三文。

　　〈本論壇作者與讀者發文須知〉一文說明了作為一位論壇的發表者與讀者應該具備的特質或須注意的事項，此文說到：

> 致本論壇所有讀者與作者：
> 【本論壇作者與讀者發文須知之一】
> 請認清當你的作品發表後，
> 讀者有質問作品的權利，
> 作者沒有回答問題的義務。
> 讀者可以一直質問，
> 作者可以拒絕回答。
> 在此公開發作品，即視為認同本論壇上述規定辦法，雙方發文回覆時請勿異議。
> 【本論壇作者與讀者發文須知之二】
> 本論壇不歡迎抄襲、盜用、模仿者貼文；所貼文章之文責，

---

[9]　蘇紹連：〈走入網路文學論壇的社群場域〉，收錄於林于弘、楊宗翰編著：《與歷史競走：臺灣詩學季刊社25週年資料彙編》（臺北：秀威，2018.01），頁29。

[10]　論壇管理員：〈本論壇作者與讀者發文須知〉（2005.09.14發表）。網址：https://reurl.cc/qg0ELp。查閱日期：2021.06.22。

[11]　蘇紹連：〈版主及會員的不當言論管理問題〉（2004.05.07發表）。網址：https://reurl.cc/1YG90V。查閱日期：2021.06.22。

[12]　蘇紹連：〈發表即認同作品留存本論壇，並同意由本社刊載於刊物中〉（2004.09.18發表）。網址：https://reurl.cc/4aWxWX。查閱日期：2021.06.22。

由作者自行負責。

【本論壇作者與讀者發文須知之三】

本論壇言論自由的認定：

一、作品創作自由，任何形式及內容的詩作均可以，唯在本
　　論壇發表時請選適合的版區。

二、評論自由，褒貶均可以，但請針對作品評論，若是負面
　　的批評，請勿扯上作者人身。

三、本論壇是沒有以「豬頭」「哭爸」「夭壽」「傢伙」等
　　類似汙辱或影射等字眼來指名道姓罵人的自由。

四、本論壇沒有任意洗版的自由，或同一篇文章到處貼的
　　自由。

五、本論壇認為真正的言論自由，是不涉及人身的汙辱。那
　　些想以「汙辱人身」也當作言論自由的假自由者，本論
　　壇絕對不歡迎。

　　　　　　　　　　　　　　　　　　　　　論壇管理員致上

上述的論壇發文須知可以看到幾項重點，其中涉及到權利與義務，包括創作者發表的權利、評論者評論的權利、不任意抄襲、盜用、模仿者、任意洗版、人身攻擊怒罵等，且創作者不一定需要回覆貼文留言，評論者則可以一直回覆貼文、質問等，且作品一公開即視為同意版規等，筆者認為這些都是最基本的守則，而這些守則會不會有人打破，或是挑戰，可以連結到蘇紹連所發表的〈版主及會員的不當言論管理問題〉一文，全文如下：

　　　　會員惡意言論，本社將終止其會員資格，嚴重者並公告
　　其姓名或信箱；而版主若無理由隨便刪除會員的言論，終將
　　遭會員的唾棄及抵制；但版主在本社充分的授權之下，有權
　　也有責訂定其遊戲規則，會員理應遵守及給予適當的尊重。

對於未設版主的版，凡遇見不適當的言論，本社立即主動將之刪除，不另作公告。

一、本論壇充分授權給版主負責其版上言論的管理權，並尊重版主的處理模式。

二、任何言論被視為不當（含抄襲）及不符版旨時，由版主負責確認。

三、本論壇要求並相信版主不會因個人喜好而刪除沒問題的文章。

四、會員不服其文章被刪除，可將其文章備份下來，再行向本論壇管理申訴。

五、不當言論之文責，由作者自行負責。自己發言自己負責

六、為防不當言論之擴散，若版主未在第一時間處理，其他版主或會員發現時，可以通報論壇管理，由論壇管理逕行處理。

七、若版主放任不管，或版主對不當言論的認知有爭議，而影響到論壇整體風格或形象時，論壇管理員得會同站長代為處理，嚴重者撤銷其版主資格。

八、凡會員（含版主）對本論壇有不實之中傷、汙衊之言論，不論發表在本論壇或其他網頁，一律撤除其會員資格，並視是否必要及適當時機公告其姓名。

這篇文章所指出的包括會員與版主對各版運作的原則，當然如果論壇會員在論壇活動當中有不當言論或惡意相向之實，論壇管理團隊是可以終止該會員繼續在論壇上活動與發言的，但另一方面此文更公開與所有論壇會員告知版主之規範與責任，這不僅僅是對於論壇會員的一種告知義務，也讓他們了解版主的實際責任與意義。當然版主的職務就是所謂的「第一層守門人」，此種網路論壇的守門人跟一般傳統所稱之報紙副刊、雜誌守門人不太一樣，網路論壇的守

門人較為開放，且能與作者直接溝通交流，身為版主，還是會有所謂的「自我主觀意識」，但這篇文章強調，目前所設定的立場是版主不會因為個人喜好而隨意刪除詩作或留言，這樣等於是封鎖了會員的發言權力，當然如果會員對於被刪文或相關意見需要申訴，論壇也開設申訴管道，可以透過論壇編輯小組這邊討論接受申訴。不同版面會有不同版主，如筆者所列表格1-1，但版主還是有權力可以跨版處理相關事務，並通知站長協助，如果版主有重大過失或被判定目前無法執行版主職務，會由論壇站長代為管理。筆者認為這樣的權利義務之建立與告知能夠讓論壇的執行順利，不無道理，且各屆站長、副站長、版主等人互相協助、合作，更能夠讓論壇制度完善。

蘇紹連發表一文〈發表即認同作品留存本論壇，並同意由本社刊載於刊物中〉是在紙本刊物問世之前的一則公告文，主要是告知論壇的會員與版主們刊登之作品即有可能會入選到紙本刊物《吹鼓吹詩論壇》當中，請大家注意。內文全文如下：

> 各位版主及會員請注意：
> 凡走過的必留下痕跡
> 凡經歷過的必成為歷史
> 凡將作品於本論壇發表即認同留存於本論壇
> 且同意授權刊載於本社所編印的刊物中
> 請勿事後要求刪除
> 所有在本論壇發表的詩文必成為詩壇珍貴的史料
> 讓我們好好的珍惜
> 版主有保存每一篇作品的義務
> 除非有重複或嚴重的疏失
> 否則請勿任意接受會員要求刪除
> （不要的文件可移到「掩埋場」版）

蘇紹連此文的通知有其意義，也希望論壇會員所發表之詩文都盡可能不要隨意刪除，所以現在回顧論壇才會有這麼多筆資料能夠查閱、討論，也因應紙本《吹鼓吹詩論壇》的出版，希望會員與版主能夠更謹慎看待發表的作品。

上述大致討論「吹鼓吹詩論壇」的論壇原則，爾後筆者將繼續討論版主推薦與置頂機制的問題，這個問題除了牽扯到什麼詩作能夠被關注、刊上紙本刊物外，更是一種論壇文學機制與典律的生成。解昆樺曾指出關於典律與審核者的問題：

> 典律是審核者所預存的文學藍圖，他透過審核文本的種種手段（包括批評、獎勵等等），完成典律的具象化，並經由種種管道達到其典律的散播。所謂的審核者並不單止於個人，有時甚至代表的是龐大的組織，這個組織可能是一個文學社團，也可能是一個學院學派，甚至可能大到是一個政府機構。因此典律研究可說是一種傳播效度的研究。審核過程既是一個依據典律進行的檢閱排他的過程，所以傳播效度的大小，往往與審核者在文壇的權威。乃至於社會政治的權利息息相關。[13]

解昆樺的討論將審核者在文學典律當中的重要性直指出來，更進一步提到關於個人之外的社團、派別、甚至是政治關係等，都有可能造成文學典律的建置與改變。關於文學典律的運作模式圖，本章將參考解昆樺書中所用之圖進一步討論「吹鼓吹詩論壇」的文學典律運作，請見下圖：

---

[13] 解昆樺：《臺灣現代詩典律與知識地層的推移：以創世紀、笠詩社為觀察中心》（臺北：秀威出版，2013.01），頁15。

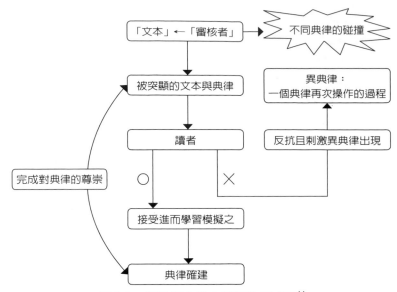

圖1-2：解昆樺文學典律運作模式圖[14]

　　但是，筆者認為「吹鼓吹詩論壇」之運作以及進一步至紙本刊登詩作之守門與典律生成的過程，並不屬於「同樣標準」的文學典律標準狀態，而是經過層層關卡，並且通過不同人之審美標準、審查機制，以及挑戰所成功刊登或成名的結果，筆者認為這是一種處於後現代社會所展示的「多元文學典律」。依此，根據上圖的典律運作以及筆者進步思考後現代情境的典律問題，筆者將從此提出四個部分討論「吹鼓吹詩論壇」之多元文學典律的作用，包括一、「吹鼓吹詩論壇」的審核者及其審核模式。二、「吹鼓吹詩論壇」之置頂機制與刊物之關係。三、反抗性讀者對典律的衝撞與質疑。四、後期「facebook詩論壇」的守門與編選機制。本節筆者將先討論的部分包括一、二點，三、四點將在後面討論之。

14　解昆樺：《臺灣現代詩典律與知識地層的推移：以創世紀、笠詩社為觀察中心》（臺北：秀威出版，2013.01），頁16。

「吹鼓吹詩論壇」的審核者及其審核模式與「吹鼓吹詩論壇」之置頂機制與刊物之關係，誠如上文所論，論壇的各版版主為「第一階段的守門人」，也就是所謂的審查人，這些版主輪流值班，並且進一步回覆詩友的貼文並進行交流與互動，再由值班的版主挑選佳作，放到各詩版的「置頂存目」當中，每月集結，彙整到「每月置頂作品存目」[15]有利於編輯小組組長與團隊彙整，並精選佳作擇優刊載在《吹鼓吹詩論壇》上。當然，不同的版主會有不同的自我主觀意識，對詩質的好或壞也都有各自的意見，所以才會需要「編輯小組」的協助與篩選，所以編輯小組與組長就成為所謂「第二階段的守門人、審核者」，這樣也能維持出版刊物的水平。

　　什麼是「置頂」呢？這是論壇的一種功能。林思彤在研究「喜菡文學網」的研究當中指出：「所謂置頂，是論壇或討論區中特有的功能之一。版主或是管理者把優秀、精彩或是重要的發帖以及公告等主題，固定在論壇版面最上方之管理操作行為。此一操作，會將發表之主題『高高懸掛』在版面的首頁，不會隨著時間的推移，或是新主題的張貼而被推到論壇或版面的下面，因為『置頂』功能之排他性，所以任何主題都無法超越被置頂主題的位置。除非版主或管理者取消『置頂』，或是被後來張貼的置頂主題超越。」[16]當然，「吹鼓吹詩論壇」的置頂存目跟「喜菡文學網」的置頂方式不同，一個是直接將貼文置頂，而「吹鼓吹詩論壇」則是將發表作品存目寫下並放在置頂存目當中，再來就是一個月後的第二次置頂匯集，就是所謂「每月置頂作品存目」，而這個存目貼文就是精選刊載於紙本刊物的依據。經由置頂存目選取作品之詩人，2016年之前主要為詩人雪硯，以及之後承接雪硯職掌的詩人黃里。下圖為「吹鼓吹詩論壇」的置頂機制及刊物編選流程：

---

[15]　網址：https://reurl.cc/Q9ZyA2。查閱日期：2021.06.22。
[16]　林思彤：《喜菡文學網之文學論壇的詩學與典律運作》（臺中：國立中興大學中國文學系碩士論文，2020.08），頁140。

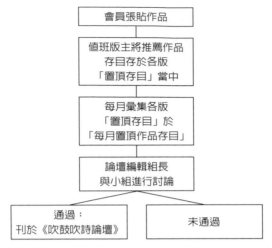

圖1-3：「吹鼓吹詩論壇」的置頂機制及刊物編選流程

　　這樣的編選機制，在2010年出現另一條線路，就是「facebook
詩論壇」的成立，部分詩作也會從臉書篩選後刊登於紙本《吹鼓吹
詩論壇上》，這部分後文說到臉書論壇運作機制時會再詳談。

　　除兩條網路脈絡下的選詩機制外，郵件投稿則一直都有，蘇紹
連就說到：「紙本刊物接受e-mail投稿，作品不先於網上公開，也
鎖定詩人對象，採用邀稿作品，這是和網路論壇的不同之處。[17]」
所以這樣也呈現了一個好玩的狀態，就是「開放式」、「關卡
式」的投稿與編選，無論是「吹鼓吹詩論壇」或是「facebook詩論
壇」，都事先開放自己的作品後才進行層層關卡之篩選，最後進到
紙本刊物，而郵件投稿則是一條隱密的路線，通常收稿或退稿，
也都只有編輯與作者兩端知悉，幸運的就會在刊物上看到作品，不
幸的可能會一直不知曉這則作品，因為都沒有公開發表過，論壇空
間是一個開放式的存在，無論是自由發表、回帖討論、或是掌握時

---

[17]　蘇紹連：〈走入網路文學論壇的社群場域〉，收錄於林于弘、楊宗翰編著：《與歷
　　　史競走：臺灣詩學季刊社25週年資料彙編》（臺北：秀威，2018.01），頁32。

效都勝過於紙本刊物，我們也不得不思考，現在處在網路時代，論壇卻關閉了，紙本刊物仍繼續存在，是相當弔詭的現象，也有趣。但我們也不得不承認，就如蘇紹連所言：「『吹鼓吹詩論壇』的各種特點，有其不可取代的地方，不管是在現在或未來，都是相當重要，它會形成一個詩創作的歷史資料庫，所有歷年發表的作品會標示時間，將來從中可以找到某些成名詩人的少作，見證某些詩人的成長，更見證網路詩風格的形成及轉變。[18]」

第三節　「吹鼓吹詩論壇」之作品論戰舉隅

　　上節已討論關於「吹鼓吹詩論壇」規則、運作、典律生成與刊物編選。至於版主的管理，以及發文、回帖的過程，難免發生一些問題，而這些問題大多是關於對作品的不同理解，也有詩友明顯是「刻意而為之」，網路世界毫無邊界，雖然有制定相關版規，但仍有部分會員無法全面遵守，甚至挑戰邊界、融加自我情緒化的主觀個人批判意識等。本節將舉出「分行詩」：〈中短詩〉發表版中的兩場作品論戰爭議為例，窺見論壇的爭議面向，而這些爭議面向，也與筆者前文所述之發文、回文須知有相關。

　　首先來看的一個案例，2015年4月11日，會員呂建春發表詩作〈登高書懷〉[19]：

　　　　沿途的鳥叫聲清亮翠綠
　　　　和陽光一起漫步青山
　　　　中年過後的胸懷有些蒼涼

---

[18] 蘇紹連：〈走入網路文學論壇的社群場域〉，收錄於林于弘、楊宗翰編著：《與歷史競走：臺灣詩學季刊社25週年資料彙編》（臺北：秀威，2018.01），頁37。
[19] 呂建春：〈登高書懷〉（2015.04.11發表）。網址：https://reurl.cc/7rM6L1。查閱日期：2021.06.22。

曲折的進路不免駐足
靜靜聆聽蟲鳴起伏
變幻的雲朵和群峰遙遙望對
連綿著空白的心緒相應

站在那空曠
樹葉斷斷續續飄落
落下我的一部分

雲霧迎面不及
襲來穹蒼一切的茫然
心中沸騰過的太陽
打了個冷顫怔怔忡忡
青松在心思的深處寂然
加深所有的靜默
松針滴下了水珠晶瑩

站在那空曠
聽到天空在內心的回響
我找回自己

野花和雲霧正在飛散
登高不必來由
望遠也不必原由
一切是蟲鳴和鳥叫的回聲
人生的回程悠悠轉折
像峰巒必需
隨流雲一起蕩漾浮沉

留言回文依序如下（粗體、底線由筆者自行標注）：

游鍫良 （版主）	「站在那空曠 樹葉斷斷續續飄落 落下我的一部分」 從引言開始推出到樹葉落下我的一部分，充分表達對生活的認知體悟。 接著意象的也濃烈進而轉折至最後一節的感慨。 内蘊深省，韻味長遠，結構豐潤。私喜此文。 **<u>推薦置頂</u>** 交流 問候呂建春
千朔 （版主）	〈登高書懷〉：龍妍 午後，徒步青山之巔 沿途，聆聽鳥叫蟲鳴 曾駐足山腰，小歇 與對面山崗遙遙相望 思索著片段不可解讀的徒然 雲霧猝不及防地迎面襲來 恍惚怔忡間，打了個冷顫 道旁松針凝結了晶瑩的水珠 初春，暖暖的小太陽 溫熱著心中的小宇宙 **<u>這篇文字改寫龍妍的原詩《登高書懷》，卻不附原詩，而當是原創，千朔個人覺得這樣算是抄襲原創的創作精神了。</u>**
葉子鳥 （版主）	**<u>因為此詩有所疑慮，就先行不置頂</u>** 不知詩友們對於這樣的創作看法如何？ （希望就詩論詩，以創作的觀點論之） 葉子鳥
蔡三少	詩題一樣，内涵意旨雷同，此詩應是詩友間相互的改詩（不鼓勵如此） 其部分將原詩整行植入，類似宋初盛行化用後唐的詩作，例如：宋子京的〈鷓鴣天〉畫轂雕鞍狹路逢，一聲腸斷繡簾中，身無彩鳳雙飛翼，心有靈犀一點通。說它是原創，不盡然，說不是原創它又賦予新意。但這種詩作終非正統，多數學者也都認為不妥遺憾。 **<u>三少個人以為這種詩如若貼在私版面並加註賞某某詩有感，試寫之，則無爭議</u>**。若是貼在公開詩社，既未經原作者同意又未註明出處，就有抄襲之嫌了！

郁賢	龍妍的〈登高書懷〉詩內幾個關鍵字應是天狼星詩社溫任平先生去年網路上所出的入社徵稿。或許關鍵字同,大家引用試寫也就沒想到抄襲原創的問題了。 郁賢當初也寫了首〈歲月靜好〉傳給溫老師,也當作該詩是大家的詩,或許可給版主們參考。**(詩作略)**
郁賢	此詩因關鍵字同,郁賢也不敢放在公開詩社上,怕引起討論。抱歉!多言了。
呂建春 (發表者)	1. 此詩貼在我的臉書 https://www.facebook.com/JamesLuJamesLu 和臉書《詩人俱樂部》 https://www.facebook.com/groups/1567150...tif_t=like 都有註明並附上龍妍的原作:附記:改自臉書《野薑花雅集》龍妍的〈登高書懷〉 在臉書《詩人俱樂部》的貼文,也有附上《野薑花雅集》的版主們的評論。 龍研的詩在〈野薑花雅集〉被認定為不是現代詩,而是散文,遭到刪除。 我的詩貼在〈野薑花雅集〉時有註明為唱和之作,也被認定是散化語句的分行散文,而且抄襲龍的原作,遭到刪除並且除名。 2. 龍妍的〈登高書懷〉貼在《野薑花雅集》後,被定是分行的散文,而不是現代詩,按照野薑花雅集的版規被刪除了,包括版主千朔在內,千朔在這裡卻反過來認為龍妍的作品是詩了:「卻不附原詩」。 依據千朔和野薑花雅集的意見推論,我的作品是抄襲龍妍的「散文」,而不是抄襲她的「詩」。 我的作品在臺灣詩學被_**(認)**_為是「詩」,如今變成我的詩抄襲龍妍的「散文」,想不到千朔還有意見。 3. 詩題一樣,因為是改寫,保留原詩題 「內涵意旨雷同」就見人見智了,我覺得味道相差很大 改寫不需要原作者同意 改寫與唱和之作,我也見過一些 若有侵犯原作者版權,有理難清,只有靠法庭最後仲裁 4. 列出我保留下來的〈野薑花雅集〉Tanya Chien、季閒、丁威仁、雪赫、Da Chu(千朔)對我作品的評論: ----------Tanya Chien 我覺得這樣的「和詩」沒有表達您自己的想法,您彷彿只是解釋原詩,而原詩已經是散文化的句子了,這一解釋,篇幅更大,語感更稀薄。 ----------季閒 這首不是現代詩,堅持詩是自己好的至少也要端出詩來。這樣白話的文字還解釋簡直是多此一舉,我看寫的人是無法改成現代詩了,建議自行刪除以符合版規。

呂建春 （發表者）	----------丁威仁 無論登高寫景，或是田園寫景，若仍然用散化語句，或是陳舊的套語，是不會有新意的。的確這個作品在文字形式上，距離現代詩有些遙遠，比較像分行散文。 若仍然用散化語句，或是陳舊的套語，是不會有新意的。的確這個作品在文字形式上，距離現代詩有些遙遠，比較像分行散文 ----------雪赫 這首詩，只是描寫，沒有完成一個小世界。 描寫的文筆是很好，但還是身在景物中的散文分行式思考。 ----------Da Chu（千朔） 這篇文字，在基本上說是和龍妍的〈登高書懷〉，但若仔細讀我則認為是「抄襲創意」的增寫翻譯，連原創都談不上，除了第三段之外。 或許James Lu認為這是相和所必然的呈現，但我個人覺得這是假相和之名行抄襲創意之實，更讓人不能接受。姑且不論龍妍這篇文字是否為詩，在寫作的創意上，也是她個人用心的創作，James Lu直接以「相和」字取走她辛苦用心所經營的創意，就原創精神上，我覺得更不可取。在野薑花雅集的版規上，也特別註明作品必須是作者「原創」。
葉子鳥 （版主）	已經了解整個事情的來龍去脈 每個人心中自有定論 我想最主要是在此版面 沒有附上龍妍的作品 所以容易造成誤解 至於在其他網路載體（臉書等）所討論的事宜 **每個團體或詩社自有其標準** **在此〈吹鼓吹詩論壇〉，鼓勵與呼籲以原創作品為宜** **若由他人作品所和，或靈感取得（詩裡有所模仿與複製）** **希望都有所註明** 而此詩於4/8貼文（viewtopic.php?f=5&t=64276&p=176164#p176164）， 又於**4/11重複貼文** 也不符規定 因為版主都是輪值的，有時沒發現 在此也呼籲不可在相同版面重複貼文 葉子鳥謹上

千朔 （版主）	1. 首先我沒說呂先生這篇文字是詩，請看我第一次留言，我是寫「這篇文字」。 2. 呂先生應該附上我在野薑花，當時您所呈現的文字和龍妍的作品之比對的文字，當時我是這麼說的： 這篇文字，在基本上說是和龍妍的〈登高書懷〉，但若仔細讀我則認為是「抄襲創意」的增寫翻譯，連原創都談不上，除了第三段之外。 例如 沿途的鳥叫聲清亮翠綠（沿途，聆聽鳥叫蟲鳴） 和陽光一起漫步青山（徒步青山之巔） 中年過後的胸懷些許蒼涼 駐足山腰的小憩（曾駐足山腰，小憩） 靜靜聆聽蟲 雲朵和群峰遙遙相望（與對面山崗遙遙相望） 思索著連綿的空白（思索著片斷不可解讀的徒然） 雲霧猝不及防（雲霧猝不及防地迎面襲來） 襲來穹蒼的一切 心中灼熱過的太陽 打了個冷顫怔怔忡忡（恍惚忡忡間，打了個冷顫） 青松在心思的深處寂靜 加深四野茫茫 松針凝結了水珠晶瑩（道旁松針凝結了晶瑩的水珠） 或許James Lu（呂建春）認為這是相和所必然的呈現，但我個人覺得這是假相和之名行抄襲創意之實，更讓人不能接受。姑且不論龍妍這篇文字是否為詩，在寫作的創意上，也是她個人用心的創作，James Lu直接以「相和」字取走她辛苦用心所經營的創意，就原創精神上，我覺得更不可取。在野薑花雅集的版規上，也特別注明作品必須是作者「原創」。 3. **我個人不想在這延續野薑花外的筆戰，所以此次談話，千朔提出該說的意見，之後將不再多言。**
龍妍妍	首先，謝謝大家提出各方看法。尤其是本詩社野薑花總編千朔在本版提出的意見，本人萬分贊同！如果龍妍再沈默，就太對不起自己和千朔了。雖江西詩派有奪胎換骨法，但是詩貴創作。還是有個人創新之作比較好。每個人都應該走自己的路！ 例如：本詩社同仁葉莎、季閒和嚴毅昇三人的同題〈登高書懷〉和詩就「別出心裁」。完全是個人創作了。就是最好的例子！以上是我的立場與看法。
呂建春 （發表者）	避免有人說抄襲，再改進如下 **（詩作略）**

從這個案例來看，我們可以發現幾個關鍵詞：抄襲、文學社團、文類、版主、筆戰等。首先討論抄襲問題，呂建春所發表的詩作被許多版主與會員認定為抄襲詩人龍妍的作品，當然每個版主的理由與回應都有所不同，但也可以看到版主堅守論壇原則，不收抄襲的作品，也不置頂的原則，當然第一位版主游鍫良並未發現這首詩作的問題，所以給予置頂推薦，但後來千朔、葉子鳥即時撤下置頂推薦。第二個是文學集團，在這場筆戰的回文中，牽涉到許多除「吹鼓吹詩論壇」的文學社團，包括野薑花詩社、詩人俱樂部等等，葉子鳥回覆：「每個團體或詩社自有其標準，在此〈吹鼓吹詩論壇〉，鼓勵與呼籲以原創作品為宜，若由他人作品所和，或靈感取得（詩裡有所模仿與複製），希望都有所註明」，清楚地指出不同文學團體的標準與方針之不同，而我們「吹鼓吹詩論壇」的標準是如此，相當公正也堅守其中，不會破壞論壇之原則與文學典律。接下來是文類問題，到底詩與分行散文的差別是什麼？在這段筆戰中也有可以思考的部分，主要是發文者呂建春所提出，版主千朔回應。再來就是版主問題，剛剛有指出不同版主的回應與敏銳程度的不一，畢竟版主是輪流值班的，也許難免疏漏，所以版主之間就形成了互補的作用，互相討論、回應，甚至是糾正，筆者認為這樣的互動也能讓一個版、甚至擴大到一個文學論壇，走向好的方向。最後則是原作者龍妍跳出來說話，認為這首作品仍屬於「抄襲」，也讓呂建春在最後一則留言中貼出更正的作品，以免再讓人誤解，這段筆戰才就此結束。

筆者再援引一場筆戰為例，這場筆戰是發文者不滿版主的解讀與詮釋，而有爭執，最後也讓站長葉子鳥出線回文。2018年10月9日一樣在「分行詩」：〈中短詩〉發表版中，會員雨颯貼出一詩〈寫詩課〉[20]，全詩如下：

---

[20] 雨颯：〈寫詩課〉（2018.10.09發表）。網址：https://reurl.cc/nor6On。查閱日期：2021.06.22。

那朵意象從不自然開在我的心上
許是無常，求個佳句求得兩眼蒼茫
潛在腦裡直到迷航，越試越惘
越難吃到的天鵝癩蝦蟆越想
想是無才祈禱謬思點光
讀詩後又獨思看是快要天亮
不覺敲打樂在鍵上奏響
一陣慌
胡亂地試到底是縱橫戰場
梵谷的藍色星空下有唐寅點香
鄉愁的餘蔭翠葉山上牧羊
戴斗笠的菩薩不畏狼來野曠，而軍歌沸揚
直到一場夏雨淋瀝後各自散場
各執三兩，我取一囊
裡頭是妙藥靈丹卻少了心腸
我歌我想管他誰在沸揚
洋來的屍體秋墳夜在鬼唱
唱的是什麼呢？
尢尢尢尢尢

留言回文依序如下（粗體、底線由筆者標注）：

邱逸華 （版主）	雨颯這首詩刻意使用「尢」韻到底的形式，反而減損了詩意。 **內容俚俗**，有些不自然的意象拼湊（如「梵谷的藍色星空下有唐寅點香」、「戴斗笠的菩薩不畏狼來野曠，而軍歌沸揚」、「洋來的屍體秋墳夜在鬼唱」等），加上句句皆韻，比較像歌曲的味道。

雨颯 （發文者）	我不清楚你對俚俗這樣的詞句是什麼理解， 什麼語境下進行怎樣的判斷會使用這樣的字眼 **但就我看來，這是一個相當嚴重，令人難以忍受的輕蔑** 我不奢求以你這種乍聞初聽就隨意字面做解，評詩草率瞎子都看了都會失笑
雨颯 （發文者）	這樣荒唐的水準能夠理解這首詩裡的隱喻 但起碼，給點尊重的態度 這是基本吧？這裡是以詩會友的場所吧？ 隨口就來句俚俗，有事嗎？ **有看過黃里和其他老師用這類字眼點評嗎？** 這都什麼玩意
雨颯 （發文者）	再說，何以是內容俚俗？ 俗之於詩文，有幾個層面？幾種說法 字面上的俗語之感佳者謂文字通俗、拙者稱表現落俗 情意譜蘊意念流動之俗，善者曰俗常之情，弊者蓋矯情俗套 內容之俗又是何俗？ 過往的文學經驗讓我們知道 俗化的言語，俗話的情感，不代表作品一無可探 王梵志之於唐詩，瓊瑤之於小說 其就形式上的俗話可以擅自稱呼是內容俚俗嗎 我就問簡單的，你讀了這首詩幾遍？ 已經理解了內容的作意何所，才有內容俚俗這樣的結論 抑或只是概以略觀，僅勘驗了措辭表語就能見微知著的溯其內容 你的評論裡所謂內容是涉及哪個層面？ 怎樣的深度，怎樣的角度，表現出這樣的態度？ 每當你覺得妄稱劣評是輕鬆寫意的事時 （我不清楚你一天讀這麼多詩，寫這麼多短評是能對詩多用功） 濫用的已是評論自由的公共性 **貶損的已是吹鼓吹和臺灣詩學的普及性** 這裡不是殿堂，你不是神官 人們捧著自己的嘔心瀝血，只是來這裡張貼佈告 眾瞻觀者要用何種方式觀析詮構是他們的自由 但你身為一個評者，你的評論也得接受其他的批點 所以就我看，你現在使用的評論方式無疑是對詩友們作品的藝瀆 當然你可以接著評論我對你的評論 評論自由，對吧？ 凡事皆著於理，我們就看看誰更有理
邱逸華 （版主）	詩友您好：必須澄清我的評論是個人意見，跟臺灣詩學或吹鼓吹無關，若您覺得我的評論不值一看，建議您忽略，好詩自會有人欣賞。 對於任何創作我都保持尊重的態度，也未對您的作品有任何輕蔑之意。 **您對我個人能力的批評我虛心接受，但也提醒您勿人身攻擊。**

冰夕 （版主）	我在邱版主尚沒回覆前，已先瀏覽過此作 竟沒注意到，使用「ㄤ」韻到底的形式。 我想，可見邱版主是比我還細心的人。 老實說，我也感受歌的意味濃些（恍然才知其順口，因押韻此行，欲送玉帛；緩頰。盼：雨颯，以作品呈現，凝煉創作之力度，令人拭目以待。 而邱版主則辛苦些
冰夕 （版主）	我看閱您寫刻骨時事詩於臉書已約有一年多吧；目前又添新義務職責，恰與我共同值週詩版，感覆作品。 讓我們大家秉持初衷之心，耿直、闊步傻勁，從詩出發！ 冰夕　敬覆　謝謝邱版主代為先回覆之
雨颯 （發文者）	謝謝冰夕老師的**緩頰**，至是灼見，詩人之勝負莫不以作品體現態度便本末倒置了。而我想說的是，我當然對作品有信心，我可以不傲慢的說，這首詩裡的幾個主題層次，是我至今習詩作詩態度的總結，誠然它有同押的形式窠臼，化用典故的老舊筆法，但我為何執意如此也昭然於詩中了。 詩人本不該為自己辯解，外於詩的言語且都是蛇足，**但恕我修養有限，無法忍受一個掛著論壇版主的人，以這種荒謬的方式對待我如親兒的作品。** 為什麼？ 這位邱女士之高見，我就翻譯翻譯： 第一段云：『有押韻，這不是新詩吧！你看看！還全部都押！多麼幼兒式的刻意作偽！』 第二段說：『你很俗，我看不懂。』 且**莫怪我超譯，你就是這麼對我的**。 我不管你們站務運作上版主的地位有沒有代表論壇，她今天掛著頭銜，她就是你們的一員，不只是個註冊的使用者，更讓人憤怒的是，事發後甚至不願意對自己的評論負責，只喚人可以『不理會』，口口聲聲有尊重，沒輕蔑，且不論前段對我執意作形式詩的不解，這無所謂。 你就告訴我，第二段你除了『你很俗，我看不懂』之外，還能有什麼意思？ 今天邱女士不二度出面，我還不這麼氣結，非但沒有檢討態度，還悠哉地如此理所當然，**顯已是版主失格了！**我再次強調，如果你是個路人要怎麼胡說八道，我都無所謂，你今天就是掛著板主頭銜，你不能這樣對待我，或對待任何人。不是一句你可以不在意就雲散事清， 我再次強調，我不畏怕評論，**好的評論使人長進**，灼灼如飲十升辣椒水，痛徹涕零，猶若醍醐灌頂，指之所長，曝其弊短，把缺點拉去曬它個十幾天，遊街吶市，我也該羞慚自檢，吭不出聲，但今天不是，這是輕蔑，這是不尊重，不把你當一回事，才有這種傲慢驕橫。 **看著冰夕老師面子，我給妳七十二小時道歉，否則我必將此事報給能處理的人，正式要求一個公允的答覆。**

葉子鳥 (站長、 版主)	版主都是無給職，熱心服務的詩勞動者。 他們有家、有工作、有其他的勞務必須面對的現實生活。 **如果每位貼文者都如此自我演繹版主的交流，並且要求說明清楚，是否 形成一種剝削？** **逸華回復並無不妥，如果不滿意，臉書詩社何其多，請續貼他處，找到 你合意的回復為宜。** 版主沒有義務，要達到貼文者的想像要求。 只能盡其所能，在精神與體力許可下，與愛詩人交流，或長或短的評， 或有良有莠的評，都有電腦的螢幕之外的現實生活要面對。
葉子鳥 (站長、 版主)	但，這些都可以在合理之下調整。 我們是「人」，不是「AI」。 葉子鳥
雨颯 (發文者)	讓葉子鳥老師說了如此重話，我感到很慚愧， 我要強調得只有一點，我自己是長年的網路論壇管理者，我很明白其中 的辛勞 如有冒犯的部分，我完全願意道歉，我並無輕視或意圖剝削這份神聖職 務的意思所在，請諒解 凡公開平臺的管理者皆有公共性責任所在，這無可避免的，這是我長年 進行這份工作的心得 我也很清楚我們的言詞切不能讓所有使用者感到滿意，誠然如此，但畢 竟人是相對的，凡人有的情緒問題和包袱都是一樣，我有，你也有， **而我並沒有試著強將某種想像加諸在管理者之上，** 只是我想請問子鳥老師，**「內容俚俗」這樣的詞語能不讓創作者感到冒 犯嗎？**
葉子鳥 (站長、 版主)	本詩論壇不對「超譯」的解讀進行任何討論，詩論壇架設平臺的公共 性，也有自己的立場。 **會員自由加入，也有篩選會員的權力。** 這裡的言論自可受公評，到此為止。 **再次強調，「如果不滿意，臉書詩社何其多，請續貼他處，找到你合意 的回復為宜。」** 葉子鳥

從這個筆戰之例可以看到幾個有趣的現象，包括雅俗、評論、攻擊、版主義務四個。首先是雅俗問題，詩的雅俗是否會造成論戰的主因，筆者認為詩可以雅、可以俗，但不能完全定義詩應該要雅或要俗，發文者雨颯對於「俚俗」二字相當無法接受，對版主邱逸華進行多方指控，這完全屬於個人感受的問題，筆者認為這已經脫離關於詩創作本質的意見討論。延續雅俗問題，就會談到評論的意

義，到底版主應該要回覆怎樣的評論，才能讓發文者心服口服，或是說讓發文者吸收版主的諫言或讚美，筆者認為這絕對是因人而定，本案例雨颯的狀態可能成為「看人接受」的狀態，這樣的狀態可以從版主冰夕的回應當中窺見，其實冰夕的回覆中也指出這首詩的押韻問題，以及「歌」的感覺比較重，而這些問題版主邱逸華也寫出，但雨颯卻接受冰夕的意見，卻反過頭來要求邱逸華需道歉，這已經是一種「對人不對詩」的態度，當然在言語上也造成許多傷害。最後由站長葉子鳥出線，筆者於前文曾指出，如果版主有無法處理的狀況或管理上有缺失，可由站長出面代管或協調，此案例就是如此。站長葉子鳥站在版主權利與義務的角度回應雨颯，並指出評論並無缺失，只是看個人是否能接受的問題，且嚴正回應如不能接受版主對作品的討論與回應，可選擇不同社團或論壇，找到自己想聽的詮釋與解讀即可。從此案例可以看到版主與發文者的互動，以及發文者如何挑戰版主更呈現了一種「反抗性讀者」姿態。

　　從這兩例個案例作為引子，我們可以看到一個詩論壇的經營與管理是相當不容易的，可能會面對許多會員的個人問題，或是詩作的抄襲、寫作問題等，當然還有許多面向，包括版主認為這是一首值得置頂推薦的好詩，但卻有其他會員留言回覆認為這首詩不應該置頂，並且質疑版主對於好詩的定義與解讀詩作的能力，也激起了一番討論。這兩個例子的發文者，其實都有某種「反抗性讀者」的姿態，對於論壇的審查者積極挑戰，並且捍衛自我的意識，當然如若都像第二位發文者一樣在言語上都帶有人身攻擊，筆者認為版主輪替的狀況可能會更加快速，且如同葉子鳥所言，這些都是無給職的工作，全是詩人們出自於對詩的熱愛，以及對詩論壇的付出，才能共同守護、一同運作「吹鼓吹詩論壇」。

第四節　「facebook詩論壇」的運作機制及其徵獎企劃

　　「facebook詩論壇」是「吹鼓吹詩論壇」因應網路平臺媒介更新與變遷之應變而成立的臉書社團組織，於2010年成立，希望能藉由臉書的力量邀請臉書朋友加入社團，一齊發表詩文、談論詩藝並且互相交流。關於「facebook詩論壇」的討論，已有一些研究論著提及並給予期待，包括黃靖雯的碩士論文《站立與出走：數位時代下臺灣現代詩的形式與傳播》中第三章〈現代詩的數位舞臺〉中探討到臺灣網路媒介的一再轉換，從BBS、網站架設、網路論壇，直到近期的臉書以及Instagram作為詩書寫與傳播的平臺等。黃靖雯即指出：「從臺灣詩學的簡介中，可見其自WWW網站開始，歷經論壇再到Facebook社團的轉變。組織管理者必須具備敏銳的觀察力，隨時注意組織的活絡狀況，以做好有效的經營管理。[21]」楊宗翰一文〈臺灣現代詩的數位衝浪：從電腦詩到新媒體〉[22]指出關於新媒體與現代詩的結合，他提出三點值得追蹤留意的部分，一為網路詩壇的臉書化，二為即時通訊軟體之強力傳播，三為新媒體與行動閱讀帶來的「捨詩集而就詩作、棄長詩而擇短詩」風潮。第一點關於網路論壇的臉書化，楊宗翰就以「吹鼓吹詩論壇」與「facebook詩論壇」為例，他說到：

　　　　以「吹鼓吹詩論壇」為例，其早在2010年便為因應Facebook效應，申請在臉書上開設社團「Facebook詩論壇」，目前有

---

[21] 黃靖雯：《站立與出走：數位時代下臺灣現代詩的形式與傳播》（臺中：國立中興大學臺灣文學與跨國文化研究所碩士論文，2019.01），頁36。

[22] 楊宗翰：〈臺灣現代詩的數位衝浪：從電腦詩到新媒體〉，收錄於《異語：現代詩與文學史論》（臺北：秀威，2017.01），頁228-235。

> 超過三千位「臉友」加入，或發表、或欣賞、或交流問難，
> 應可持續觀察其與原有「臺灣詩學‧吹鼓吹詩論壇」兩者間
> 之消長。[23]

根據楊宗翰指出的，他目前還尚未確定網路論壇「吹鼓吹詩論壇」臉書化之後與臉書社團之間的互動與消長的發展與走向，但筆者卻可大膽指出，網路論壇消亡的狀態已經出現，就是2021年5月31日「吹鼓吹詩論壇」的關臺事件，而「facebook詩論壇」仍繼續運作，並且就筆者觀察，目前社團人數已經超過六千人（6997），是個相當龐大的詩社團，以下為筆者於2023年11月17日所截社團封面圖示：

圖1-4：「facebook詩論壇」社團封面[24]

---

[23] 楊宗翰：〈臺灣現代詩的數位衝浪：從電腦詩到新媒體〉，收錄於《異語：現代詩與文學史論》（臺北，秀威，2017.01），頁235。
[24] 截圖時間：2023年11月17日。

本節之討論，筆者除蒐羅相關資料之外，也特別邀請目前「facebook詩論壇」之管理員：詩人寧靜海撰寫訪問稿，以補足、增添本節之討論與內容。根據寧靜海的回應指出，2010年開始由蘇紹連建置了「facebook詩論壇」，詩論壇的管理員包括最早期的詩人葉雨南、2016至2017年由嚴毅昇、林炯勛、鄒政翰三位大學碩士生之年輕詩寫手共同管理，後考慮到以臉書作為推廣詩社各項徵稿活動的平臺，為投稿詩社紙本詩刊、及主題徵稿、比賽徵稿、出書、北中南雅集活動報導的網路平臺，改由臺灣詩學同仁（學刊和詩刊）及「吹鼓吹詩論壇」版主們全體接任。[25]目前主要的管理員包括詩人寧靜海、郭至卿、漫漁等人。

　　「facebook詩論壇」同網路論壇「吹鼓吹詩論壇」，都有一定的版規與原則，以下說明之：

> 2003年6月11日，《臺灣詩學》建網站，申請網址登錄上網，並取名為《吹鼓吹詩論壇》，從此，一個大型而且專業的詩論壇終於在臺灣誕生了。
>
> 《吹鼓吹詩論壇》定位為新世代新勢力的網路詩社群，並以「詩腸鼓吹，吹響詩號，鼓動詩潮」十二字為論壇主旨。
>
> 《吹鼓吹詩論壇》總共開設六十個版面，版主曾約六十多位，會員總數曾達五千多人，已發表詩文主題三萬多個，詩文總數八萬多篇。網址：http://www.taiwanpoetry.com/phpbb3/index.php
>
> 2010年，為因應facebook的強力效應，除了設有《臺灣詩學》專頁外，並設立《facebook詩論壇》本社團，由臉書朋友加入，一齊發表詩文、談詩論藝，相互交流。
>
> 2017年1月12日起，將《facebook詩論壇》列為本社在臉書推動

25　寧靜海：〈「facebook詩論壇」的前世今生〉訪問稿。

徵稿的平臺之一，與原《吹鼓吹詩論壇》並行運作，另《學刊》及《論壇》雙刊物，仍依編輯部的運作，接受e-mail投稿。

【本論壇投稿新規定】2018/3/11

1. 投稿於本論壇的作品，限為新詩（現代詩）及相關徵稿項目。

2. 投稿於本論壇的作品，除作者親自以文字投稿外，請勿轉貼他人作品，或代替他人投稿。（亦勿貼網圖）

3. 投稿於本論壇的作品，除作者本人可自行分享外，非經原作者同意，他人請勿轉貼（分享）出去。

4. 投稿於本論壇的作品，請勿再投稿至別的徵稿平臺（紙本或電子報），或自別的平臺轉貼過來，避免一稿兩投。

5. 在徵稿期限（一般詩作每年分四期，即三月、六月、九月、十二月截稿）結束後，作品若未獲選刊登於紙本，作者可自行轉投稿至他處。

6. 本論壇的詩訊息（作者出書、發表會、研討會、詩聚、教學等活動），僅發佈本社同仁舉辦的活動，其他限主辦單位為政府、民間重要文學機構的公開活動訊息，及友社《創世紀》、《乾坤》、《野薑花》、《風球》詩刊的出版或活動訊息分享。

7. 投稿者每人每日貼稿，限在三則以內，多者刪除。

8. 貼稿方式，創作需有題目〈〉，配合徵稿的作品，請在詩題前加【】填入參加徵稿項目名稱。

9. 不合投稿規定的貼文，恕不核准貼出或留言，並將直接給予刪除。

10. 投稿即同意授權刊登於臺灣詩學出版的刊物和編輯的書。

11. 請勿在同一則詩作下以大量的表情符號、心情貼圖作為留言回應。

從此公告可以分為兩點討論，包括宗旨以及投稿規定。關於宗旨部分，基本上「facebook詩論壇」的宗旨是延續「吹鼓吹詩論壇」而來，希望開闢一個新的空間讓臉書的詩友能有一個更常互動、發表、討論的平臺。投稿規定則與「吹鼓吹詩論壇」有差異，包括社團只能貼出新詩（現代詩）創作、且不能轉貼他人作品以及涉及版權問題的圖片、投稿人每人每天至多只能貼文三則，其餘則由管理員刪除、並且不要在同一則詩作下以大量表情符號、心情貼圖作為留言回應。有些規定是因應臉書版面之限制而定，有些則是為方便進行社團管理。

從2010年「facebook詩論壇」開始營運，投稿到紙本刊物《吹鼓吹詩論壇》又多一項管道，所以需要論壇管理員進行「守門」，目前任職「facebook詩論壇」管理員的寧靜海就說到：

> 寫詩「私」事，讀詩更是主觀的，就詩論詩，無所謂的框架標準作評斷，原則上要能打動人心的，讀到文字碰撞後的新意，詩之美是感悟後的敘述，而非形容。是情與境交融而出的詩語感，是見地獨到的創新思維，是詼諧又不失禮的歧異，是大膽想像卻娓娓道來的表現。[26]

---

[26] 寧靜海：〈「facebook詩論壇」的前世今生〉訪問稿。

對於如何選好詩這件事情，寧靜海提出自己的看法，包括打動人心、新意、情境交融等基本條件，且她也於2019年開始擔任《吹鼓吹詩論壇》的編輯小組，主要編選「facebook詩論壇」上發表的佳作，與詩人黃里一起，黃里是負責「吹鼓吹詩論壇」的佳作編選的工作，所以自從臉書詩論壇開始營運後，《吹鼓吹詩論壇》的編選與守門又更加複雜，請見下圖呈現：

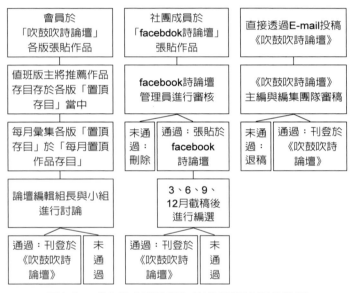

圖1-5：《吹鼓吹詩論壇》刊物編選流程彙整版

這張編選圖總共呈現三條線，包括「吹鼓吹詩論壇」、「facebook詩論壇」、以及「個別投稿」，無論是哪一管道，都會遇到相對應的「守門人」，包括「吹鼓吹詩論壇」守門人：各版版主、論壇編選小組（黃里等人）；「facebook詩論壇」：管理員們、刊物編選人（寧靜海等人）；以及《吹鼓吹詩論壇》的主編及編輯群（蘇紹連、陳政彥、李桂媚、蘇家立、楚狂等人）。

在「facebook詩論壇」中，臺灣詩學同仁等會進行相關企劃與徵稿的活動，這些活動後所得獎的詩作或評論，亦會刊載於《吹鼓吹詩論壇》上，或是集結成書由臺灣詩學季刊社企劃出版，這是「facebook詩論壇」經營與辦理活動企劃的一大特色，有幾年的活動推廣與聯合報副刊一齊，也因為這樣近期的詩論壇管理員才會轉而由臺灣詩學、吹鼓吹詩論壇同仁擔任。寧靜海也指出：「因臉書的使用者的普遍性，臉書版詩論壇在無形之間成為提供紙本刊物投稿的主舞臺，從少數的一般詩作的投稿，到推廣一至四行的截句的大量來稿，並逐年舉辦專題性截句徵稿。自2017年起至2021年已陸續推出一系列以『截句』為基底的主題式截句競寫，獲得優勝與佳作除了刊登在季刊裡，亦逐年與遴選一般截句集結成書。」[27]以下為於「facebook詩論壇」歷年徵獎、企劃活動一覽表：

表1-2：2017-2022年臺灣詩學季刊社於「facebook詩論壇」企劃競寫活動[28]

年份	企劃競寫活動
2017年	1.詩人節截句詩是什麼 2.讀報截句 3.小說截句 出版《臺灣詩學截句選300首》，收錄2017年1月至6月facebook詩論壇之截句投稿作品，以及「詩人節截句」、「讀報截句」兩次主題得獎作品各十首。
2018年	1.春之截句 2.電影截句 3.禪之截句 出版《魚跳：2018臉書截句選300首》，收錄2017年7月至2018年6月facebook詩論壇之截句投稿作品，以及2017年「小說截句」和2018年的「春之截句」、「電影截句」三次主題得獎作品各十首。

27 寧靜海：〈「facebook詩論壇」的前世今生〉訪問稿。
28 本表資料感謝寧靜海提供。

年份	企劃競寫活動
2019年	1.攝影截句競寫 2.器物截句競寫 3.茶之截句競寫 出版《不枯萎的鐘聲：2019年臉書截句選》，收錄2018年7月至20198年6月facebook詩論壇之截句投稿作品，以及2018年「禪之截句」和2019年的「攝影截句」、「器物截句」、「茶之截句」四次主題得獎作品各十首。此外，特別企劃兩個回合「截句解讀」競寫。同年出版《淘氣書寫與帥氣閱讀：截句解讀一百篇》。
2020年	1.「動物」散文詩競寫 2.「夢」散文詩競寫 3.散文詩解讀
2021年	1.「截句雅和」兩回合競寫 2.「植物」散文詩競寫 3.「新聞」散文詩競寫 出版《斷章的另一種可能——截句雅和詩選》一書
2022年	1.散文詩解讀競寫 2.散文詩短劇 出版《波特萊爾，你做了什麼？——臺灣詩學散文詩選》、《七情七縱——臺灣詩學散文詩解讀》二書

從2017年開始，每年臺灣詩學都會規劃相關徵稿、競賽的活動，也促進社團成員在詩論壇上的互動，且這些徵稿與徵獎其實也有獎金、贈書等，都是促進「facebook詩論壇」活躍的一種方式。

第五節　「吹鼓吹詩論壇Instagram版」的運作與詩人回顧

「吹鼓吹詩論壇」除了於2010年經營臉書詩論壇外，為推廣「吹鼓吹詩論壇」的使用與推廣，站長葉子鳥決定於2020年成立「吹鼓吹詩論壇Instagram版」，邀請蔡知臻撰文回顧「吹鼓吹詩論壇」，從「詩人足跡」開始，目前已發表三十篇「吹鼓吹詩論壇之詩人足跡」，撰寫的詩人基本上皆為目前在詩壇已有一定知名度的詩人，包括楊佳嫻、鯨向海、羅毓嘉、德尉、李長青等人，或是在

「吹鼓吹詩論壇」活躍的詩人：包括葉子鳥、曾美玲、寧靜海、冰夕、靈歌等人，以及新生代值得期待的詩人：包括小令、林宇軒、王信益等人。

Instagram作為詩作傳播與詩壇活動推廣的媒介，黃靖雯的研究也指出關於IG詩的呈現樣貌，以及傳播的表現，基本上皆是使用照片搭配文字的方式去推廣的。[29]而「吹鼓吹詩論壇Instagram版」的經營，截至目前為止（2023年3月20日），貼文數共33則、粉絲224位、追蹤者4位，版面基本上之分工為：

　　葉子鳥：管理
　　袁丞修：發文、管理
　　李桂媚：圖片製作
　　蔡知臻：撰寫文稿

　　「吹鼓吹詩論壇Instagram版」剛起步，還有許多的發展空間與規劃，目前「吹鼓吹詩論壇詩人足跡」專題文章告一段落，下一階段將回顧「吹鼓吹雅集」活動，以當時雅集的集會活動照片為主，並回顧參與的詩人群體。以下附上「吹鼓吹詩論壇Instagram版」版面與「吹鼓吹詩論壇詩人足跡」首發圖片：

---

[29] 黃靖雯：《站立與出走：數位時代下臺灣現代詩的形式與傳播》（臺中：國立中興大學臺灣文學與跨國文化研究所碩士論文，2019.01），頁45-46。

圖1-6：吹鼓吹詩論壇Instagram版

圖1-7：「吹鼓吹詩論壇」之詩人足跡：鯨向海

「吹鼓吹詩論壇詩人足跡」專題文章雖然在Instagram版目前暫時告一段落，但經與新任《吹鼓吹詩論壇》主編蘇家立、楚狂的商量與討論後，從2021年12月號的詩刊中部分文章會進行紙本連載，也期待讓習慣閱讀紙本刊物的閱讀者，以及更多發表、被看見的機會。

第六節　結語

　　本章回顧網路論壇「吹鼓吹詩論壇」的創立、發展及其後續的延展變化，希冀對整個論壇發展有一個全面、概略性的初步交代，關於整個論壇的文學典律建構、與紙本刊物《吹鼓吹詩論壇》之間的關係、「facebook詩論壇」的建置模式與互動、到「吹鼓吹詩論壇Instagram版」的建立與推廣，筆者認為臺灣詩學季刊社所推動的「吹鼓吹詩論壇」及其後續推廣，因應時事需求與社會網路的變遷而增添平臺與對話的空間，與時俱進。在建置與網路平臺互動的同時，管理員、版主會與會員、社團成員產生一些摩擦或是挑戰這也都是必然的，這些管理員也沒有因此怠惰或是失職，就算有無法承擔或處理的事務，也都會由站長或是其他管理員協助負責，「吹鼓吹詩論壇」就像一個大家庭，從各版版主、副站長、站長、創辦人，爾後包括「facebook詩論壇」管理員等人、「吹鼓吹詩論壇Instagram版」成員等，都在為臺灣詩壇盡一分心力，建立一個能夠讓創作者、評論者發表、互動、回帖、討論的平臺。「吹鼓吹詩論壇」網路論壇本身已於2021年5月31日關臺，轉變成一個詩學資料庫，但紙本《吹鼓吹詩論壇》、「facebook詩論壇」、「吹鼓吹詩論壇Instagram版」都還在運作，筆者也期盼日後的發展與變化。

　「臺灣詩學‧吹鼓吹詩論壇」研究：詩人群體、網路傳播與企劃編輯

第二章
「吹鼓吹詩論壇」詩人群像及其作品研究（上）

第一節　前言

　　「吹鼓吹詩論壇」從開臺到關臺，總共經歷18年的時間，其中參與發表、互動、回文，甚至是創立自己個人版面的詩人相當多，且基本上都是較為年輕的一群詩人，經過這些年的錘鍊與成長，詩人們也都茁壯、備受關注。本章將從「主題學」的角度，討論在「吹鼓吹詩論壇」出沒的詩人們，這些詩人主要分別有三種特質：

　　一、現在在詩壇已是重要的代表詩人
　　二、在「吹鼓吹詩論壇」活躍的詩人
　　三、值得關注與提及的新生代詩人

　　本章將討論的詩人包括「吹鼓吹詩論壇」的建立者蘇紹連（1949-），以及靈歌（1951-）、葉子鳥（1961-）、王宗仁（1970-）、許赫（1975-）、李長青（1975-）、曹尼（1979-）、達瑞（1979-）、蘇家立（1983-）、涂沛宗（1984-）、楚影（1988-）、柯彥瑩（余小光）（1988-）共十二位詩人，呈現他們的詩創作軌跡以及與「吹鼓吹詩論壇」之互動。

第二節　現代性・跨媒介・意象論：
蘇紹連詩創作及其轉變

　　蘇紹連（1949-）無庸置疑是臺灣重要且具代表的現代詩人，

1978年出版第一本詩集《茫茫集》震驚詩壇後，於12年後才又推出《童話遊行》、《驚心散文詩》與《河悲》三本詩集，分別以不同的創作形式：敘事、散文、四言為中心，呈現與首本詩集風格、形式迥異的創作呈現。簡政珍曾評，以八〇年代現代文學大眾化的傾向來看，蘇紹連的文字漸趨平白直敘也許是自然的走向，但以詩質的觀點來看，這樣子的改變反而變成第一本詩集的「反高潮」現象。[1]截至目前為止，蘇紹連所出版的詩集高達十八本，本節想討論的是，蘇紹連的現代詩創作有何變化？在形式與語言的突破有哪些展演？洛夫曾言：「蘇紹連不是一位象牙塔之中只講求心靈的抒情詩人，而是一位富於知性的現代詩人。[2]」所以筆者認為，在現代詩形式、語言、展演的嘗試與突破上，詩人無疑是有意識的在進行某種創作的實驗，或者說是實踐或許更能表現出詩人的企圖心與創作動機。

　　《茫茫集》的創作，詩人有意識的將「古典新創」，使用原題，但是以現代詩的創作形式書寫，極度講求「現代化」的意義與革新，所以在第一本詩集出版後，就引起詩壇極大的關注與回應，前輩詩人洛夫也企圖將唐詩再創作。現實現象超現實化也是本詩集一大特色，簡政珍曾指出本詩集所收錄的詩作，在主客體的詞語有替換、穿插的現象，雖然許多詩人在創作中不乏也用此創作技巧，但蘇紹連的使用特別明顯，更凸顯在運用超現實意象的創作美學與特色。[3]陳義芝則在〈試評《茫茫集》〉一文指出，蘇早期詩作的重要特色有二，一為內容的批判性，二為語言質地稠密，更讚他是用於嘗試，風格多變，又「慣於在同一時期表現同一類型的題

---

[1] 簡政珍，〈蘇紹連論〉，收錄於蘇紹連，《童話遊行》（臺北：尚書文化，1990），頁227。

[2] 洛夫，〈蘇紹連散文詩中的驚心效果〉，收錄於蘇紹連，《驚心散文詩》（臺北：爾雅出版，1990），頁3。

[3] 簡政珍，〈蘇紹連論〉，收錄於蘇紹連，《童話遊行》（臺北：尚書文化，1990），頁227-229。

材」。[4]藉助陳義芝的評論，發現詩人在往後的作品與出版中，也有同樣在於「同一時間發表同一類型與題材」的創作表現。

《童話遊行》的敘事詩、《驚心散文詩》的散文詩、《河悲》的四言詩，拓展了詩人不同面向的詩作嘗試，李翠瑛曾指出蘇紹連在敘事詩與散文詩的創作特點，在其運用白話語言的優勢，故事情節的戲劇效果，將荒誕不經的事物擺在同一處，使之產生強大的張力而震撼人心。[5]《臺灣鄉鎮小孩》等亦是同一主題的創作、《孿生小丑的吶喊》則是以語言的混雜為突破，藉由臺華雙文併置書寫現代詩，「時間三書」的創作以身體思想為主要中心，陳義芝認為，身體思想就是以身體作為思想的連結樞紐、表現空間，運用身體感官聯繫各種人生的經驗、感覺、意義。[6]這亦是一種在「意象」與「思想」的新實驗與展現，並藉由自我對於「時間」的概念進行一番不同視域的詮釋與表述。直至2016年，蘇紹連出版第一本跨媒介的詩集《鏡頭回眸：攝影與詩的思維》，結合詩與攝影所互文、交織而成的詩意美學，如何一同表述或各自表現。這本詩集的創作心法，包括意象焦點、語言節奏、大景與細節、陌生到熟悉、對象與詞語、表現與影響、直覺與思考等，[7]以鏡頭替詩人說話，更是本次跨界實踐的一大突破。臺灣現代詩人的「攝影—詩」跨媒介嘗試也有許多代表作品，如楊小濱《為女太陽乾杯》、羅任玲《一整座海洋的靜寂》、夏宇《第一人稱》等，但可以發現的是，鏡頭下的照片，是詩人凝視後的結果，凝視的產生會因不同人所拍攝而有所不同，更凸顯每位詩人的攝影與詩的合作結果迥異，具有特殊性的表現。

4　陳義芝，〈試評《茫茫集》〉，頁134-135。
5　李翠瑛，〈割裂的自我——論蘇紹連詩的創作手法與生命向度〉，《彰師大國文學誌》第十期（2005.06），頁163。
6　陳義芝，〈身體思想：蘇紹連的詩〉，《所有動人的故事：文學閱讀與批評》（臺北：書林出版，2017.08），頁151。
7　陳義芝，〈身體思想：蘇紹連的詩〉，《所有動人的故事：文學閱讀與批評》（臺北：書林出版，2017.08），頁150。

2017年，詩人詩集《無意象之城》出版，這本詩集的出版堪稱詩人在創作後期相當大膽的挑戰，現代詩所仰賴的意義傳達，在於「意象」如何運用、配合，有許多的詩評家或詩人認為，如果一首詩缺乏意象，這就不會是一首「好詩」，雖然筆者認為，「好詩」的定義因人而異，但「意象」的有無卻是大家普遍能接受的「評選標準」。鄭慧如大膽的批判，這本詩集雖在書名上已破題，但卻昭然若揭的運用城檞意象。「假如不再攀附意象，何必亟於甩掉意象。」[8]簡政珍更指出，蘇紹連在避免使用意象的方法有二，一為純粹描述物象或人的動作，不讓動作的意思引發成意象思維。二為大量運用情緒與理念的抽象詞語，如「遊玩了蕭瑟」，「召喚我轉搭荒蕪」等。[9]蘇紹連在前面的現代詩創作在「意象」的運用多元、大膽、狂妄，但在這本詩集的出版後讓人大開眼界，雖然在整本詩集中不妨會發現仍有意象存在的「餘孽」，但這樣的實踐更凸顯了詩人在積極挑戰、突破的創作美學。

　　從上述關於詩人創作、出版的爬梳可以看到，蘇紹連截至十八本詩集中，有意識的在進行不同的嘗試與突破，從古典現代化，呈現現代詩的現代性風貌之外，形式的集體創作，例如散文詩、四行詩等，或是語言突破如臺華雙文、媒介跨越如攝影師的互文性與出版，以及打破現代詩創作常規的無意象書寫。本文強調在不同階段的蘇紹連，呈現迥異之外，但又有延續、關聯的現代詩實踐與書寫，呈現其特有的創作美學。套用林燿德所評之蘇紹連：「他不僅是一個重要的詩人，更是一個重要的典型，從他詩作中風格與世界觀的變遷，得以偵測出戰後世代詩人和臺灣地區整個文化環境、政治環境之間的互涉關係。[10]」期待之後蘇紹連的詩集、詩研究者繼續討論。

8　鄭慧如，〈無意象的封印〉，收錄於蘇紹連，《無意象之城》（臺北：秀威出版，2017.06），頁9。

9　簡政珍，〈詩能清除意象嗎？〉，收錄於蘇紹連，《無意象之城》（臺北：秀威出版，2017.06），頁14。

10　林燿德，〈黑色自白書──蘇紹連風格概述〉，收錄於蘇紹連，《童話遊行》（臺

第三節　情感意識的闡發

一、性情與生活：靈歌

　　靈歌（1951-）曾擔任「吹鼓吹詩論壇」的副站長，長期經營論壇的事務與經營管理，也進而提拔許多年輕一輩的詩人，並且在回帖與詩作發表上相當戮力。靈歌曾主辦過「吹鼓吹詩雅集」活動，每月一聚，與詩友，詩人一同討論現代詩的創作與賞析。靈歌出版多本詩集，包括《破碎的完整》[11]、《靈歌截句》[12]、《漂流的透明書》[13]、《夢在飛翔》[14]、《雪色森林》[15]、《千雅歌》[16]（三人合集）等。他也參與許多詩社，包括野薑花詩社。靈歌的詩，劉曉頤曾指出：「靈歌的詩，海綿般滲透淬鍊自生活哲思點滴的哲思，《破碎的完整》是一塊暖手的發光泡棉。所挹注的情感思想，有曠達，有堅持——詩就是他情操最艱深的堅持之一。」[17]這個評價相當高，也相當符合靈歌的詩，這樣說的原因是因為詩人在每一本詩集中，都不約而同地滲入他的人生哲思與生活的點點滴滴，只是因其不同時期的關注面向，以及詩作的成熟度與經驗度的差異性，呈顯其詩創作脈絡的一條路線。

　　靈歌在「吹鼓吹詩論壇」上的貼文中，包括事務、創作、以及詩評的回饋，詩人於2013年開始在論壇上發表貼文，發表詩作的版

　　北：尚書文化，1990），頁249。
[11]　靈歌：《破碎的完整》（臺北：斑馬線，2019.12）。
[12]　靈歌：《靈歌截句》（臺北：秀威，2017.10）。
[13]　靈歌：《靈歌詩集：漂流的透明書》（臺北：秀威，2014.06）。
[14]　靈歌：《夢在飛翔》（臺北：漢藝色研文化，2011.01）。
[15]　靈歌：《雪色森林》（臺北：漢藝色研文化，2000.10）。
[16]　千朔、坦雅、靈歌：《千雅歌》（臺北：斑馬線，2019.06）。
[17]　劉曉頤：〈他在玻璃上呼著霜花——讀靈歌《破碎的完整》〉，網址：https://reurl.cc/Ak6QEY。查閱日期：2021.07.01。

面如分行詩版、俳句小詩版、論壇投稿等，筆者將回顧一首詩人很早發表的詩作〈獨舞〉（2013年1月12發表於「分行詩」第一版：〈中短詩〉），請見全詩如下：

釋放蜷縮的仰望
飛躍的軀體將銀河傾斜
星空竄出一隻鳳凰
帶火　帶傷
帶前世種種不堪

旋立於舞臺中央
一圈回首，一圈探索
拉扯一個猛然的陷落
燈光密密針繡
沿妳開闊如翅的眼睫
一池秋水漫漫溢出
樂聲驟響
神話在布幕湧動中逐浪傳說
聚　散　離　分
繁華將盡，如空山野火

孤寂是長巷月光
斜落的人影如弦
風以弓拉響
受傷的右腳蜷縮如鶴
單腳蹬躍獨舞

一支傘，緩緩撐起嘩然的星光

一支槳，輕輕撥響
水中豎琴的愴然

本詩分為四節，初步讀完這首詩，可以發現詩人對「自然意象」的使用與連結巧妙，先看第一節，就有如銀河、鳳凰的意象出現，這些意象的詮釋都是與詩題「獨舞」有關聯，包括飛躍的身軀將銀河傾斜，然後星空的鳳凰飛出等等，都相當「動感」。第二節把詩境轉向舞臺，將跳舞的姿態與模樣仔細描繪，除了舞姿之外，神情樣態也有敘述呈顯出來，然後幾句則連結到神話的情景，讓詩作能有更寬廣的視野。第三節鋒回一轉，以孤獨開頭，用月光承載詩意，斜落的人影如弦，這是人跳舞時的舞姿，但可能是較為緩和的部分，緊接著將「鶴」為比喻，也與自然意象連接。最後一節只有三句詩，星光、水為透視的意象，讓獨舞的狀態有個美好的瞬間。

二、與古人對話：楚影

　　楚影（1988-）的詩集常常於各大網路書店排行榜中出現，且近年來詩之創作量甚大，卻不失詩人的終極關懷：古典。綜觀詩人目前出版的詩集共五本，包括《你的淚是我的雨季》[18]、《想你在墨色未濃》[19]、《把各自的哀愁都留下》[20]、《我用日子記得你》[21]、《指路何去》[22]。一年到兩年就出版詩集，且不間斷的創作、發表，是位積極經營詩創作的新生代詩人。筆者第一次注意到楚影是閱讀到他的〈山鬼〉一詩，收錄於第一本詩集中，許多詩人都用現代詩創作山鬼主題與屈原對話、與《楚辭》對話，包括鄭愁

---

[18]　楚影：《你的淚是我的雨季》（臺北：釀出版，2013.08）。
[19]　楚影：《想你在墨色未濃》（臺北：釀出版，2015.07）。
[20]　楚影：《把各自的哀愁都留下》（臺北：啟明文化，2017.07）。
[21]　楚影：《我用日子記得你》（臺北：啟明文化，2018.04）。
[22]　楚影：《指路何去》（臺北：時報文化，2020.05）。

予等人，楚影對《楚辭》的著迷，即從他的筆名可見：「楚國的影子」。〈山鬼〉一詩帶有年輕人的再詮釋，詩中的對話感極重，好似與山鬼作伴，更有愛慕與愛戀的情感投射於詩作當中，從此發現這位新興詩人對於古典、典故、對話、及其再詮釋的功力，有其顛覆性與特殊性。

詩人於「吹鼓吹詩論壇」上自2008至2010年間亦有發表詩作，對應詩人第一本詩集出版時間2013年，這些可視為他的初步嘗試，也受到了「吹鼓吹詩論壇」版主等人之回應，發表的詩版包括少年詩園、情詩版、史詩版、分行詩「中短詩」版等。〈登幽州臺懷陳子昂〉（2009年7月29發表）一詩即發表在「史詩」版上，請見全詩：

> 顫抖地撫著斷磚碎瓦
> 誰是在這裡等我的人呢？
> 是懷抱國恨的燕昭王嗎？
> 能回答我的，只剩古老的風了
>
> 風路過只是匆匆一瞥
> 但我見到你的淚水還沒乾
> 想必是藏著你的情感
> 我蹲下身子，輕輕一吹
> 果然化為一股惆悵的煙
> 悠悠地迴蕩在你我同處的天地間
>
> 子昂，你知道我無法改變什麼
> 世道不是只有你那時才險惡
> 可以哭嗎？就讓我此刻
> 與你共詠登幽州臺歌

唐代詩人陳子昂〈登幽州臺歌〉這樣寫道:「前不見古人,後不見來者。念天地之悠悠,獨愴然而涕下。」當時陳子昂對於時代與社會的感慨,從詩中可見,我已不見前人,我也不見來者,只有悲涼悲戚之感,這首詩登臺,卻沒一字描寫地景,是首內心滿滿、情意深厚的古詩。楚影用現代詩的方式與陳子昂對話,更將現世放入詩中,回望與呼告陳子昂,無論是你那個悲涼的年代,或是我楚影現在生活的年代,都是無力的、更是無法改變的。這是一種詩人惺惺相惜的共感狀態,且在第一節、第二節詩中,更極力與古人之情進行對話,也反饋到自我的情思與反悟。

楚影對古典的愛戀,可見一斑,筆者所說的愛戀不是很愛使用典故,或是找古人背書,而是那種真心情意的與之對話,共鳴共感,從早期的詩作至近年出版的第五本詩集中,都可見其中心關懷。筆者相信之後仍可見詩人的精彩創作,或許亦有更多與「古」之對話或反悟。

三、觀看之眼:涂沛宗

涂沛宗(1984)是線上極具個人特色的新生代詩人,為何這樣說?因為他不常出現在一些詩的聚會,發表的頻率也不高,在《海星詩刊》仍出刊的時候,詩人定期會發表詩作,但自從《海星詩刊》停刊後,就較少閱讀到詩人的新作。所以,有些人可能沒有聽過他的名字,但是筆者想說的是,如果你曾看過他的詩作,或是認識他的人,你一定不會忘記他。在「吹鼓吹詩論壇」上,詩人於2008年就已開始活躍於論壇,亦發表許多詩創作,且多集中在新聞詩版、政治詩版、無意象詩版、分行詩版:中短詩版、詩觀詩話現象觀察等,他多關心社會時事並且以詩進行對話,他於2018年已出版了第一本全創作詩集《光從未來對你寫

生》[23]，詩人向明曾說到：「他的詩太豐富了，也就是說這麼多詩的出現都是筆端的自然流露、不是計劃寫作，更非應命的應景文章。」[24]可見詩人對情、對事、對物之感相當敏銳，且不流俗，而是更具私人的觀點抒情。

2019年開始，他於「吹鼓吹詩論壇」擔任「分行詩」第一版：〈中短詩〉版主，開始與論壇的詩人進行交流與互動，甚至是詩觀的切磋與交鋒，除了展現他閱讀詩作的細膩程度與敏銳的觀察之外，更能在「網路上」與人交流，這或許就推翻了筆者前段指出的他不常出現在詩聚會，因為他與眾多詩人與寫詩的愛好者在論壇相會。詩人的詩集《光從未來對你寫生》之輯五「街心寫字」多收錄了他對於社會新聞、政治事件的詩作，有些已於「吹鼓吹詩論壇」上發表過，筆者將介紹〈塑膠情人〉這首詩，尚未收錄到詩集中。〈塑膠情人〉（2011年6月30日發表）一詩發表在「新聞詩」版上：

〈塑膠情人〉
這些日子以來，我已節節敗退
跌到擁抱所需的輪廓之外
唯一殘存的不過是滿肚子
濃縮又還原的愛，回收不易
焚化有害，濃稠得像一杯人工調味的果汁
甜死人不償命
想不咬到果肉都不行

這是一首談論瓶裝果汁上所標註果汁含量造假或疑雲的社會事件，且很多號稱百分之百的純果汁，其實都不是真正百分之百，而多是

---

[23] 涂沛宗：《光從未來對你寫生》（臺北：遠景出版，2018.01）。
[24] 涂沛宗：《光從未來對你寫生》（臺北：遠景出版，2018.01），頁8。

濃縮果汁還原而來的，這新聞事件影響許多消費者的權益，當然也影響詩人自身。詩人用「愛情」為喻，把濃縮的、還原的狀態喻成愛情與情感的流動與付出或收回的狀態，詩最後則是重重的反諷，指出人工的總是分毫不差，連果肉都一定要讓人吃到，不像自然一般，有時可能吃到或沒吃到，都是正常的狀態，且一定得甜膩的讓人印象深刻，諷刺水果不甜沒人買、果汁不純沒人買的困境，這似乎也提出了一個問題：「我都做到了，你買不買單？」這似乎與愛情很像，完美的情人，但卻缺乏自然或自在感，這還是完美嗎？

　　詩人總是有他獨特的觀點在看待社會、處理某些既定的事件，但卻用不平凡的詩句與隱喻來訴說、並引領閱讀者進一步思考，我們似乎很難捉摸出詩人的創作風格與意識的脈絡，卻可以從他的詩中挖掘出一些對話的空間，或是延伸的領悟。

第四節　成長與啟蒙的意義

一、愛與成長：李長青

　　李長青（1975-）是詩人學者，創作與研究並進，出版多本著作，包括詩集《落葉集》[25]、《陪你回高雄》[26]、《江湖》[27]、《人生是電動玩具》[28]、《海少年》[29]、《給世界的筆記》[30]、《風聲》[31]、《愛與寂寥都曾經發生》[32]，以及《我一個人：李長青詩選》[33]，編

[25]　李長青：《落葉集》（臺北：爾雅出版，2005.05）。
[26]　李長青：《陪你回高雄》（臺北：晨星出版，2008.09）。
[27]　李長青：《江湖》（臺北：聯合文學，2008.10）。
[28]　李長青：《人生是電動玩具》（臺北：玉山社，2010.12）。
[29]　李長青：《海少年》（臺北：星月書房，2011.11）。
[30]　李長青：《給世界的筆記》（臺北：九歌，2011.12）。
[31]　李長青：《風聲》（臺北：九歌，2014.08）。
[32]　李長青：《愛與寂寥都曾經發生》（臺北：斑馬線，2019.01）。
[33]　李長青：《我一個人：李長青詩選》（臺北：小雅文創，2021.04）。

有選集《躍場：臺灣當代散文詩詩人選》[34]創作攝影與文字作品
《年記1975：與這個世界》[35]，以及散文評論集《詩田長青》[36]。李
長青的詩作風格，綜觀許多研究者、詩人、評論家的觀點，大致有
幾個關鍵詞：優雅、愛、日常、柔情、現實。當然這些關鍵詞並不
能包括全部李長青的詩風，但卻能標舉幾個重要的面向，如凌性傑
就指出，李長青以詩的形式理解自己、理解他人、理解世界，這過
程就是最大的報償；而黃文成認為，李長青詩中的現實感、日常性
突出，且他的詩總有那一股危險的柔情迷漫詩句間。

　　李長青在「吹鼓吹詩論壇」的活動時間為2003至2006年，所發
表、互動的版包括散文詩版、臺語詩版、〈天人五衰·動情激素〉
廖經元作品集、〈蔗尾蜂房〉、我們隱匿的馬戲班、〈臺灣詩學
同仁〉作品等版面，而我們也可以從論壇檢索看到，李長青在「吹
鼓吹詩論壇」上所發表、回應的多以散文詩為主，他的博士論文
也是以散文詩為研究主題，與之對應。再來就是他的創作是跨語
言的，華語詩、臺語詩兼長。筆者發現2006年的最後一篇貼詩，並
不是散文詩，而是一首分行詩〈左翼的天空〉（2006年4月20日發
表），發表在成長經驗版，請見全詩：

　　天色曾經朦朧
　　年輕的斷句與思索
　　一直無法被條列

　　物質的草原
　　歷史的筆心以及

34　李長青、若爾·諾爾主編：《躍場：臺灣當代散文詩詩人選》（臺北：九歌，
　　2017.08）。
35　李長青：《年記1975：與這個世界》（臺北：尖端，2020.12）。
36　李長青：《詩田長青》（臺北：爾雅出版，2019.06）。

書上描述的政權
這些物件
不斷分裂
分裂為一場赤色的雨

是社會還是主義
是大道或者小徑

夢中的雕像與警句
自己就能形成
詭譎的風雲

左翼，是一種和平的、公平的意識，打擊階級的概念。這首詩發表在成長經驗版，我們就不能忽略詩人在詩作中所體現的成長經驗，以及與左翼的關係。這首詩呈現出一種「詭譎」的狀態，包括第二、四節，赤色的雨、詭譎的風雲等，好似詩人在成長期間的不安定與游離感，且自我在認同上的辯證與游移，並不能有更好的目標與前景，這首詩在第一節中，「天色曾經朦朧／年輕的斷句與思索／一直無法被條列」直指年輕時期對於未來、理想或是自我成長的不確定，一直在搜索，但無法理出一個有效的、有秩序的規則，這不就是一種成長時的迷茫嗎，而詩人所期待的是一種成長範式，也是對社會與政治局勢的一種隱喻。

　　李長青最新出版的詩選集《我一個人：李長青詩選》，精選了他的詩作品，也能夠讓我們更全面看見詩人自己認為的「精彩」、「經典」的詩作，除了概略了解詩人之外，還是走進他的詩作，才能更貼近詩人及其作品。

二、試探、地方到遷徙：曹尼

　　已出版第二本詩集的曹尼（1979- ），可說是甚具代表性的新生代詩人，曹尼從2003年就於「吹鼓吹詩論壇」發表詩創作，但卻是在2016年才出版第一本個人詩集《越牆者：曹尼詩集》[37]，他於2020年出版的詩集《小遷徙》[38]榮獲「第四屆周夢蝶詩獎」首獎，受到詩人向陽、陳義芝、楊宗翰的推介，他從宜蘭在地出發，關注家鄉的土地，以及情思的想像與對詩的悸動、感受皆有突出的表現。曹尼是宜蘭人，他也參與「歪仔歪詩社」，目前是一位高中教師，社團參與、思考的教授，是他目前的工作，更是他生活的一部分。

　　曹尼在「吹鼓吹詩論壇」的活動相當豐碩，2003年6月15日他於論壇發表了第一首詩〈嘟嘟小嘴：小baby〉：

　　　　柚子的baby是橘
　　　　子的baby是金
　　　　棗的baby是

　　　　通通都為我肚
　　　　子的小baby

這首詩發表在童詩版，筆者在回顧論壇網站時甚覺有趣，也和他現在成熟、深沉的詩風無法連結。這首詩富有童趣感，從斷句的方式以及意境的營造，都相當有趣味，也包括了語言的混搭。曹尼在論壇中有許多的嘗試，包括在許多版上發表不同形式、主題、內容的詩作，形式上包括散文詩版、俳句小詩版、圖象詩版、分行詩版，

---

[37]　曹尼：《越牆者：曹尼詩集》（臺北：斑馬線，2016.10）。
[38]　曹尼：《小遷徙》（臺北：聯合文學，2020.08）。

　「臺灣詩學‧吹鼓吹詩論壇」研究：詩人群體、網路傳播與企劃編輯

主題與內容上包括地誌詩版、社會詩版、男子漢詩版、性詩版、女性詩歌版、詠物詩版、國民詩版等。後來曹尼從論壇的發表者，轉變成論壇的討論者，他擔任了散文詩版與地方詩版的副版主，除了自己寫詩發表之外，也藉由閱讀別人的詩作進行回饋與討論，但也可以從論壇的資料發現，詩人的詩發表變化從多到少，而討論的回應文字從少到多。

其中〈公主狂想曲〉（2004年9月5日發表）一詩發表在「女性詩歌」版上，且詩人只發表這首詩在女性詩版上，以下引出：

因為說了太多謊言
巫婆必須每日擦拭勃起的魔鏡
滿足慾望美白的反照

厲行瘦身計畫
嗑下酸澀的爛蘋果
每日C更多
才能讓童話多健康

森林裡住了七隻小豬
害得大野狼吹氣喘不過來
他們說王子愛上灰姑娘
要我別哭改當睡美人
一天只睡一小時

給口不善等待的窗子
樓下的餓龍要會噴火
我要砸碎那庸俗的玻璃鞋
戴上火紅的帽子

換穿魚鱗片長裙

只要逮隻愛說話的青蛙
或是恐龍、野獸
狠狠給他一吻

閱讀〈公主狂想曲〉一詩可以發現裡面有眾多的童話故事，且都是
公主故事中的角色，包括白雪公主、灰姑娘、睡美人、小紅帽、青
蛙王子等，詩人將這些童話故事與公主改寫，在讀詩時會有戲謔感
與反諷感，其中一個重要的特點是公主的「主體性」被提出來了，
她們可以主動控制魔鏡，也可以狠狠的給出一吻，情節的經營讓女
性的自我被挖掘，而不是傳統社會上被「觀看」的主體，物化女性
在這首詩反而看不見，也可知此詩發表在女性詩歌版的特殊意義。

　　從曹尼的第二本詩集回望他的「吹鼓吹詩論壇」發表歷程，能
夠看到他在詩創作的變化與過程，從形式與主題的試探，到對宜蘭
地方的特色與重視，以及近期的詩心遷徙與遊走，曹尼的創作才剛
開始，我們繼續關注他，不是給他壓力，而是他備受期待。

三、海洋詩境：柯彥瑩

　　柯彥瑩（1988-），筆名余小光，是敦厚的詩人，目前也於高
中任教，在教育現場服務的他，不忘繼續經營自己的現代詩創作。
從高中開始，他就接觸「吹鼓吹詩論壇」，並在論壇上發表自己的
少作，他觸及的議題相當廣泛，從他發表的版面就可以看到，無論
是形式上、還是主題上，包括國民詩版、分行詩版、少年詩園、社
會詩、大學詩園、組詩版、散文詩版等，都能看到他的名字。詩人
在2004年12月發表了第一首短詩〈古厝的屋頂〉，筆者想這是開啟
他創作的一個小小的開端，也讓他現在有了一點被人注目的成績。

詩人曾經出版兩本詩集，第一本是以筆名余小光所出版的《寫給珊的眼睛》[39]，這個詩集名稱與詩人的筆名，都不禁讓人聯想到臺灣重要的大詩人余光中先生，詩人蘇紹連也曾指出「是否余小光就是余光中的化身，來寫詩給他的前世情人四個女兒」這樣有趣的疑問。六年後（2017年），詩人用本名與筆名同時並列，出版第二本創作詩集《記得我曾經存在過》[40]，從詩集名稱就可感覺到其強調了「存在意識」，在詩作中認可自我，或是對詩的情有獨鍾，筆者認為都是詩人內心最深層，也是對詩作的一種態度與責任。但是，筆者對於詩人柯彥瑩的「知曉」，並不是從詩作開始，而是從研究知道的，詩人亦研究臺灣的現代詩，他以《現代詩中的海洋書寫──以後中生代詩人陳育虹、嚴忠政、凌性傑為討論中心》取得中興大學臺文所的碩士學位，能寫、能評論、能教學，已經是相當全面的文學人了。

詩人研究海洋書寫，他自己的詩作有沒有關於海洋的？令筆者相當好奇。2005年3月14日在「分行詩」第一版：〈中短詩〉上詩人發表了〈海浪〉一詩，詩中說到：

> 前進！　前進！
> 我們互相推擠著
> 我們的白和天空不同
> 我們賦有使命
> 走了！　走了！
> 該去向海岸表明忠誠
>
> 拍打！　拍打！
> 礁岩以自殘方式

---

[39] 余小光：《寫給珊的眼睛》（臺北：秀威，2011.12）。
[40] 柯彥瑩：《記得我曾經存在過》（臺北：秀威，2017.11）。

擁抱我們
幾百年亦或者千年後
它將消逝
前進！前進！
我們互相推擠著
我們的白和天空不同

這首詩明顯是海洋書寫的作品，也包括了海岸與海之間的關係，此詩帶有濃厚的童趣，並且在感嘆的句式上相當明顯，也讓閱讀者在閱讀的時候能感受詩人創作時賦予詩作的某種「音樂性」，海浪的拍打與推進，一直循環反覆，很像在爭取些什麼，但卻不只是這樣，而我們沒有看到的是，海浪前進後的倒退，帶走的可能是積極的心，或是失落的狀態。詩人在這詩中著力描寫競爭與推進的部分，呈現了正面的意義，但屬於評論者的我，可能看到了不一樣的詮釋觀點與詩作背後沒有寫出的意義。

另外詩人於2009年9月2日發表〈如果魚有時也會作夢〉一詩於「分行詩」第一版：〈中短詩〉：

如果魚有時也會做夢
不過是一種攜帶光線的隱喻
那時我將進入你的身體
摩擦以及碰撞
在你還是一片海洋的時候

偽裝成漁夫好了
鉚釘用森林造作一艘帆檣
寄放在你身體最乾燥的地方
等待季節的風向偶然經過

它卻在帆布上寫下自己的名字

請告訴我要如何去解釋
假像被翻譯成真實的模樣
雖然雷同的胴體已然記號
左手與右手依舊是異同的方位
所以決定從童話裡垂釣你的睡眠

清醒在一個波光回航的午下
如此緩慢而且靜謐
眼眸中的世界被氣泡偷偷竄改
你仍然是一尾不曾索然的魚

這首詩算不算是海洋書寫？當然也算，但這裡的海洋，是想像中的，或是如詩題中所指的：夢。此詩以魚和海洋為喻，與情愛靠近，甚至直指性慾的過程與歡愉的狀態，許多精巧的比擬都會讓閱讀者不禁害羞起來，但關於情慾主題的詩作，如果寫得太過露骨，總是讓人覺得「俗氣」，而詩人的這首詩沒有散發這種俗的感覺，而是給人一種較高的藝術感受。

詩人柯彥瑩在教學、創作與評論上，都相當投入，不知道詩人是否持續創作，希望之後能夠再次看到他的詩集作品出現在網路書店上。

第五節　詩的形式與傳播

一、散文詩的煉金者：王宗仁

王宗仁（1970-）是一位以散文詩自居的詩人，目前出版的兩

本詩集，包括《象與像的臨界》[41]，以及《詩歌》[42]，其中第一本詩集出版時就備受關注，因為詩人當中，全以散文詩創作出版的詩人相對少數，就我們所理解的，以散文詩出道的詩人不外乎商禽、蘇紹連、李長青等人，近期女詩人簡玲也出版《我殺了一隻長頸鹿》（2019）、《雨中跳舞的斑馬》（2022），而2020至2022年臺灣詩學與吹鼓吹詩論壇在臉書社群上辦理散文詩競寫比賽，以及散文詩解讀比賽，重新重視散文詩的創作與評論。王宗仁的詩作除散文詩外，也企圖在他的創作中「跨界」，筆者認為他的詩創作不能只是詩創作，而是一種藝術形式的表現與展演，第二本詩集《詩歌》就以三元素：1.散文2.詩3.歌進行創作，同年美國傳奇歌手巴布狄倫（Bob Dylan）榮獲2016年諾貝爾文學獎，更影響了大家對於詩與歌的認識與討論。

　　王宗仁寫散文詩的念頭與初嘗試，可以從「吹鼓吹詩論壇」上看到足跡，筆者從網站上查找，發現王宗仁於2004年就在論壇上發表詩作，常常發表的版面包括散文詩版、地誌詩版、性詩版、數位詩版等，雖然詩人發表的版面也相當多元，但可發現他都是寫散文詩，無論是不是發表在散文詩版，找不到其他形式的創作，可見他從很早期就默默耕耘散文詩的創作。

　　筆者認為，散文詩因敘事與抒情兼顧，在情境的營造上更具豐碩，且跳躍性，連續性的詩意穿插，相當有趣，甚至可以「玩」詩，我們來看看詩人在論壇上發表的〈電話亭〉（2004年2月6日發表於〈散文詩〉發表版）一詩：

　　　　因為每個人都刻意和他敵對，都向他丟擲謊言，所以他急切想找個電話亭，撥電話給失蹤已久的童年，懺悔。
　　　　關上門，似乎就擁有了安全的空間，而其實那是個透明

---

[41]　王宗仁：《象與像的臨界》（臺北：爾雅，2008.02）。
[42]　王宗仁：《詩歌》（臺北：遠景，2016.05）。

監獄，每個來來往往的行人都像間諜，都在門外監視他的一舉一動；他慌亂的撤按每個數字，他是多麼渴望單純誠實的對話啊……

　　然而話筒那端始終無聲無息。孤獨寒冷的棺形空間裏，他持著一枚沒有人頭的硬幣，用眼淚當潤滑劑，藉著不斷投入、掉落的聲響，想像溫暖。

這首散文詩分成三段，第一段急切的將電話亭比喻為一種連結回憶與過去的媒介，訴說與傾訴的對象，而藉由找尋童年與懺悔的意識，想找到的解答是，現在許多人對他的刻意敵對，以及不能坦言真實之狀。第二段將電話亭的空間與人心結合巧妙，長方形的電話亭是個密閉的空間，但不能忽略的是電話亭四面透明，雖然私密空間讓人安心，但窺視的狀態又是坐牢般，不能自在，更不能坦言，「他」在渴求真相，更希望能說出實情，但卻一直被外界的空間、情境、狀態所圍限，這彷彿隱喻了幼時天真與長大後無法在天真單純之心理狀態變化顯現出來，更呼應第一段「他」所渴求的藉由電話亭回到過去，得到真正的回饋與解答。最後一段是一場悲劇，而這悲劇性的結尾不是動態的，而是靜態的，有時無聲勝有聲，沒有回應的話筒，給人冷靜貌，卻又冷血，無助的「他」無法止住傷心的狀態，而最後一句可能是暫時的解答，就是想像溫暖，我想這首詩的主角，只是需要一絲絲的溫度，但世間無情，冷血的狀態讓他受盡傷痛，但沒有回音的話筒就如沒有辦法回到的過去一樣，你得回去面對這個你目前生活的世界與情境，而繼續追尋你想要的，或是渴求的溫暖，或是一種溫度。

　　王宗仁的詩，總是能夠營造詩境，無論是說故事的方式，或是抒情的方式，甚至如上提詩作敘事抒情兼並，都能深入人心，刻畫細膩，雖然詩人在「吹鼓吹詩論壇」上所發表的詩作不多，時間也不長，但目前所出版的兩本詩集，都有其重要性與代表性，尤

其在散文詩這個寫作形式上，更是上乘的作品，期待王宗仁日後的創作。

二、百變詩人：許赫

　　許赫（1975-）是於網路社群相當活躍的詩人，同時現在也是斑馬線文庫出版社、心波力簡單書店的負責人。他現於國立政治大學民族學系攻讀博士學位，從此可見他身兼多重身分，包括詩人、出版人、書店經營者，以及學者。他日前發起新詩微運動「告別好詩」，認為掙脫好詩的枷鎖，詩人才可以自由寫詩，才能把寫詩這個書寫活動，確實在生活中實踐。他已出版多本詩集，包括《在城市，沒有人赴約的晚上》[43]、《網路詐騙高中生，電腦工程師喜歡的詩》[44]、《原來女孩不想嫁給阿北》[45]、《囚徒劇團》[46]、《郵政櫃檯的秋天》[47]等。

　　許赫於「吹鼓吹詩論壇」的活動軌跡，跟他的身分一樣多元且百變，筆者姑且稱他為「百變詩人」，怎麼說呢？許赫在論壇上活動的時間相當長，從2003年至2011年皆有發表詩作或推廣詩活動於布告欄等，從發表版面可以觀察到，許赫所創作的詩「形式」、「種類」相當多。隨意檢索，散文詩版、小說詩版、俳句小詩版、分行詩版、人物詩版、國民詩版、朗誦詩版等都可以發現詩人的詩創作，且因許赫就讀政治大學，所以在政大的長廊詩社版，以及由楊佳嫻所設的版「屏息的文明」都能看到他的足跡，也因這樣多元的特色我們能發現許赫的多變性與百變樣態。

---

[43] 許赫：《在城市，沒有人赴約的晚上》（臺北：廢紙角角的同學會，2003.03）。
[44] 許赫：《網路詐騙高中生，電腦工程師喜歡的詩》（臺北：角力，2013）。
[45] 許赫：《原來女孩不想嫁給阿北》（臺北：黑眼睛文化，2014.01）。
[46] 許赫：《囚徒劇團》（臺北：斑馬線，2018.06）。
[47] 許赫：《郵政櫃檯的秋天》（臺北：斑馬線，2018.12）。

細讀他的詩，其中帶點詼諧、又好玩的詩作吸引了筆者的注意，且看〈滑鼠〉（2003年6月13日發表於「分行詩」第一版：〈中短詩〉）一詩：

　　　　這個辦公室的人每週上班五天
　　　　平均每人所作所為的排行是這樣的
　　　　罵人8%
　　　　看mail 11%
　　　　吃飯喝水上廁所16%
　　　　開會22%
　　　　用手說話65%

　　　　玩一隻老鼠
　　　　摁著牠頭在桌上來來回回
　　　　當做抹布一直擦桌子
　　　　72%

這首詩把上班的日常詼諧化成一種數據，這樣的轉變讓工作變成一種能夠遊戲的狀態，且「用手說話」一句其實就是打字，也讓人覺得相當有趣，辦公桌前的滑鼠是這首詩最重要所要描述的對象，而將其動物化，也結合家事讓這看似平凡的滑滑鼠更加日常、一般，這樣的詩遊戲的成份較高，也具有實驗性，但卻給人深刻的印象。

　　〈臺灣新詩解放陣線〉（2008年7月16日發表於「分行詩」第一版：〈中短詩〉）一詩呼應了他所提倡的「告別好詩」的運動：

　　　　關於一個不存在的組織
　　　　每日膜拜想像與虛無彼此掃射的教義
　　　　在詩人疲憊的假日

捷運站

忠孝東路sogo百貨

忠孝西路館前路口

北一女與總統府交界處（那個大弊案發生的地方）

與及恐怖活動預告的另12處地點

那一連串的

來自14個新詩社團、網站、祕密會社

26名志願者引爆汽車炸彈

有許多的無辜民眾受到傷害

超過100套版本

成為謠言與腦筋急轉彎

繼續在網路世界與小吃攤流竄

到處攻擊無防備的鄉民

關於政府單位不存在的通緝

現在開始預約看守所的床位

請電洽0922542983（1分鐘20元，感恩）

臺灣新詩解放陣線籌備處

這首詩帶有諷刺性，也帶有許多反省與思考，關於詩、詩壇、詩人間的互動等，最後一節則加上廣告與來電答鈴的對話，試圖將諷刺性的詩語言化解，會心一笑之感，是詩人筆鋒一轉的特色。

我們不難發現詩人對於生活的關心，以及與社會的對話相當有心，在詩的特色上多變、多樣，甚至多嘗試，從論壇的發表到詩集的出版，許赫不改風格，用自己的方式與語言與社會對話。

三、論壇的凝視與推廣：葉子鳥

　　葉子鳥（1961-）曾擔任「吹鼓吹詩論壇」的站長，為論壇與詩社奉獻甚多，也是因為葉子鳥站長的規劃與邀請才促成每星期大家能於論壇及論壇IG上看到「吹鼓吹詩論壇之詩人足跡」專欄。筆者認為葉子鳥因庶務繁忙的關係，近日詩作的發表量與曝光量並不多，但回顧她的創作經歷，她於2010年即出版了第一本詩集《中間狀態》[48]，本書收錄多首詩人之創作，更需提出的是，詩人在這本詩集當中的「探索」相當明顯，尤其是形式上展現多元且豐碩，包括分行詩、散文詩、圖像詩、小詩等，無不展現她「遊戲」的精神。在內容上，不乏顯現詩人自身關心的重要命題，包括女性書寫、童話詩、都市主題、觀看與遊歷等，從生命體驗到詩創作的精神無不展現詩人獨特的思考方式與展演態度。

　　回顧葉子鳥在「吹鼓吹詩論壇」的發表與互動，甚是需要用心，因為就統計發文數來看，葉子鳥截至2021年1月14日，已發表6014篇文，其中包括詩創作、站務彙報、徵文啟示等，但為數可觀，相當活躍。筆者發現詩人所發之第一篇文，於2004年4月9日發表，不負論壇以詩創作為旨，即是一首圖像詩，且相當有趣，詩〈電視〉如下：

---

[48]　葉子鳥：《中間狀態》（臺北：秀威，2010.06）。

電視

電視電視電視電視電視電視電視電視電視電視電視
電視電視電視電視電視電視電視電視電視電視電視
電視電視電視電視電視電視電視電視電視電視電視
電視電視電視電視電視電視電視電視電視電視電視
電視電視電視電視電視眼睛電視電視電視電視電視
電視電視電視電視電視電視電視電視電視電視電視
電視電視電視電視電視電視電視電視電視電視電視
電視電視電視電視電視電視電視電視電視電視電視
電視電視電視電視電視電視電視電視電視電視電視
電視電視電視電視電視電視電視電視電視電視電視

人

人　　人

這首詩的形象相當鮮明，最先看到的可能會是中間的「火眼睛」，明亮且引人注目，而用「電視」二字排成一個電視的形狀，將電視之狀直接放在詩中，電視前有三個人在觀看，當然這邊可以解讀成三人，但就整體形象來說，也能發現這如同電視的支架一般，是不可分割的連貫體系，更隱含了電視不可以無人、人不可以無電視的互補關係，要有彼此才是完整。這首詩看似簡單，卻有很深沉的意蘊可以探索與討論，這首詩可能是詩人青澀的作品，但回過頭來檢視與閱讀，仍是充滿樂趣的佳作。

　　詩人、站長葉子鳥在「吹鼓吹詩論壇」裡默默耕耘，從2004年至2021年已有17年之久，我們或多或少都會在論壇中與葉子鳥對話，也常常看到詩人回覆的留言與討論，無不受用。身為論壇的凝視者，葉子鳥積極參與，致力詩學推廣，希冀能繼續看到詩人的新作，讓人大飽眼福。

四、詩心、詩教、詩傳播：蘇家立

　　蘇家立（1983-）於2021年接任了《吹鼓吹詩論壇》的主編，在接任刊物主編之前，他就已開始承辦「吹鼓吹詩雅集」的活動，每兩個月與詩友一同讀詩、討論詩，還邀請年輕詩人來擔任講評人，在詩的推廣上相當用心。蘇家立截至目前為止，已出版兩本詩集與一本散文集，詩集包括《向一根半透明的電線桿祈雪：蘇家立詩集》[49]、《其實你不知道》[50]，散文集《渣渣立志傳》[51]。略讀兩本詩集，可以明確感受到詩人對文字的死忠，以及在抒發或詮釋情感的時候，深刻地、婉轉地、甚至是疏離地藉由詩的形式去開展與呈顯，無論是情感的、寫實的、或是想像的。回過頭來看詩人於「吹鼓吹詩論壇」上的發表情形，他從2006年就開始發表詩作，也開始回應讀詩的感受，一直到2020年，中間的發表情況雖然有疏密的分布不均，但確實是一位很常出現在論壇的詩人。

　　筆者會說蘇家立保有「詩心」、傳承「詩教」，且進行「詩傳播」，是因為他在詩壇上的位置與身分多元，就如上述，他寫詩、也舉辦詩雅集活動，現在更編輯詩刊，這就恰恰印證此說法。在論壇中詩人在許多版上發表詩作，包括散文詩版、情詩版、分行詩版、俳句小詩版等，現在就來分享詩人早期發表的詩作。詩人於2006年於論壇發表的第一首詩為散文詩，詩題為〈我們家〉（2006年9月13日發表於〈散文詩〉版），請見引詩：

---

[49]　蘇家立：《向一根半透明的電線桿祈雪：蘇家立詩集》（臺北：要有光，2013.09）。
[50]　蘇家立：《其實你不知道》（臺北：斑馬線，2017.04）。
[51]　蘇家立：《渣渣立志傳》（臺北：奇異果，2015.01）。

媽，你有沒有看見門牌號碼？今天是垃圾回收日呢！昨天看過的報紙不要穿在身上，當作裙子它經不起風吹雨打。

　　姐，可不可以把妳男友叫醒？雖然他是個好用的鬧鐘，但是他流出的液體，已經佔據了水槽，下一步就是冰箱的冷凍庫。

　　我這是最後一次拔下頭髮警告你，弟。漿糊腦袋不可能旋轉360度，你也不姓司馬，眼睛裡閃著萬花筒的國度，鼻子卻跑出烏托邦的蛆。

　　老爸，記得多燒些紙錢給我。改天我才能如數歸還。在對岸不要太操勞了，我只想要有一個弟弟，一個就夠了。

　　未來的我，還記得家裡的電話號碼嗎？或許中元普渡時，隔壁牢房的小豬，會咬著橘子撥打一通來自過去的靈異電話。

　　願闔府平安。我與三字經的我，以交尾的恭敬致上。

這首詩跟筆者想像中蘇家立的詩有落差，筆者大膽猜測這樣實驗性的作品是詩人的早期嘗試，正在探索自我定位的過程，但這首詩確實好玩，詼諧性、諷諭性、遊戲性十足，對家庭的各個成員都「虧一下」，這種「虧」的筆法雖然有時用太多會讓人覺得太滑稽，但在這首詩卻是剛剛好，如果只有幾個家庭成員有虧，或無虧，不平衡感就相當明顯，甚至會讓人以為這首詩是尚未完成之作。當然，選這首詩討論還有一個原因，就是什麼樣的詩會在論壇，或說網路媒介中被看到、關注，筆者認為新奇的、有趣的詩是容易的，但也不得不說，這首詩題目稍嫌普通，如果改個更吸睛的詩題，與詩作搭配，可能更加亮眼。

五、以圖為始、以情綻放：達瑞

達瑞（1979-）是個神祕的詩人，筆者所指稱的「神祕」是他從不隨便出手，累積了近二十年才於2018年出版了第一本詩集《困難》[52]，這本詩集收錄了69首詩創作，呈顯他這幾十年來的記憶、困境與對詩的思考，可以看出他的成熟與對詩質的要求。從「吹鼓吹詩論壇」的查找，發現達瑞於2003年開始在論壇上發表現代詩創作，有趣的是，達瑞發表的前十首詩作，全部都是「圖像詩」，且實驗性較高，相當特別，也發現到達瑞從圖像詩出發，找到自己對於詩創作的理解與定位。除了圖像詩的發表外，詩人也嘗試許多內容與形式的詩作，包括原住民詩版、地誌詩版、詠物詩版、朗誦詩版、散文詩版、社會詩版、贈答詩版、分行詩第一版：「中短詩」、〈俳句‧小詩〉發表版等，於2006至2007年，詩人集中於〈組詩‧長詩〉版發表〈經過〉組詩，是一個永續的、長期的創作，相信也是詩人有意識要這樣做。詩人從2003年發表至2011年，在「吹鼓吹詩論壇」經營了9年的時間，也擔任了副版主的職務，可見他的用心與積極參與。

以下筆者將跟大家分享兩首別具特色的詩作，對於詩人來說可能都是相對實驗的創作，分別發表在地誌詩版與詠物詩版，且都只有在這兩版上發表過一首詩作，且未收入至《困難》詩集當中。先看〈大屯山霧〉（2005年3月8日發表於〈地誌詩〉版）一詩：

> 雨退的山彎，大霧不止
> 某些步伐穿入城市的意念
> 某些神祕的離去，

---

[52] 達瑞：《困難》（臺北：逗點文創，2018.04）。

那樣深邃的折返
　　百年前的黯啞，此刻的回聲
　　卸下負重，憂傷和時間
　　午後靜謐如常
　　隱喻的風被輕輕解開，
　　誰是誰的昨日的跋涉

這首詩主體為地誌詩作，卻包含滿滿的情意，這首詩沒有分節，在
形式上也算是中短詩，前幾句詩形容大屯山的佈景，有雨也有霧，
也鋪陳來來去去的人們進入與離去，過去與現在的景況呈顯憂傷的
狀態以及對時間的流逝，最後一句詩是問句，提出問題感受到詩人
企圖與山對話，也跟人對話，更與閱讀這首詩的人對話，有時以詩
對話是一種方法，可以藉此判斷自己所身處的位置，以及對景物的
地理環境有相對的擺放與時序的隱喻。

　　〈抽屜〉（2003年12月30日）一詩發表在〈詠物詩〉版，詳見
此詩全文：

　　抽屜
　　鎖在三層櫃
　　中央；
　　上下空掉的櫃子
　　擱在油畫
　　中央；
　　油畫
　　掛在廢墟的
　　頹牆的
　　中央；
　　大雨

斜刷過，使

抽屜

掉色；

經過的人，

將它

左右挪動，猜

後面有無

保險箱入口；

流浪漢

從前面

將它扛走

裡頭

有他的畫筆；

鎖沒開

不用鑰匙。

　　這首詩的空間感相當明顯，無論是左右的狀態還是中央的櫃子擺
設，都呈現了我與物、物與物的相對位置，詠物詩要寫得好，並不
是將物品描寫得如此通透、精細，而是要賦予感情，這才是詩心的
展現，〈抽屜〉一詩注入了與人的互動，以及藉由雨刷與掉色，表
現出抽屜所經過的人情與歷史狀態，可能是與敘事者的故事，甚至
是一種陪伴的感覺。

　　達瑞的詩最不缺的就是「情」，但卻很難想像原來詩人較早期
所發表的多是圖像詩，這種具有視覺性的詩作，可能在技巧性與實
驗性上是比較重視的，但這或許只是詩人練功的過程，從詩集《困
難》的閱讀更能體會筆者所指出的，以圖為始、以情綻放。

　　本章共討論了蘇紹連等十二位詩人，下章將繼續討論。

第三章
「吹鼓吹詩論壇」詩人群像及其作品研究（下）

第一節　前言

延續第二章，本章將繼續探討另外多位於「吹鼓吹詩論壇」活躍、重要的代表詩人，包括曾美玲（1960-）、鯨向海（1976-）、陳思嫻（1977-）、楊佳嫻（1978-）冰夕（1978-）、德尉（1979-）、黃羊川（1979-）、阿米（1980-）、陳允元（1981-）、羅毓嘉（1985-）、波戈拉（1985-）、趙文豪（1986-）、巫時（1990-）、洪國恩（1991-）、小令（1991-）、施傑原（1993-）、王信益（1998-）、林宇軒（1999-）、寧靜海（？-）[1]共十九位。

第二節　身體、性別的詩藝展演

一、男子漢詩歌：鯨向海

詩人鯨向海（1976-），許多詩評家都稱其為「網路世代詩人」，其詩作最先發表於BBS，與楊佳嫻、銀色快手等人一同於網路上耕耘自我的文字創作。與前行代詩人不同的是，早期（當然現在還是）多依賴報紙副刊、文學刊物與雜誌等書面發表平臺，甚至透過文學獎、詩集出版作品才得以與讀者見面，而現今網際網路發

---

[1]　詩人為求隱私，不方便提供。

達的時代，紙本與網路並行、流通的模式已經是常態，甚至年輕一代讀者更愛於臉書、IG等社群軟體上讀詩，也出現了「每天為你讀一首詩」、「晚安詩」等臉書粉絲專頁，訂閱人數多達十萬人以上。

我們可以藉由鯨向海的網路發表來回顧他的創作與在詩壇上的軌跡，並且看出其網路社群之互動。就目前所查，鯨向海於「吹鼓吹詩論壇」活動的時間為2003年至2012年。起初他在2003年6月18日開設了一個「男子漢詩歌版」，立志「成為全國女性同胞最喜歡看的版」，且開設專題，包括「男子示弱的詩歌」、「男人、身體、情慾」、「男孩青春無敵詩」等，本版的開設凸顯了關於性別意識與自主表現的開端，更符合鯨向海自我詩作風格的呼應與展現。許多在線詩人也給予回應並貼詩作分享之，包括曾琮琇、曹尼、蘇家立等人。在「男子漢詩歌版」上，鯨向海所發表的詩相對較少，較多的是回應詩友的詩作與分享心得，但不乏幾首重要且具代表詩人性格的詩作，例如〈幾個男人的夏天〉（2003年6月18日發表於〈男子漢詩歌〉版）一詩：

幾個男人的夏天
穿著內褲走來走去
在更多時候
其實不穿

忽然就走進A片裡
但太在意
那些人的Size

顛沛流離又到了色情網站
有些姿勢想做
已經無法做得特別

抬頭望見大衛像
苦惱著如何爬上去
奪回那些三頭肌

卻夢見一條急湍的肉體之河
在岸邊孤獨地
長出魚尾紋
莫非存在一些解釋

捷運裡有人穿著細肩帶
坦蕩蕩就坐在對面
膨脹起來的感覺
甚至甘願立刻死去
莫非這是另外一些

幾個男人的夏天
擁擠不堪
大家各自做了許多事
卻都是一樣的事

鯨向海的詩有許多切入與分析的視角，其一大宗即為「色情詩」，或是包括在「同志詩」當中。這首詩呈顯夏日男人對於自我肉體、身體、以及情慾的流動與歡愉，詩中訴說幾個男人的夏日日常沒有多大的歧異性，而在尋找的可能是自己已經失去的東西，包括三頭肌、較難的性愛姿勢或是青春的流逝，也觀察著他人的穿著，延伸到觀人之情動與生理特徵，無不細膩到位，且鯨向海的詩句始終易懂，易懂的意思不帶有貶意，而是一種親近，詩之可貴筆者認為在

於「共感」，沒有共鳴的詩作，是不會引起讀者群關注的，筆者覺得除鯨向海自身的關注議題與書寫風格外，話題性還是造就詩人成名的重要因素。

　　鯨向海於「吹鼓吹詩論壇」活躍在幾個版上，除了自己開設的「男子漢詩歌版」之外，另兩個則是「〈屏息的文明〉」以及「分行詩第一版：中短詩」，筆者特別想談鯨向海於「〈屏息的文明〉」版的互動實況，此版之版主為楊佳嫻，也是當今重要的女詩人、學者，她曾出版同版名詩集《屏息的文明》[2]。鯨向海喜歡回應「〈屏息的文明〉」版中的一些資訊，以及詩作的討論，例如楊佳嫻於2003年6月17日發表了一篇〈父親，我在等待——讀零雨〈父親在火車上〉〉，談及對零雨第四本詩集《木冬詠歌集》之閱讀心得，並分享她對於〈父親在火車上〉一詩的感受與體悟。而以下圖片為他們兩個在此文下的對話：

---

[2]　楊佳嫻，《屏息的文明》（臺北：木馬文化，2003.04）。

渣妹
你真是對我太好了好想哭喔
又那個六頁多一行明明就是不小心的
怎麼可能是刻意的。零雨小姐並不會在寫詩時先驗說：
「這首詩我要五頁多三行」那首詩我一定要「整整三十點五行」好嗎？
更別說跟排版小姐串通好了。
而且其實那另一個樹林如果是在最後一行，其實也有某種特殊的美感
雖然抵不過你的「一大片空白說」，不過也不是完全不行。
說了半天，只是要彰顯渣妹讀詩時有些時候是非常偏執而且富有強烈個人美感意識在其中的（好像是廢話）
而我覺得這是很重要的，因為我們並不需要一個人云亦云的詩評家
我們需要的是與眾不同的詩評家。

yo，明明夏宇也是硬梆梆的。

　　上圖是楊佳嫻的補充文字，下圖是鯨向海的回應，從對話的過程中可以知道他們倆人的交友甚深，無論是他們的對話語言使用，或是了解對方喜歡哪些詩人等等，甚至是被對方影響開始看零雨的詩作，筆者想這不會是以「網友」的身分會寫出的對話，而是「摯友」貌。

　　詩人鯨向海已出版多本詩集，從2002年至2018年止共六本，而他的網路發表平臺也從最早的BBS、吹鼓吹詩論壇，直至Facebook粉絲專頁，當然他也有在各大報紙副刊以集詩刊雜誌發表詩作。鯨向海目前在詩壇的知名度筆者認為是共同肯定的，無論是讀者群眾、學術研究者也都對其相當關注。

二、涉入的詩樂園：羅毓嘉

　　羅毓嘉（1985-）出身於臺北建國中學紅樓詩社，從高中到現在一直從事現代詩創作，前幾年才與現代詩研究者李癸雲教授於國家圖書館對談，題目為「詩、抵抗與網路世代詩人的社會參與」。羅毓嘉目前已出版詩集《嬰兒涉過淺塘》[3]、《我只能死一次而已，

---

[3] 　羅毓嘉：《嬰兒涉過淺塘》（臺北：寶瓶文化，2019.06）。

像那天》[4]、《偽博物誌》[5]、《嬰兒宇宙》[6]、《青春期》[7]五本，另外他也鑽研散文創作，已出版：《阿姨們》[8]、《天黑的日子你是爐火》[9]、《棄子圍城》[10]、《樂園輿圖》[11]。羅毓嘉的詩關注社會運動與性別運動等議題，他也不避諱自己的同志身分，積極與自我、社會、以及情人對話。在「吹鼓吹詩論壇」他第一首發表的詩作〈我們〉於2005年11月24日發表於〈同志詩〉版：

> 寂寞
> 頂多只能歸咎於一兩個願望
>
> 是被放逐的流星
> 獨自飛行，卻
> 不曾有人記得我的軌跡
> 不曾有人標出我的疆域
> 一再被撞擊、被拋棄、被隔離
> 摔落飛往境外之境
> 拉不住的是來自你的引力
> 你是引力核心
> 無所謂沉淪、救贖、罪孽、祝福
> 那些是過於簡單絕對的結局
> 我在你門外來去
> 洗浴不同溫度

4　羅毓嘉：《我只能死一次而已，像那天》（臺北：寶瓶文化，2014.12）。
5　羅毓嘉：《偽博物誌》（臺北：寶瓶文化，2012.07）。
6　羅毓嘉：《嬰兒宇宙》（臺北：寶瓶文化，2010.07）。
7　羅毓嘉：《青春期》（臺北：自費出版，2004.11）。
8　羅毓嘉：《阿姨們》（臺北：寶瓶文化，2022.10）。
9　羅毓嘉：《天黑的日子你是爐火》（臺北：寶瓶文化，2016.03）。
10　羅毓嘉：《棄子圍城》（臺北：寶瓶文化，2013.11）。
11　羅毓嘉：《樂園輿圖》（臺北：寶瓶文化，2011.05）。

請讓我殞落
以詛咒之身在你膚上割下芒痕
我是被放逐的流星
願驚擾你
以死亡之前瞬間耀眼的光華驚擾你
我要在你轉身離去之前燃燒殆盡
願枯萎成細碎顆粒
感受與你的摩擦
那般熾熱
那般激切
往原鄉奔去

要不
請讓我往秩序的最深處航行
我將以最精準的姿態落下並引爆你
揚棄你的結構
如同你將語言如砲彈擲向我的疼痛一般
我背離你
揮起我的旗幟

世界繼續運行著

我說：
「寂寞，
　只是來自於大聲說出『　　』
　那樣的願望…」

這首詩貼出後並沒有得到任何留言的回應。筆者閱讀完這首詩後，滿滿的哀傷與痛苦之感油然而生，其中詩作中所用之形容與詞句，包括殞落、沉淪、拋棄等，詩人一直在踐斥自我、否定自我，呈顯出這首詩之游移與情感的不安定性。這首詩明顯可看出是一首「情詩」，如果不是放在同志詩版，不見得一定需要從同志角度出發解讀，但此詩呈顯的極度壓抑，好似白先勇《孽子》中青春鳥之放逐與無歸屬的情感意識是相當有關連性的，而他也是青春鳥，獨自飛行，也一再碰壁與被拋棄，其中「一再被撞擊、被拋棄、被隔離」一句，有明顯的性意識，心靈或性行為的撞擊、抽象與具象的拋棄，還有封鎖心防與對象有些隔閡之互動，羅毓嘉這首詩的元素與鋪陳相當精細且鮮明，一直到近年最新出版的《嬰兒涉過淺塘》與社會的對話、質疑與批判，更展現出「羅氏風格」。

從「吹鼓吹詩論壇」所出發之創作旅程，能夠看出一個詩人早慧的詩心與才氣，且以羅毓嘉為例，檢視其餘論壇發表的時間，他集中於2005至2008年發表，並且多首詩作經過修改收入他所出版的詩集《嬰兒宇宙》。

三、痛苦的情詩：波戈拉

臺灣新生代詩人當中，波戈拉（1985-）的詩總是帶有情深滿滿，但卻傷痕累累，我們不能不關注他在情意鋪陳的同時，更在創造傷痛、揭示傷痕，而這些詩句所留下的是給予閱讀者無限的想像與共振、共感。詩人目前已出版兩本詩集，包括《痛苦的首都》[12]與《陰刻》[13]，筆者認為他是位不隨便出手的詩人，對於詩的經營與鍛鍊要求深刻，且凸顯了「陰性書寫」的特色。楊佳嫻就曾於《陰刻》序中提及：「若把感性視為雌性天賦，一個墜入情網的男

---

[12] 波戈拉：《痛苦的首都》（臺北：木馬文化，2013.09）。
[13] 波戈拉：《陰刻》（臺北：木馬文化，2017.03）。

子也可能呈顯出這種陰性質素，且執著、迷戀自己的這種姿態，同時又感到痛恨、亟欲超拔。」[14]這恰恰能總括目前波戈拉所塑造出來的詩作風格。

波戈拉亦於「吹鼓吹詩論壇」發表詩創作，發表起迄時間為2005年至2011年，但經過檢閱可以發現，他並沒有發表太多詩作，加上一些詩學資訊分享外，只發表11筆貼文，其中詩作分別發表在無意象詩版、大學詩園、組詩長詩版、分行詩（中短詩）版，其中分行詩版發表最多。詩人於論壇所發表的詩當中，〈藥與時間的人偶〉（2005年3月17日發表於〈大學詩園〉創作主力群）一詩筆者認為甚是特殊，且看詩作全文：

> ——時間不是藥，但藥在時間裡。

> 父親，我們總會夢見
> 在凌厲眼神背後的暗流
> 我和你的童年
> 像河床緩慢沉澱

> 那屬於睡前的故事裡
> 支離破碎的情節
> 我不是什麼
> 不過是你棄置房間內
> 失去手腳的娃娃

> 父親，為什麼痛為什麼痛
> 在長大的每頁夢裡上溯

---

[14] 波戈拉：《陰刻》（臺北：木馬文化，2017.03），頁12。

一些愛是，恨
一些愛是肢體的零件

偶爾看見你流淚
房間裡總是住著父親各式的隱忍
父親，你也知道嗎？
請你，請你讓我入眠
在星星的床夜的枕

父親，所以我想
如果我和你有幾分相像
你的童年裡
一定也有像我這般的人偶

一定也，等待父親的組裝
像我這般的人偶。但你不是
所以容我退到
無傷的岸邊
讓時間仔細上藥

　　註：給每個暴力下成長的孩子，以及那些如此長大成為父親
　　　　的孩子。

這首詩是很議題性的創作，卻有可能是詩人的有感而發，父親與孩
子之間總是有切不斷理還亂的分合關係，且這樣的關係總影響著父
子之情或父子之仇。波戈拉的詩總是在反抗些什麼，但又不像另一
位新生代詩人羅毓嘉的反抗般激動或直擊，全面關照這首詩的語言
與氣息，這種呼告式的，或是溝通式的反對、或抗議，總是帶有幾

分情思，「偶爾看見你流淚／房間裡總是住著父親各式的隱忍／父親，你也知道嗎？／請你，請你讓我入眠／在星星的床夜的枕」這種帶有同情的、共情的，以及呼籲的詩句，會觸動閱讀者的感官，這種感官是記憶的，也是傷痛的。詩末的註提到這首詩是給每個暴力下成長的孩子，以及那些如此長大成為父親的孩子，這樣綿延不絕的人與狀態，我認為詩人此註寫得相當痛苦，因為不知道長大成為父親的孩子的孩子或之後，是否還會發生這樣的事情，這是一種擔憂、也是一種反諷。

波戈拉的詩，就如筆者所說，帶情、也帶痛，而情的部分不只是情愛，也包括了親情與友情，本段的例詩即是關於親情的書寫。從「吹鼓吹詩論壇」上的檢閱，不只是能發現詩人的成長軌跡，更能掘發詩人的多元書寫。

四、身體意識與性別感知：黃羊川

黃羊川（1979-）於2004年至2013年活躍於「吹鼓吹詩論壇」，前期多發表詩作，後期多回應他人詩作，因他也曾擔任版主的工作。他是個創作多元的作家，筆者不指稱他為「詩人」是有道理的，因為他除出版詩集《血比蜜甜》[15]、《博愛，座不站》[16]外，他也創作散文、小說等文類，出版如散文及《身體不知道》[17]、小說《沿拋物線甩出的身體長大》[18]，又曾獲電視劇節目劇本創作獎，我不能只是把他定位在某一個文類的創作者，因為他兼擅，所以他是新生代「全方位」的作家。

筆者注意到黃羊川在「吹鼓吹詩論壇」的發表與回應相當多，

---

[15] 黃羊川：《血比蜜甜》（臺北：秀威，2009.12）。
[16] 黃羊川：《博愛，座不站》（臺北：唐山，2010.07）。
[17] 黃羊川：《身體不知道》（桃園：逗點文創，2015.12）。
[18] 黃羊川：《沿拋物線甩出的身體長大》（臺北：九歌，2019.05）。

而關注他的詩發表來說，他在的發表版面相當多元，包括形式相關：如「分行詩」第一版：〈中短詩〉、〈俳句‧小詩〉發表版、〈組詩‧長詩〉發表版、〈散文詩〉發表版，社會相關：如〈政治詩〉版、〈社會詩〉版，性與情相關：如〈性詩〉版、〈同志詩〉版、〈情詩〉版，還有〈地誌詩〉版、〈惡童詩〉版、〈預言詩〉版、〈贈答詩〉版、〈詠物詩〉版等。無論在哪些版所發之詩作，可發現他對於性別、身體與情慾的關注甚深，且看〈胴體〉（2005年10月9日發表於〈性詩〉版）一詩：

  ──身體、肉體、胴體，轉變期

  你把我的身體渴望成綠洲
  一見面就淌泳
  一泅泳就耽溺嬉戲
  再撫摸卻發覺乾燥過分
  裡頭潛藏溫柔的溼度
  折射，成一臺電風扇；

  我是位於寂寞地帶的電風扇
  旋轉　風沙滾滾　風塵僕僕
  我在海市蜃樓脫光
  渴水般淨洗肉體
  你的雙眼掃視黃色地帶
  諸如我、綠洲、電風扇：

  （我，是你的，
  但──僅限於你虛構的視界）
  你，哽一口口水

吞嚥　經　過　喉頭
你揚手
觸摸我的胴體
你張揚我的柔軟
椰葉底下的新生
你反覆握著滿刺的仙人掌
掌心竟有了快意
流下的卻等於是離去
另外留下的則是空虛

這首詩在閱讀的過程彷彿進到三溫暖裡的烤箱般，燥熱感飆升，不是流於俗媚的那種，而是一種藝術的引領，這首詩彷彿一齣劇，這個故事五顏六色，又有風襲來、水流淌，相當豐富。我的身體渴望成為綠洲，綠洲是豐饒的象徵，希望進入之後都能滿載而歸，這樣的意義如放在身體與性慾來詮釋，就如希望自身的肉體與對彼此之情愛能夠讓對方滿上心頭，感受到對彼此的在乎與擁有。在磨合的過程中可能需一點理解，甚至是神祕感，如海市蜃樓的幻象，脫光的不只是肉身，而是一趟時光之旅，或是叢林探險，帶點好玩、也相當誘人的詩境營造，是黃羊川的強項，爾後他們接觸對方，感受到柔軟以及刺，對比的觸覺強調關係有時緊張，也有時相當平和，最後兩句的性隱喻極高，流下的是結束的意思，然後代表一段關係的結束，並是另一段孤獨的開始。我特別喜歡他詮釋性愛、身體、情慾的作品，能擊中人心，又不會流於俗套，重新用自己的感受與觀點理解、抒心。

五、厚嘴唇的誘惑：巫時

巫時（1990-）是個典型的校園詩人，除了他在就學期間發表

許多現代詩創作外，也參與許多場由風球詩社所舉辦的校園詩展座談會，有高中、亦有大學。詩人於2011年出版了第一本詩集《厚嘴唇》[19]，目前詩人的個人作品就這一本，詩集的封面相當吸引人，是用水彩所繪、設計的，選用橘色為主也相當亮眼，堆疊的電視機更顯得童趣，最令人注意的就是右上角的大紅色嘴唇印，帶點誘惑與性感，看似衝擊的符號與顏色併置於詩集封面，卻沒有絲毫的違和感，也許就跟詩人自身及其詩作一樣，挑戰邊界，以及感官的體驗。

巫時在「吹鼓吹詩論壇」論壇上的活動時間為2005年至2007年，也就是在出版《厚嘴唇》詩集之前，可推斷詩人藉由論壇發表鍛鍊詩作的創作能力。巫時曾在三個版上發表詩作：包括少年詩園、同志詩版以及女性詩歌，在其他版面上找不到他的身影，可見他關注的議題，可能與青春，以及性別有密切的關係。回到詩人《厚嘴唇》的介紹與說到：「那些無意間剝落的、或有意摘下的唇瓣，其實是詩人最赤裸又最不可告人的祕密，而今它們被蒐集起來，等待被再次揭密／解謎。」從此可見詩人詩作之深層，以及內心，他的願意書寫，甚至出版，就是試圖與閱讀者進行對話，並且揭密，或解謎的過程。

巫時於2005年11月於論壇〈同志詩〉版上發表了第一首詩作〈脫下〉（2005年11月6日發表），請見引詩：

脫下你的褲子有
亮晃晃的武器　陳舊
或者新
你用它抵住我厚脣要我閉嘴
我支吾其詞無法給予最適當的吻

---

[19]　巫時：《厚嘴唇》（臺北：角立，2011.09）。

這首詩的在情慾的想像上深刻且露骨，不禁讓人在閱讀時害羞起來。這首詩的詮釋可以從詩人所發表的同志詩版的方向解讀，但無論是同志、異性戀、雙性戀等角度閱讀，應都能理解，必須打破固定性別角色的限制，更回應了上述詩人給予讀者的揭密意識。〈脫下〉一詩描述的是性行為的過程，更精確的說是性行為開始前的試探與接觸，在詩的最後兩句更呈顯「動態感」，以及「強迫／被強迫」的互動關係，武器是剛硬的、堅強的，而唇之吻是柔軟、需要仔細品嘗的，兩者的碰撞不一定能滿足雙方，卻能藉由接觸而達到後續的高潮與快感，筆者想詩人所要表達的，除性行為之互動關係外，更重要的是「契合」的意義，陳舊的武器，或是新的，都可能滿足彼此，吻也是，也不僅僅是「脫下」的命定論。

最近在詩壇上，少見巫時的蹤跡與身影，但不代表他的作品應該沉睡，筆者選擇這首「驚異」的詩作，回扣詩人的詩觀與詩脈，期待詩人會有更讓人驚豔的作品。

六、日常情愛：莊仁傑／德尉

莊仁傑（1979-），筆名德尉，是一位獨立詩人，筆者指稱為獨立詩人是因為他現在正在進行一個「小指頭計畫」的詩集出版，出版的作品多找獨立出版社，或是自己獨立出版，且幾乎書籍都是限量印刷。在計畫進行前，他已出版一本詩集《德尉日記》[20]，在這本詩集的〈後話〉中提及「德尉」筆名的原由，跟一位僧人有關，也跟他的某位情人W有關，擁有的、失去的，各種不同境遇的表徵，「莊仁傑」是一個世俗的代名詞，「德尉」可能更直指了詩人內在的靈魂自我，以及尋回自我認同的一個關鍵的位置。起初知曉這位詩人，並不是因為他的詩作品，而是因為他的詩集太有特

---

[20] 莊仁傑：《德尉日記》（臺北：秀威，2010.12）。

色，也就是他的一系列「小指頭計畫」詩集，包括「小指頭ㄅ計畫」《病態》[21]、「小指頭ㄌ計畫」《戀人標本》[22]、「小指頭ㄇ計畫」《軟弱的石頭》[23]、「小指頭ㄋ計畫」《女孩子》[24]，《病態》詩集搭配漫畫式的插畫，讓詩作與插畫呈現了跨界的合作感受、《戀人標本》直指內心的心靈與愛慾，並且與人物致敬與對話，包括海明威、男優真崎航等人，更在書中放置壓花作品；《軟弱的石頭》用電腦畫卡印製成書，這本詩集是一本社會性極強的作品，帶有反抗、爭取權益、還原社會運動等不同主題的詩作；《女孩子》則著重自我認同的探索，更提出性別越界與打破二元分野的性別觀，以粉紅色、女孩子為主題，詩集更以粉紅色為主色呈現，相當夢幻，又很細膩。

　　德尉可以說是從「吹鼓吹詩論壇」起家的詩人，他在詩論壇上活動的時間為2005年至2015年，也擔任過「吹鼓吹詩論壇」的版主，與許多詩人、詩友在論壇上多有交往、互動，在許多詩版上都可以看到他的足跡，包括分行詩第一版：中短詩、散文詩發表版、俳句‧小詩發表版、同志詩版、地誌詩版、惡童詩版、原住民詩版、贈答詩版、成長經驗詩發表區、少年詩園、組詩‧長詩發表版、圖像詩發表版、性詩版、預言詩版、詠物詩版、隱題詩版、勵志詩版、史詩版、人物詩版、小說詩版、新聞詩版、政治詩版、無意象詩版等，他也創立一個「德尉」版，發表自己的詩作，更分享別人評論自己的文章，如陳建男、沈眠都寫過德尉詩作的評論，也轉發在論壇上。因為發現詩人對性別的關心相當深入且深刻，所以筆者挑選了早期的作品一首以及近期的作品一首討論詩人對情愛與生活之間的關係與互動。〈祝福〉（2005年11月1日發表）

---

[21] 德尉：《病態》（臺北：自費出版，2015.01）。
[22] 德尉：《戀人標本》（臺北：自費出版，2016.03）。
[23] 德尉：《軟弱的石頭》（臺北：自費出版，2017.01）。
[24] 德尉：《女孩子》（臺北：斑馬線，2019.02）。

一詩發表在〈同志詩〉版，亦收錄於《德尉日記》詩集當中，請見
全詩：

> 關於我時常尋找的風景來回開關數次的抽屜
> 以及夜半遺失夢境後的驚醒：牙刷　毛巾　眼鏡
> 我們的強壯隨時都會崩解
> 正如我們的睡眠永不止髓
> 維持感覺粗粒結構的生命畫像
>
> 唯一質地堅硬　男孩子們的棒棒糖
> 我願把我的與你的交換，祝福著。即使上帝不在
>
> 關於每道十字路口前的停頓紅綠燈下機遇著危險
> 以及搪塞家人們的謊話：你是虛構的我
> 是布幕　歷史明信片與　贈品衛生紙
> 我們的強壯隨時都會崩解
> 不小心的一點私話　一頓晚餐　一口母親的童唱
>
> 我不過是　撐牢時間缺少座位的無聲電影
> 片尾跑馬連結著開頭　得隨時檢驗膠捲耐磨的程度
> 我們的強壯隨時都會崩解
> 嘴裡你給的祝福溫溫含住腳趾的卑微
> 　　除此之外
> 我們都還能早起　說話　帶著祝福微笑繼續撒謊
> 　　值得慶幸

這首詩在「吹鼓吹詩論壇」上發表後，引起詩友的回應，詩友回應
到這首詩第一節的呈現相當日常，卻也是最真實的展現。這首詩的

日常性相當鮮明，筆者認為也是德尉作品的特色之一，在日常的表述當中，那種陰鬱的、淒涼的、灰色陰霾的感受卻無時無刻不存在，尤其到最後兩句詩句「我們都還能早起　說話　帶著祝福微笑繼續撒謊／值得慶幸」，這種祝福微笑繼續撒謊的狀態，真實又不想接受，戴著謊言的面具，竟然是值得慶幸的事情。這首詩也一再強調「我們的強壯隨時都會崩解」這件事情確實直指人心，但卻不得不否認這種情況的殘酷性與無法抵抗。這首詩可從這兩句詩句看到同性之間性暗示的表現：「唯一質地堅硬　男孩子們的棒棒糖／我願把我的與你的交換，祝福著。即使上帝不在」，在交換棒棒糖的同時，可能也交換了彼此的身體，心靈的交換可能尚未抵達，但卻是一種對於情感交流的一種詩境展演，且「你是虛構的我」更展現了「鏡像」，指出彼此乃同一種人的隱喻關係。

第二首詩〈薔薇的哲學〉（2015年1月28日發表於「分行詩」第一版：〈中短詩〉版）自比薔薇，呈現了自我比況的狀態，請見引詩：

> 我們都是薔薇
> 各色粉飾媚世的盛開
> 卻又自訴原則而尖銳
> 刺穿那些
> 趁勝而來欲言又止的露水
>
> 但若柔媚的自戀
> 還是想要得到他者的安慰
> 只得彎下腰偏著頭
> 依偎另一朵鄰近的蓓蕾
> 祈禱般地對自己的名字懺悔

那麼我們，就不會刺傷對方
我們，就會在哭泣之前
交換彼此的蚜蟲與蕊粉
以幾乎跌倒的親近加速我們的
腐爛凋謝

這首詩分為三節，以薔薇花的狀態來自比與人的關係，以及情感的
問題，這首詩在論壇中詩人千朔給予正評並推薦置頂，千朔認為這
首詩說出為人處世的能伸能屈、剛柔並濟、能執能放，這些都是處
世的智慧，人就如薔薇一樣，不只是有裂縫的人際相處，也必須思
考圓融的重要，且作為一種解答的必要。尤其第三節中，「交換彼
此的蚜蟲與蕊粉／以幾乎跌倒的親近加速我們的／腐爛凋謝」，可
以看到詩人以蚜蟲與蕊粉為喻，表示人與人之間的關係，可以是友
情的，也可以是愛情的。德尉的詩總是給人一種平易近人的感覺，
不會大起大落，但卻富有深刻的哲思，有情慾、有事理，也有抒情
的感慨。

第三節　女詩人的生命風景與社會關懷

一、人生的風景：冰夕

　　冰夕（1978-）是一位從網路發表起家的現代女詩人，如今上
「吹鼓吹詩論壇」資料庫，都能看到她活躍在論壇世界中之足跡，
除了回應詩友的作品與討論詩觀之外，亦有許多創作發表。冰夕截至
目前為止已出版三本詩集，皆於秀威資訊出版，包括《抖音石》[25]、

---

[25] 冰夕：《抖音石》（臺北：秀威，2006.01）。

《謬愛》[26]、《變身燈塔》[27]，詩人非常有規律的五年出版一本創作詩集，也不確定是刻意，還是碰巧。她的詩作風格，不能說一致，但筆者認為可以用幾個詞來指出：深刻、靈動、反思、人性。詩人喜愛在詩中呈顯自我的兒時，或是感情觀點，在描繪日常的時候，詩句深刻，且不矯揉造作，尤其注意到她在詩中的「夢」，筆者認為詩人在詩作中善用夢的意象或主題，能夠超脫詩的俗媚，達到另外一個超然的，或是形上的思索與辨析。

冰夕曾擔任「吹鼓吹詩論壇」的版主，身負重任，也因她在論壇活動的時間相當長久。冰夕在論壇上發表的第一篇文章，時間點在2003年6月，已18年，以現代語言來說就是「資深網民」。當然，詩人在許多版上都有回文或是貼詩作，筆者注意到她一首早期的詩作品〈若葉〉（2004年9月21日發表於〈我們隱匿的馬戲班〉版），請見詩文：

> 始終亮晃桌案上一疊堅持
> 原封的皎潔翅翼，儘管
> 光禿了無數夜闌
> 也難以脫身微寒的隻字葉影
>
> 然而，總耽憂在這樣
> 狹隘句與句的磨擦，易燃；
> 就像海蚌一樣
> 習於吐沙流露筆尖的破綻
>
> 看潮汐，如何穿越沙漏
> 鋸齒狀石階；並偽裝成鷗鳥

---

[26] 冰夕：《謬愛》（臺北：秀威，2015.11）。
[27] 冰夕：《變身燈塔》（臺北：秀威，2020.11）。

或者風帆之類……
起飛一枚，無關風雪的問候
降落秋天窗臺上

你，不會瞭解
那些落英繽紛的由來。已久

這首詩大致上的意涵，是詩人以葉為喻，指出人生的晃蕩，悠遊，還有對於社會與生活經驗感悟。這首詩分為四節，第一節的聲光與聲色相當清晰，也讓葉的影像與形體呈顯出來。第二節透露了一點懷疑，以及擔憂，並用另一個意象：海蚌的吐沙，比喻破綻與流瀉。先觀前兩節的討論，詩人在自然意象的運用相當鮮明，但筆者不覺得詩人的詩趣向自然詩學，其實並不然，應該是人生的意義。第三節潮汐的延伸，連結風帆，又回到自身的窗臺上。最後一節兩句詩，點出這首詩的重要概念：落英繽紛。

揀選冰夕的作品與閱讀，真的印證了在經驗深刻，以及對人生的靈動與反思，不知道是否要再等5年，才能看到詩人的新作，也希望大家多多關注，以及相關詩刊，追逐詩人的步伐。

二、詩藝的演繹者：寧靜海

女詩人寧靜海（？-），常常能在眾多詩聚會、詩雅集上看見其身影，她熱心、優雅且直言不諱，對於詩創作的推廣與閱讀，不遺餘力。在「吹鼓吹詩論壇」上，看到許多她精彩評論回應的貼文，中肯地、勤勉地，而且用心地看待每一則詩友的創作，並給予自我的觀察與討論，甚是感動。之前筆者都是默默站在一旁，看詩人活躍於詩社群活動中，近幾年才與她多有聯繫，熟識之後更能體會她對詩創作的火熱之心，以及推動社務的用心與想法。

寧靜海曾出版截句詩集《阿海截句》[28]，她在自我簡介中這樣寫到：「私以為詩的本質是一種態度的表徵，將文意凝聚出穠纖合度來產生靈魂，絕非耽美的煽情或抽象的不知所云。」她對詩有自己的見解與要求，煽情的、只追求美的詩，她可能不是很贊同，而她覺得「拿出態度」是寫詩最基本的、也是最要緊的事情。而筆者認為，每一位詩人都有自身對詩創作的「態度」，這態度可能建立在創作的學養背景，也有可能是一種心靈的映現或情緒的再現，映現出的或再現的，不能只是空殼，而是具有靈魂、生命力的詩句。帶著這樣對詩的認知與信念，她擔任「吹鼓吹詩論壇」的版主（包括臉書詩論壇），並且與論壇上的詩友們討論與請教，互動也相當活絡。從2007年開始，詩人開詩在論壇發表詩作與回應貼文，早年她曾發表一首組詩〈我要為你做飯〉（2007年5月27日發表於「分行詩」第一版：〈中短詩〉），這首詩看似日常，詩人卻寫得不平凡：

　　　〈沙拉〉
　　　有風推窗，坐南向北
　　　陽光跳出了溫室
　　　五顏六色的珍珠湧動著
　　　窸窣的水聲
　　　一條甦醒的江河
　　　正往山腳悠悠的　　流去

　　　〈御便當〉
　　　種幾株春天在田間小路上
　　　等它們綻放花朵

---

[28] 寧靜海：《阿海截句》（臺北：秀威，2017.11）。

宋詞是珠圓剔晶亮的米香
茴香滷煮的元曲最引人垂涎
加上幾顆相思撫摸過的辛辣小令
一艘木船搖搖晃晃朝你　靠岸

〈蛋糕〉
守住山間的篝火，為你
烘焙一只香甜的鬆軟
撒下星霜圈成圖騰
而秋收的朱果
都留給濃純的夜色　溫存

〈咖啡〉
85℃溫度剛好
瑪奇朵與焦糖相約甜蜜的
落水，七分醺醉
一杯唐詩在你手中
醉酒

這首詩有四首小詩〈沙拉〉、〈御便當〉、〈蛋糕〉、〈咖啡〉組成，似乎是一個套餐組合，非常日常的主題，但細讀詩句，會發現其中藏有玄機，筆者所指的玄機在於中國古典文學與意象的植入，包括江河、宋詞、元曲、小令、唐詩等，讓詩作不只是一般隨俗的家常狀態，而有更深入的意蘊在其中。這首組詩似乎也反映了詩人渴望「家的圓滿」的一種企盼與期許，一個完整的套餐，加上是我為你所做的，特別珍貴也需備受重視。〈沙拉〉一詩「五顏六色的珍珠湧動著」直指菜葉上的水珠晶瑩透亮，且將沙拉的狀態形象化後，更顯細嫩、清脆。〈御便當〉一詩用宋詞為喻，說明其為珠圓

剔亮的米香，但讓人卻想到與古典文學之連結，其連結可能與「大珠小珠落玉盤」有所呼應，當然詩人有她自己的喻體與喻依之關聯。再來「相思撫摸過的辛辣小令」更讓我覺得驚豔，相思一般來說是苦的、澀的，但卻用辛辣小令指稱，這連結很有新意。〈蛋糕〉一詩較其他詩作來說比較大眾，用「撒下星霜圈成圖騰」比喻糖霜的裝飾，以及濃純色的黑夜等，可能是我們較為常見的。最後一首〈咖啡〉「一杯唐詩在你手中／醉酒」最後兩句私以為最精彩，與李白的典故有關，且用唐詩與醉酒比稱，表示咖啡的底蘊與深層的狀態。

　　詩人寧靜海在詩的鍛鍊上，有其特殊的意象使用與背景的連結，且在小詩的精煉上，是相當有可看性的，之前有私下詢問過詩人是否有再出版詩集的計劃，但似乎詩人相當謹慎，沒有給筆者肯定的回覆，可能也是詩人一再精煉詩句，覺得還不是時候，只為期待最佳時機的到來。

三、花火詩人：阿米

　　為何用「花火詩人」來稱呼阿米（1980- ）這位重要的女詩人？筆者所借引的是詩人鴻鴻給她的評語「阿米是花火般的詩人」，在2020年12月由文訊所主辦策畫的「21世紀上升星座：1970後臺灣作家作品評選（2000-2020）」新詩類20本詩集之評選結果，阿米以詩集《要歌要舞要學狼》[29]入選，可見她的詩作受到了一定的肯定，且鴻鴻在評語中也提到：「她的詩深具底蘊，情感泉湧，意象強悍，下筆卻十分節制，取得美妙平衡」，從這大致可以知道阿米的詩以及她的整體風格，而詩人的詩在刊物《衛生紙+》尚未停刊前，常見於此，也有「衛生紙詩人」的稱呼，她也於2013年和

---

[29]　阿米：《要歌要舞要學狼》（臺北：秀威，2011.07）。

另一位詩人潘家欣合著詩集《她是青銅器我是琉璃》[30]，呈顯了她的詩人交友與詩之對話的意涵與傳播的狀態。

　　檢索「吹鼓吹詩論壇」，可以發現阿米的蹤跡，查閱搜尋結果著實驚人，發表筆數相當壯觀，細細檢閱創作部分，她從2009年開始發表詩作，直到2017年，且發表的詩版更是多元，包括〈俳句・小詩〉發表版、「分行詩」第一版：〈中短詩〉、〈組詩・長詩〉發表版、〈情詩〉版、〈女性詩歌〉版、〈童詩〉版、〈小說詩〉版、〈人物詩〉版、〈惡童詩〉版、〈圖象詩〉發表版、〈散文詩〉發表版、〈政治詩〉版等，但讓筆者更注意的是前三首發表的詩創作發在〈勵志詩〉版，蘇紹連說明〈勵志詩〉要有五個要點，其中第三點「詩的旨意僅有警惕作用是不夠的，尚須有激勵人心的意涵」標示了勵志詩的寫作宗旨。〈花的命運〉（2009年4月9日發表）一詩發表在〈勵志詩〉版，且看詩作：

　　　　我們回來時
　　　　二十一世紀已經過去了

　　　　我的花朵兒，怕老不怕病
　　　　明年是美給花朵的禮物

　　　　不再開，我也願意和妳
　　　　一片荒涼
　　　　再開，我也願傾盆大雨

這首詩哪裡勵志？可能是對於花的綻放，從不因為外在的困境而受到阻礙，這生機蓬勃的狀態，以及生命茁壯與升起的情治，更是給

---

[30]　潘家欣、阿米：《她是青銅器我是琉璃》（臺北：黑眼睛文化，2013.11）。

予讀詩人深深的感動。從第二節談到花怕老不怕病的堅忍，再累再病都要好好活著，當然花的凋謝總有一天會到來，花敵不過凋謝與老去的命運，人何嘗不是呢？第三節的三句詩更是迷人，是情感的釋放，也是忠貞的表現，同甘共苦的運，一同洗禮、一同接受，看到這油然而生的是一種堅毅的情志，更是一種勵志的表現與訴說。

另首〈沉〉（2009年4月5日發表於〈勵志詩〉版）也是短詩，是詩人第一次發表的詩作，且看詩作：

> 黑暗
> 黑暗
> 妳以為有底部
>
> 妳爬
> 花在那上頭
>
> 要還是不要

這首詩雖短，但中心意旨明確，花是希望，你要往那爬，還是繼續沉，沒有底部的繼續掉落，此詩的表達清晰，但指涉卻很多元，什麼樣的人生景況或社會文化都可以嵌入這首詩的結構狀態，包括學習、工作、與人的關係、情感、甚至是未來目標，如果沒有追求花的動力，你怎麼會有精神往上爬？而往上爬雖不一定能摘得到花，卻不會一直沉下去，這首詩勸諫的是不要一再沉淪下去，因為沉淪沒有極限，只有自己的中心意志能堅持，才能看到美好的花海。

阿米的詩總是一句到位，也不能說每首都是如此，但卻都直指人心，且情感深厚，她的詩相當耐讀，不因時間與空間而受到限制，筆者總認為因為詩之長存，以及影響是沒有期限與保鮮期，繼續期待阿米的新作。

四、築一條從自我到社會的詩：陳思嫻

　　陳思嫻（1977-）是早慧的女詩人，但卻鮮少有人關注她，因為她的低調與默默耕耘，花了19年的時間集結第一本詩集《星星的任期太長了》[31]，綜觀整本詩集，詩人對社會時事與歷史事件的介入與反思，可以看出其意識與自我的思辨過程，包括關於九二一大地震的詩作、高雄氣爆詩、二二八詩等，就如同顏艾琳的推薦序所言：「歷史是有血肉的，由詩人的文字造出。」

　　陳思嫻畢業於靜宜大學中文系及南華大學文學研究所，是文學本科的學生，所以我們不能忽視她學養的累積與現代詩創作的契機。她於2006年就以〈卓瑪嘉因〉一詩獲第二屆《自由時報》林榮三文學獎新詩首獎，出線於詩壇，但直至2020年大家的討論度都不高，但從「吹鼓吹詩論壇」上可以發現，詩人於2003年至2006年於論壇上活動，且發表多篇詩作，發表的版面多以原住民詩版為主，兼在地誌詩版、社會詩版、俳句小詩版、贈答詩版、情詩版發表詩作。其中發表在原住民詩版，且收入到詩集《星星的任期太長了》的詩作〈考古戀人〉（2004年12月5日首發表於〈原住民詩〉版）令人耳目一新：

> 浪退回了以水為陸的時代
> 我的髮絲貼著你的前額
> 流成了海藻
> 繾綣你的髮絲抗拒冰蝕
> 與夜的星霜。
> 羊水催化微凸的泡沫與夢境

---

[31] 陳思嫻：《星星的任期太長了》（新北：南十字星，2020.09）。

妊娠的地殼不斷將陣痛
撕裂成海溝的皺褶
代理我們　懷孕一座島嶼的權利

黑潮追趕漁汛
奔跑的里程累成節氣
我們浸泡在鹹鹹的時間裡
睡著跌倒，醒著站起
練習覓食方式的演進
身體結痂的傷口
是海水反覆掀浪，醃漬的粗鹽粒
若無其事地漂浮。
而年齡仍在結晶之外逆行

當體膚意外被月光凍傷
你張開如貝殼那啞然的唇型
我貼耳聽到海濤傳聲的回音裡
你未進化，瘖啞的咬字
正在淘洗我縮成化石的小名

這首詩分為三節，第一節明顯看到詩人運用「身體」比擬海陸之變化、震盪與變革，從髮絲到海藻的比況，進而指出羊水引領的泡與夢，以及妊娠般的動盪與痛楚，對懷孕一座島嶼的權利，女詩人運用女體比喻大地，是常見的比喻方法，但詩人不只這樣，從第二節開始從島嶼到海上，感受黑潮的奔跑姿態，仿若與情人的耽溺情懷，「我們浸泡在鹹鹹（閒閒）的時間裡」筆者認為有雙關的詮釋空間，傷痛的揭開與癒合，如身體結痂的反反覆覆，更如海水浪潮的翻滾，最後指出年齡是不結晶的，因為我們無法凍齡，反映了時

間消逝與人生無常之感。第三節跳脫空間的限制，拉到光與聲音，月光的洗禮以及聲響迴音的縈繞，都是讓人成長變化的重要因素與契機，回應到詩題〈考古戀人〉的概念，藉由考古意象詮釋戀人的情感、姿態以及相處，甚至是對生命與時間的來回辯證與思考，詩人保有女性主體意識，兼及對情感的反悟，又試圖與歷史接軌介入現實，她的詩作繁複不易詮釋，更值得我們一直反覆閱讀，體會會更加深刻，且誘人。

五、自我與社會映照：曾美玲

　　曾美玲（1960-）目前為「吹鼓吹詩論壇」的同仁，出版多本詩集，且跨足華語、英語詩的創作，著有詩集《午後淡水紅樓小坐》[32]、《終於找到回家的心》[33]、《相對論一百》（中英對照）[34]、《貓的眼睛》[35]、《未來狂想曲》[36]、《春天，你爽約嗎》[37]等。她可謂是一位全方位的詩人，洪淑苓曾撰寫論文〈臺灣女詩人的童話論述〉[38]，文中她指出詩人曾美玲的童話詩作品，有喻寫童話，關懷社會人生的特質，且詩人的詩中有世紀末的傷感，似乎美好的童話彷彿已成古典的歷史。另外在《未來狂想曲》詩集中的推薦文中，洪淑苓更以「穩健的步履走在詩路上，抒情、敘事、論理，各種風格都有優秀的表現」來形容詩人曾美玲的詩作風格、主題與書寫面向。尤其特別的是，詩人曾出版兩本中英對照詩集：《曾美玲短詩選》與《相對論一百》，在「吹鼓吹詩論壇」上

---

[32] 曾美玲：《午後淡水紅樓小坐》（臺北：秀威，2008.08）。
[33] 曾美玲：《終於找到回家的心》（臺北：釀出版，2012.02）。
[34] 曾美玲：《相對論一百》（臺北：書林出版，2015.07）。
[35] 曾美玲：《貓的眼睛》（臺北：秀威，2017.11）。
[36] 曾美玲：《未來狂想曲》（臺北：秀威，2019.12）。
[37] 曾美玲：《春天，你爽約嗎》（臺北：秀威，2022.11）。
[38] 洪淑苓：〈臺灣女詩人的童話論述〉，《臺灣文學研究集刊》第三期（2007.05），頁141-168。

的發表版中也可以看到曾美玲深耕「雙語詩發表版」。

　　曾美玲在「吹鼓吹詩論壇」的活動期間為2014至2019年，可分為兩個時期，一為2014至2016年，詩人多以發表詩作為主，主要活動的版面包括分行詩第一版：中短詩、雙語詩發表版、詠物詩版、俳句·小詩版、童詩版、組詩·長詩版、「訪客自由寫」祕密作者和祕密讀者的場子等；二為2016至2019年，因詩人開始擔任「吹鼓吹詩論壇」「分行詩第一版：中短詩」的版主，所以以回帖和評論、討論其他詩人發表的詩作為主，但綜觀她這段期間所出版的詩集，包括《貓的眼睛》、《未來狂想曲》、《春天，你爽約嗎》就可以知道詩人在創作上仍努力不懈，積極創作，也發表到其他報刊、詩刊。她的最後一則發文相當有紀念性質，就是為詩人卡夫而作，並發表在「跟卡夫說說話版」，訴說了她與卡夫的因緣過程以及對詩人卡夫的記起與懷想，相當不捨，可見詩人情感的豐滿與溢出。

　　筆者以下討論兩首詩，這兩首詩都是早期詩人於論壇上所發表的，一首詩關心自我、一首關心社會，剛好對應洪淑苓所指詩人的抒情與社會關懷的兩大主題面向。第一首為〈寫詩〉（2015年8月14日發表於「分行詩」第一版：〈中短詩〉），請見引詩：

　　　　那堆囚禁現實牢房
　　　　找不到出口
　　　　苦悶之吶喊

　　　　那串塵封回憶密室
　　　　交織歡欣與悲傷
　　　　青春的音符

　　　　那組掙脫陳腐窠巢

漫遊虛構幻境
新奇的意象

一到子夜
全體聚集
夢境的廣場
把熟睡的靈感
猛力搖醒

其實許多詩人都有以「寫詩」為主題創作，就筆者所知女詩人就有
薈朵、李蘋芬等人，曾美玲的詩作〈寫詩〉有何特色？2014年8月
15日詩友「瘋爵」有給予這首詩回饋，這位詩友說到：「忠實地呈
現靈感之景，末節更是提到子夜的靈光湧現，私覺得這個寫詩的主
題，其實可以再寫得闊一點。」而筆者認為這首詩在整個詩行結構
是相對工整的，且每一段都強調了自我詩創靈感的來源與幻化的狀
態，如第一節認為寫詩是一種吶喊，將苦悶之感找到一個出口的狀
態，並幻化成真時的文字；而第二節認為回憶是寫詩的靈感，可以
是悲、是喜，也可以是一種青春的代名詞；第三節則指出詩的創新
與幻境的想像，是一種新奇的狀態，且陳腐的感受需要掙脫；最後
一節以夢醒之間為比喻，搖醒靈感，並且是猛力的。筆者認為寫詩
是私密的、個人的，尤其靈感的狀態，並無需有「公共」感，所以
就詩友「瘋爵」的回饋，寫詩的主題不一定需要闊，而是更私我挖
掘內心的意識或潛意識的狀態，才是首要任務。

　　關於社會的詩，詩人〈島嶼的哭泣〉（2014年4月1日發表於「分
行詩」第一版：〈中短詩〉）一詩呈現了環保的意識，請見引詩：

我們居住的島嶼
曾經是生物們的天堂

山谷間，千萬朵飛舞的彩蝶
鮮豔代言美麗的春天
抖落旅途的疲憊
濕地上，成群黑面琵鷺
安心啄食倒影與佳餚
大海遼闊的胸懷裡
珊瑚日夜守護著魚蝦水草的夢

寂靜的山谷間
巨獸怪手頻繁出沒
澄澈的海洋裡
垃圾大軍強行佔領
潔淨的藍天上
隱忍著滿腹的廢氣
煙囪劇烈咳嗽
而候鳥們驚慌搬離
被廢水吞噬的家園……

曾美玲的詩其實相當容易讀懂，但也富有詩境，本詩分為兩節，第一節寫記憶，第二節寫現況，第二節用對比較詩句呈顯開發前、開發後的臺灣造成怎樣的環境汙染與環保碎裂的景況，那美麗清新的島嶼被「巨獸怪手」、「垃圾大軍」侵入的狀態，詩人描寫的相當生動，與直指人心，在論壇上這首詩獲得詩人若爾‧諾爾以及詩人冰夕的回饋，而若爾‧諾爾認為這首詩的意象太過緊連，有點忽略了節奏感的問題，筆者同意這個說法，這首詩似乎想要談的東西太豐富，卻也忘記了如何拿捏恰好分量的意象與詞語的使用，當然這樣說不代表對這首詩的否定，而是好詩還要更好的一種「雞蛋裡挑骨頭」。

曾美玲是早慧的詩人，卻於教職退休後才讓人看見其豐富的發表作品以及出版的詩集，當然在論壇上的活動也是於退休後才開始的，詩人的多發表與發展，可謂給予後進相當大的鼓勵，更是學習的對象。

第四節　學院傾向的詩與評論

一、你的現代詩啟蒙書？世代差異？：楊佳嫻

　　楊佳嫻（1978-）為新生代的女詩人兼學者，目前任教於國立清華大學中國文學系，她的創作文類除現代詩外，也兼長散文，目前已出版詩集《屏息的文明》[39]、《你的聲音充滿時間》[40]、《少女維特》[41]、《金烏》[42]；散文集《海風野火花》[43]、《雲和》[44]、《瑪德蓮》[45]、《小火山群》[46]，且主持臺北詩歌節擔任策展人，在詩壇相當活躍。「吹鼓吹詩論壇」上也能看到楊佳嫻的身影，她於2003年開設自己的詩版「屏息的文明」，與她的第一本詩集同名，且綜觀「屏息的文明」詩版可以發現，許多在線詩人皆回應楊佳嫻所提問題與貼文，包括之前討論過的鯨向海、許赫等人。

　　不同的是，楊佳嫻於「吹鼓吹詩論壇」的文化活動與傳播，不是以詩創作為主，而是以「詩評」、「詩現場」與「隨筆」為主。詩評部分包括品評零雨的詩作〈父親在火車上〉、分享並討論楊澤未收入到詩集的詩三首等；詩現場包括她提出「干樵或崇拜／

---

[39]　楊佳嫻：《屏息的文明》（臺北：木馬文化，2003）。
[40]　楊佳嫻：《你的聲音充滿時間》（臺北：印刻，2006.06）。
[41]　楊佳嫻：《少女維特》（臺北：聯合文學，2010.08）。
[42]　楊佳嫻：《金烏》（臺北：木馬文化，2013.10）。
[43]　楊佳嫻：《海風野火花》（臺北：印刻，2004.07）。
[44]　楊佳嫻：《雲和》（臺北：木馬文化，2006.09）。
[45]　楊佳嫻：《瑪德蓮》（臺北：聯合文學，2012.02）。
[46]　楊佳嫻：《小火山群》（臺北：木馬文化，2016.06）。

你曾經上過的現代文學課」，以供論壇上的詩友進行回應與互動，其中幾則留言包括詩人曾琮琇分享自己於成功大學求學時修習過現代小說等課程，但重點是在文藝營遇到的好朋友與授課講師才是對她影響更深刻的，楊佳嫻主要分享當時於政治大學修習過的現代文學課程為臺灣文學史、現代散文，皆由陳芳明老師授課，也聽過尉天驄老師的電影文學課，都對於日後的文學批評、創作收穫甚深。再來論壇中也談及楊佳嫻的「現代詩啟蒙書」，她言道自己的現代啟蒙詩集包括洛夫的《石室之死亡》、沈花末《有夢的從前》、陳義芝《青衫》和席慕蓉《無怨的青春》，其中她特別喜歡陳義芝的詩作，也包括《新婚別》一書。隨筆部分多以抒情為主，其中值得一提的是她悼念作家黃國峻的文字，並回憶起曾與黃國峻見面的場景，瘦高、蒼白、不大講話、但偶爾會插上一兩句的樣子跟情態，是楊佳嫻對這位殞落才子的印象。從上述可發現，楊佳嫻對於詩的批評、詩現場與文化傳播相當有琢磨，當然還有惜才之情，惺惺相惜的文字透露出一位詩人的情感及其流動。

我們不難從「吹鼓吹詩論壇」這個平臺看到一個詩人，或可說是詩評家的誕生，且其中談及的關於詩人的學養累積、文學薰陶以及關心、觸發之情態，更能反映在其文學創作上。她曾於2003年7月31發表「楊派詩人」一文，說明自己先喜歡楊牧的散文，後來才喜歡詩的，且楊牧的文學對自我的影響甚深，也有許多詩評家在研究楊佳嫻的詩作時將其與楊牧詩作對觀，這也證實楊牧對楊佳嫻之文學創作影響甚深。「吹鼓吹詩論壇」不只能培養一位厲害的詩創作者，也能累積自己對於詩的看法、批評與觀點，楊佳嫻就是這樣一位詩人、詩評家。

二、被遺忘的孔雀獸：陳允元

陳允元（1981-）的定位筆者認為是特殊的，在於他目前為人

所知的是他的學者身分，目前在國立臺北教育大學臺灣文化研究所任教，研究領域為戰前臺灣的現代主義詩學以及戰後臺灣現代詩，但他的詩人身分比較少人知道。第一次聽到這個名字，是就讀大學期間他來學校評審新詩組文學獎，而對這位敦厚的、且富有學養的詩人特別注意。後來有機會與詩人聊天認識，更可知他對詩、對研究的熱情與獨到的眼光。

詩人只出版過一本詩集：《孔雀獸》[47]，卻已具有代表性，當然有些詩作在「吹鼓吹詩論壇」可以找到發表的軌跡，陳允元在2008年6月至2009年4月期間活動於論壇，並發表許多詩創作，從四個版可以找到他的詩：包括發表最多的「分行詩」第一版：〈中短詩〉、〈預言詩〉版、〈俳句・小詩〉發表版、以及〈勵志詩〉版。許多詩人常常將論壇發表的詩作一併收入到自己的個人創作當中，但經查找發現，論壇上有五首詩作詩人並沒有收到《孔雀獸》詩集當中：〈歧路〉、〈巨木的群落〉、〈王土〉、〈帶傘〉、〈待機〉。筆者認為這五首詩可稱之為「被遺忘的孔雀獸」。

以下筆者將「撿閱」〈歧路〉和〈帶傘〉兩首詩。這兩首詩都發表在〈中短詩〉版，但版主冰夕回應這首詩應該貼在「俳句小詩」會比較適合，姑且不論哪版適合收下這詩作，可以了解的是陳允元的短詩別具特色，細看《孔雀獸》詩集所收錄的詩，大部分都是中短詩，長詩比較少。且看詩作〈歧路〉（2008年6月30日發表於「分行詩」第一版：〈中短詩〉）全文：

　　〈歧路〉
　　夢的歧路
　　是喃喃的咒語

---

[47] 陳允元：《孔雀獸》（臺北：行人出版，2011.08）。

若誰好奇，生硬地複誦
便有一陣煙霧
雜交出獸
擋住去路

這首短詩一開頭就進入夢境，詩人說夢是歧路，也是咒語，可聯想到夢的多義詮釋，以及潛意識的某種迴響，第二節強調好奇使然與獸的阻擋，歧路怎麼展開，人又如何處理現實與夢境之歧路狀態，是這首詩想指出的問題，並供給讀詩人反思自身。這首詩出現了「獸」，和詩集《孔雀獸》有所呼應，很難理解為何詩人不選這首詩進他的詩集，但每位詩人都會有對自己詩集編排與作品選擇的堅持與意識，但從讀者觀點來看，這首小詩的詩境營造相當成功，不失詩人功力。

〈帶傘〉（2008年8月4日發表於「分行詩」第一版：〈中短詩〉）一詩較長，值得一讀：

〈帶傘〉
腳拼命地抖　空氣騷動
有人離開　到廁所抽菸
有人帽子一樣
站在牆邊　把聲音壓得
低低的　颱風正在形成
我連上明天的網頁
沒有消息

有人拿槍
叮嚀我：

天氣不好

記得帶傘

初看此詩，有點似懸疑片的場景，但表達的卻是相當日常的事情：
帶傘。詩作第一節把該交代的都交代清楚，但交代的不是自己，是
敘事者看到的場景，其他人的狀態與離去，最後兩句才回到自己，
用網路的連上與否想得知明天的天氣好壞，但結果是沒有消息。第
二節後的情節相當有趣，有點刺激又有點反諷，好似有帶傘是種罪
過。本段討論的這兩首詩在主題與風格上有明顯的差異，也可看出
詩人詩作之寫作策略，筆者所期待的是詩人後續的創作，目前看似
停滯，但卻是等待時機，直到下一次的詩心迸發。

三、兼備的理性與感性：趙文豪

趙文豪（1986-）是年輕的詩人學者，國立臺灣師範大學文學
博士，研究現代詩學、文學傳播以及文學刊物，在學術部分的潛力
獲得肯定。除學術之外，詩人亦已出版四本全創作詩集，包括《都
尸ㄟ有鬼》[48]、《遷居啟事》[49]、《灰澀集》[50]、《聽，說》[51]，從
出版的時間來看，詩人的創作是穩定成長的，且有其規劃，和許多
沉寂已久才交出下一本詩集的詩人不太一樣，當然無論是哪一種創
作的模式，作品的質與藝術性才是最為重要的，且反映了一位詩人
的定位。從定位來說，詩人從不給自己設限，為何要這樣說，即在
於每一本詩集的主軸核心都不太一樣，如第一本詩集《都尸ㄟ有
鬼》以「靈異」為主，讓詩的內容、設計有神祕的氣息，也有幽微

---

[48]　趙文豪：《都尸ㄟ有鬼》（臺北：釀出版，2014.11）。

[49]　趙文豪：《遷居啟事》（臺北：斑馬線，2017.10）。

[50]　趙文豪：《灰澀集》（臺北：斑馬線，2019.08）。

[51]　趙文豪：《聽，說》（臺北：斑馬線，2023.02）。

的恐怖氣氛，而第二本《遷居啟事》則以「寫實」為核心，包括與政治的對話、社會事件書寫等，第三本《灰澀集》則回返內心，回到詩人詩心的追尋與情感的流動。從此可見詩人帶給我們的作品集有著多種完全不同的感受與饗宴。

詩人趙文豪在「吹鼓吹詩論壇」的活動時間較短，只有在2012年時發表一篇詩評，然後2013年發表一首詩作，其餘則為回應，但這一篇詩作、一篇詩評，恰恰呈現的文豪的兩個寫作路數，如缺少一個，則不會完整認識這位重要的青年學子／詩人。〈王志元的黑色詩學——讀〈紙蓮花〉、〈葬禮〉、〈爸爸問我結婚後要不要生小孩〉〉（2012年12月30日發表於〈詩作賞析〉&〈詩集導讀〉）是趙文豪所發表的詩評，討論王志元的三首詩作，並從「黑色」的視角詮釋，黑色可以包括黑色幽默、死亡、哀愁、淒涼等面向的意涵，詩人即從此研究之。詩人所發表在論壇上的詩作為〈明天下午我一樣會在窗口遠望那座落的工地〉（2013年4月21日發表於〈預言詩〉版）一詩：

幾個星期以前，我剛從刺鼻的初戀睡醒
比一個睡季更漫長。我靠著窗戶邊的欄杆：

我家前面巷子的路不算寬廣
怪手沿路踏濺的黃土，就像下課鐘聲響起
學校裡的孩子，滿路都是，溜著滑梯
在時間所削去泰半的金字塔底座
一顆核製砲彈打向我們的生活。拿著餐券
孩子在桌上擺著剛領好的營養午餐，一天又一天
算數就是一加一那樣單純
他告訴我，生活也是——
家裡一個又一個人的增加

又一個又一個的送走；他長大了
也讓我想起爸爸曾經把我背高高，把我未來的模樣指給我看
就是一加一加一，例如「萬丈高樓平地起」

一天又一天，孩子拉著孩子繼續玩著跳房子
時間無聲傾圮，路看著自己不斷分叉而血脈噴張的頭髮
在方塊的空地，爆著米花般地看著數字
著火，著火的胸膛是明天來不及開的花朵
門票售罄，在我們前面其實可以再開條路。

我在日曆寫滿自己的名字，讓孩子回家練習
在聯絡簿上不斷練習，也在還沒來到的季節先作簽到
一天又一天，每天追著月光
灰暗的襯衫，灰頭土臉，灰色的枕頭上
揮不乾的汗。在工地裡仰望天空
那裏有個不斷在走的大時鐘，人們趕著時間
鐘針如雨燦爛地下，像是高聳強韌的鋼骨插入地面
準備搭建一座最歡樂的樂園

轉角的便利商店，積滿這世界所有的光，那對
父子出來以後忙著，找著
那對父子

這首詩相當豐富，豐富的地方在於詩的形式，長句較多，而這樣的
書寫與設計增添了詩的「敘述性」，剛好適合這首詩，因為這首詩
的「寫實」部分相當突出，它在訴說什麼？時代的變遷與社會正義
是主軸，拆遷的、施工的、怪手等等，都不免讓人聯想到都更的議
題，到最後一段的便利商店，則是一種另類的寄託，也是一道依賴

的光芒，父子找著父子，這樣的筆法筆者相當喜歡，一種語言的複踏，也有找尋自我的感覺，筆者不能說這首詩是寫實詩，因為他涉及的面向不單單只是寫實主義的操作，在抒情面還是精確的藉由幾個情境呈顯出來，甚是難得。

詩人學者趙文豪兼擅創作與評論，是無庸置疑的，且他因擔任教職，也出版了《寫作門診室》[52]一書，詩中除了有創作的技巧與教學方法之外，也有他自身的教學經驗分享。我們一定能夠期待詩人的下一本詩創作，並看見他在學界的發光發熱。

四、窺視的靈魂：洪國恩

洪國恩（1991-）曾活躍於大學詩社，曾擔任新竹教育大學窺詩社社長，在校園推廣現代詩的創作與教學，筆者所謂的教學是帶領更多年輕學生一同參與，認識與閱讀現代詩。詩人目前於政治大學中國文學系攻讀博士學位，研究古典詩學，貫通古今也在創作與學術上齊步前進，筆者認為詩人想走向典型的「學院詩人」的範式。詩人曾出版一本創作詩集《隨擬集：洪國恩小詩選》[53]，他於序中說到：「《隨擬集》就是將我生命裡最鋒利的傷痕一頁頁烙在白紙」，筆者能深刻體悟創作之於自我，可能都是自身的歡快或苦痛，也可能皆有，作者常常在序或跋中揭露自我，這也是除內文裡更精彩之處。小詩為一種體例，近年來多有出版，當然許多人對於小詩的定義與指稱有所差異，但短小精幹的詩作，帶來的卻是更深層，更宏大的視野。

在「吹鼓吹詩論壇」上，可以發現洪國恩的一些蹤跡。從2012年開始詩人在論壇上發表詩作，有短詩，長詩，中長詩，甚至是散文詩，雖說詩人以小詩出道，但在不同現代詩的形式上也相當戮

---

[52] 趙文豪：《寫作門診室》（臺北：斑馬線，2018.09）。
[53] 洪國恩：《隨擬集：洪國恩小詩選》（臺北：獨立作家，2013.12）。

力。發表的詩版面包括大學詩園、組詩長詩、俳句小詩、分行詩版、窺詩社等。本段選取兩首詩人的詩討論，包括《隨擬集》當中的一首詩。這本詩集並無目錄，以下引詩：

> 你簡單的呢喃
> 像蛇，穿過我耳際
> 冷漠地交換承諾
> 的詐欺

這首詩是一種詩人部分自我轉化成蛇的狀態，呢喃、漫長且低語，在形象上如蛇的形體，細瑣的穿越耳際，後兩句呈顯了蛇的刻板印象：狡猾的、冷血的，相當的冷酷，但也不失詩人所反映的人情冷暖之感。

另一首詩發表於「吹鼓吹詩論壇」上，詩題為〈冷雨〉（2012年10月25日發表於〈窺詩社〉版），請見全詩：

> 窗邊，你就這樣問著
> 青春的尾端在哪？
> 我們能否抓住一點點夢
> 的紋路，灑下種子
> 然後萌芽？
>
> 於是我將慘白的諾言
> 放入水生盆中培養
> 需要放一些肥沃的曖昧
> 以及海邊深情的吻
> 悉心灌溉

然後我們慢慢地將
傾斜的未來扶正
再以太多化濃妝的悲傷
抵在自己左邊胸膛
太尖銳的謊

而我還在欺騙過去
起伏的情卻就像十月
無法揣測你何時
會降下一場
驟冷的雨……

這首詩在青春逝去的感嘆上甚深，且多以問句的方式來反詰自身，在詩中的情境與鋪陳能夠了解詩人在搜索與反思歲月的流逝。本詩共分為四節，第二節與第三節中最為精彩，從諾言開始，將自我的定位更加確認，並且扶正，就算遮掩或是逃避，都無法真正的了悟或超脫自我的牢籠。詩人的詩在靈動的體會甚深，不禁能藉由詩人的作品更加認識其情思與人格狀態。近期少見詩人在詩壇活動，但卻藉由重讀其詩，找到定位。

第五節　九〇後的青年詩人

一、日常新秀：小令

小令（1991-）是一位值得期待的詩人，目前他已出版四本詩集，包括《日子持續裸體》[54]、《今天也沒有了》[55]、《在飛的有蒼

[54] 小令：《日子持續裸體》（臺北：黑眼睛，2018.01）。
[55] 小令：《今天也沒有了》（臺北：黑眼睛，2021.08）。

蠅跟神明：小令詩集3》[56]、《監視器的背後是彌勒佛》[57]，楊佳嫻曾對《日子持續裸體》有以下評點：「小令寫詩的本領是輕盈，是從小規模狂想倏然將地獄帶到面前；輕和小對這個時代來說並非缺點，對寫作來說也不是，尤其這種輕和小是濃縮後的結果。詩人懷抱著鐵鏽和碎磚，但步伐像黑色小步舞曲」。這可能是新生代人的一種「突出點」？怎樣的突出點，在於輕小的特質吧，許多前行代甚至是中生代詩人，對於時代的理想推進，或是社會時事的感受與批判，相當用力地呈現在詩作當中，但新世代的詩人，我們可以普遍看到他們的私我與小確幸的「氾濫」化，這裡的氾濫不是貶抑的，而是讚許的，因能重新檢視自我的內心期待與日常生活，本該是詩人書寫的一個重要面向。小令詩中的日常性與小我性相當特出。

　　小令在「吹鼓吹詩論壇」的活動情況其實不多，只有發表幾篇詩作，活動的時間為2012至2013年，發表的園地包括分行詩版以及論壇刊物專題投稿。他發表的詩作〈持續錯過遷徙〉（2013年3月13日發表於「分行詩」第一版：〈中短詩〉）說到：

> 身邊的人，以冰的聲音
> 交換解凍的身體
> 你是唯一發抖的高原
> 四周割光的山頭你無從換起
>
> 祭典剛過
> 濕漉漉的人們正討論
> 黑色池子中央站著個女孩，背對一切
> 很久。沒有要洗的意思

---

[56] 小令：《在飛的有蒼蠅跟神明：小令詩集3》（臺北：黑眼睛，2021.08）。
[57] 小令：《監視器的背後是彌勒佛》（臺北：雙囍出版，2022.03）。

只是泡著

你往下走，也想進去
全場的燈就亮了
你被飢餓的羊群擠出電影院
直到門前
才想起自己的失約

這首詩很日常，很細節，很情慾，也很憂傷，總共分為三節，第一
節是情感與情慾的展演狀態，冰凍的身體需要身邊人的緩解，然後
訴說自我眼中的對方狀態。第二節出現的女子，可能是書寫的對
方，也有可能是詩人所投射出來的自我形象，泡著所代表的是什麼
狀態呢？無法前進？還是享受當下的靜置狀態。第三節的敘事有些
寫實了，電影院是一個實體的空間，前兩節的幻想的，虛幻的書寫
突然能夠真切感受到，最後一句更是日常「才想起自己的失約」，
引起了讀者在閱讀作品時的共鳴感。小令很新，也很日常，具想像
力，也對性別與情慾有一番自我的詮釋與解讀，期待詩人之後的新
作，觸動閱讀者的心。

二、生死之姿：施傑原

施傑原（1993-）是相當年輕的詩人，於2015年開始在「吹鼓
吹詩論壇」發表詩作、討論詩作，已於2020年出版第一本詩集《不
見而見》[58]，收錄吹鼓吹詩人叢書中，綜觀整本詩集，可見他的學
養引領他的詩作，傑原畢業於屏東大學中文系、中山大學中文研究
所、目前正在中國大陸攻讀博士學位。他除了創作現代詩外，《易

---

[58] 施傑原：《不見而見》（臺北：秀威，2020.09）。

經》是他的學術專長，他也受《莊子》、《老子》之影響，所以在《不見而見》詩集當中他的分輯即用「形上卷」與「形下卷」，他在自序當中指出他的這本詩集以死亡主題為大宗，就算不是直接書寫死亡，但也有相關聯，或許可見他的思想與意識極力投入詩創作當中。施傑原受到詩人洛夫影響甚深，或許死亡的主題能與《石室之死亡》有其關係性。

回到「吹鼓吹詩論壇」上的詩人，他在論壇上除發表詩創作外，也擔任少年詩園版主，藉由與更年輕一輩詩人的交流與討論，除引領更新一輩詩創作者之外，也增進自己的讀詩與解詩的眼光。筆者選取一首論壇發表的詩作以及詩集中的一首詩作，討論之：

2015年8月10日施傑原於「分行詩」第一版：〈中短詩〉發表詩作〈霸凌者〉：

> 高中聚會照裡
> 每張笑裂的嘴
> 各鑿一頁書
> 撕開瘀青的記憶　再次
> 蜷於繩邊的我被迫退至角落
> 心臟　迷蹤步劇躍
> 以馴獸之姿尋求突圍口
> 食指沿著縫隙移動鼠標
> 替代皮鞭　掀閱注射防腐劑的每具皮囊
> 果真
> 保鮮無法維持四年
> 灰白的蛆大啖流淌毒液的烏骨
> 雕刻出
> 「目自明」

這首詩以「被霸凌者」的角度書寫，敘事者「我」的難過、驚心、恐慌與不敢回望，全部表現在詩作當中。全詩沒有分節，開頭從幾張照片說起，照片裡的人笑裂了嘴，通常裂嘴笑的人物代表不就是小丑嗎？這些霸凌者的臉色如果如小丑，豈不是相當諷刺，看似帶給人們歡笑，卻不是如此，是裂到恐怖的人笑。緊接談到記憶，回憶的傷痛浮現，不能自己，敘事者「我」只能退居角落，尋求安身，且希望能以馴獸之姿尋求突圍口，後面有類似於馬戲團的空間書寫，所以對於小丑的解讀應該不會有錯。詩的最後「目自明」與墓誌銘諧音雙關，帶出可能因被霸凌而「接近死亡」的預告，可見詩人欲說而未說完的狀態，直指人心，且相當深刻。

在《不見而見》詩集當中，筆者尤其喜歡〈停電〉[59]這首小詩：

> 我的靈魂就像案前的燭火
> 探看妳心裡的廢墟
> 待電力恢復後
> 便被吹滅

這首詩以停電這件日常的事件回望內心的最深處，尤其「探看妳心裡的廢墟」一句，廢墟需要看見嗎？還是詩人連廢墟都想要看盡，這句詩的「佔有慾」甚強，當然閱讀者可能沒辦法更深入檢視詩人的內心想法，但停電時的那個燭火，如一道光明之源一般，卻不想看盡世界的風景，而是貪看對方之心靈廢墟，相當特別，意義也深遠。電力恢復後便被吹滅，表示有電後就無需看盡，或是看不到了。至此，這首詩在尋求的是「真」，光亮時看到的許多可能是幻想、或是人格中的假面，看不到最真切的自己或是對方，如沒有其他干擾，如視覺的、聽覺的等等，只靠心靈的感受，這才能靠近

---

[59]　施傑原：《不見而見》（臺北：秀威，2020.10），頁116。

「真」的感受，可見詩人詩心與情思的深刻。施傑原是值得期待的新生代詩人，2020年他交出了一本上乘之作，期待看到他的發展與更新的創作。

三、黑暗動物：王信益

王信益（1998-）亦是年輕一批詩人當中的佼佼者，如同我們前面介紹的詩人施傑原一樣，都相當有衝勁，並且在自我的詩創作上多角經營、持續精進當中，當然我們現在沒辦法將這些九〇後的詩人有一個系統性的風格形塑與規則去固定他們，但還是可以看到他們詩中的一些特點與狀態。王信益活躍於大學生的詩社團，包括風球詩社等，也在「吹鼓吹詩論壇」上的大學詩園發表諸多詩作，綜觀其在論壇上的詩作，多已收錄上他的第一本詩集《反覆練習末日》[60]，這本詩集獲得許多詩評家、詩人的共同推薦，收錄了55首詩作，這本詩集的大略風格可以看到青年詩人的反抗精神，以及對於世事、生活、情緒的無奈與無助，基本上詩人的抒情筆調，剖白自我的心靈世界，我們也能從詩作當中窺見。

詩人於2015年開始在「吹鼓吹詩論壇」上出沒迄今都有不定時的發表詩作，他較常活動的版面，包括大學詩園、少年詩園、分行詩第一版：中短詩、組詩‧長詩發表版、俳句‧小詩發表版、散文詩發表版（但發成分行詩作），筆者發現他的詩作當中有一個特色，就是喜歡使用動物入詩，抒發自我，並使用隱喻的藝術手法進行表述，大略檢索，包括〈我們像是冬季裡的候鳥〉（2018.11.15分行詩第一版：中短詩）、〈飛蛾撲水〉（2018.10.19大學詩園）、〈薄荷的貓〉（2018.08.20大學詩園）、〈深藍色的小象〉（2018.08.07俳句‧小詩發表版）、〈我要當讓你可以安心

---

[60] 王信益：《反覆練習末日》（臺北：秀威，2019.11）。

依靠的綿羊〉（2018.06.26分行詩第一版：中短詩）、〈紫老虎〉
（2020.11.17大學詩園）、〈衣櫃裡的駱駝〉（2019.09.25分行詩第
一版：中短詩）、〈孤獨之鷹〉（2019.09.19大學詩園）、〈水月
蝴蝶〉（2019.07.05大學詩園）等詩作，隨意列舉就多達近十首，
可見詩人愛用動物入詩的意識狀態（或是無意識的但自我卻未發
覺）。筆者看到〈孤獨之鷹〉，就立刻聯想到楊牧的詩作〈鷹〉，
以及〈心之鷹〉。請見〈孤獨之鷹〉（2019年9月19日發表於〈大
學詩園〉創作主力群）全詩：

　　　黑暗廚房：
　　　冒著霧氣。
　　　一顆爬滿蕨類
　　　藍螢光的星球
　　　兀自在轉動

　　　早晨。熱一杯牛奶
　　　不去留戀暖煙
　　　逝去的灰色日子
　　　軟爛碎片飄浮在
　　　魅影閃動的銀色湖泊
　　　若我夜夜以黑血
　　　虔誠供養一隻孤獨之鷹
　　　它會幻化成閃耀的火羽鳳凰嗎

　　　獵人的雨箭終究射中——
　　　恐懼的冰山迎面襲來
　　　你揣著懷中僅剩的微小之愛
　　　冷眼淡漠；疏離人群

一把銀質冷刀：
抵在你胸膛。
顫抖地直面虛無的鬼魅
你神情肅穆；卻心懷塵埃
整個夜晚只低聲誦念一部
蜻蜓點點星光蜿蜒的水經

第一次閱讀完這首詩，黑暗感十足，孤獨之鷹就如作者的自畫像一般，詩人將自我心靈的狀態具像化，比喻成孤獨的老鷹，然後期盼自我是否能被幻化成一隻火羽鳳凰，這樣的期待轉變在詩中的呈顯，就如詩人自我內心的轉變，這是一種精神性的隱喻，也是一種對自我狀態的期待意識。這首詩分為四節，故事性極強，第一節就有科幻感，以黑色廚房、一顆爬滿蕨類藍螢光的星球，承接到第二節看似日常，其實是在解構場景，有破碎感、毀滅性，以及鬼魅書寫的變奏，直指並回到詩人自我的狀態，這樣的鋪陳場景其實都指涉著詩人的內心想像空間，第三節與第四節更有著肅殺與冷血的情境，危機四伏，但最後「整個夜晚只低聲誦念一部／蜻蜓點點星光蜿蜒的水經」，回到一個較為平靜的、安定的詩境場景，是一種面與心的對反與比較。

看完這首詩，可以看到詩人以「鷹」為中心，當然與楊牧的詩作呈現完全不同的風貌。詩人延展自我的想像詩境，並且藉此組織，多元的筆法與藝術表現是詩人的一種「嘗試性」的語言，青年詩人勇於嘗試，絕對是他們的優勢，這首詩似乎沒有收到他的第一本詩集當中，也分享給讀者。

四、青春揮灑：林宇軒

　　林宇軒（1999-）年輕，但有著不年輕的得獎經歷與創作經驗。他於「吹鼓吹詩論壇」擔任版主，除了創作之外，也與論壇上的創作者分享，討論詩的觀念與心得。2018年林宇軒出版了第一本個人全創作詩集《泥盆紀》，詩作的關注面向多元，包括對自我年輕世代的情緒，情感與個人表現，也對臺灣土地、禮俗與祭儀有深刻地描繪，有許多校園生活的生活索記。2020年10月開始，詩人主持了「房藝厝詩」Podcast與系列藝文活動，除了因應疫情所舉辦的線上詩人講座之外，也規劃三場實體的詩講會，筆者不得不佩服詩人對現代詩活動與推廣的毅力，除了自己在創作上的耕耘之外，也願意辦理相關活動推廣現代詩，聚集現代詩的喜愛者一同浸淫在詩藝空間當中。

　　林宇軒於2015年開始在論壇上發表現代詩創作，基本上集中在少年詩園、小詩版、分行詩版、圖像詩版以及隱題詩版，筆者特別注意到一首於2015年8月11日發表的一首隱題詩〈我追著妳跑〉：

　　　　我遞上水和毛巾給妳　　卻
　　　　追不到你的影子
　　　　著火的腳印竊笑著
　　　　妳在我的腦海裡
　　　　跑了一整天

這是一首相當青澀的詩，情愛的成分相當重，但也不能不提及，因為這就是年輕詩人對於情感的直面書寫與創作的表現，尤其「著火的腳印竊笑著」這詩句相當精準，在書寫上也有動態的意識，相當深刻，也與我追著妳跑的詩題呼應，追趕的動作是具體的，但心中

滿滿的妳卻是形象化的，雖然沒辦法真的認知，卻從詩作當中清楚可見。

另一首也是早期發表的詩作，書寫以中秋節為主題，請見〈恐怖中秋〉（2015年9月27日發表於〈少年詩園〉明日之星）一詩：

> 親愛的蛤蜊
> 拜託你別再自閉
> 連平常害羞的蝦子
> 都開始大方起來
> 和木炭一起耍冷
>
> 烤肉醬很閒
> 和肉跑來裝熟
> 香腸看不過去
> 當黑臉訓斥他們
>
> 所有外表成熟的
> 內心都很怕生
> 像一群人來烤肉
> 卻不吃筆

這首詩相當有趣，詩人將所有的中秋相關食物皆「擬人化」，接近「童趣」的表現，說這首詩是一首童詩也不為過。此詩也用很多諧擬的筆法，雙關意義的詩句經營，更能展現詩人青春的無盡想像。

第六節　結語

　　「吹鼓吹詩論壇」的建立就是「以新世代新勢力的網路詩社群」來團結臺灣現代詩壇的力量，也在挖掘有潛力的年輕詩人寫手，早期挖掘出來的年輕詩人，包括鯨向海、楊佳嫻、羅毓嘉等人，現已成為目前詩壇的佼佼者，可是到了2023年，不能夠只是這些從數位時代起家的詩人獨占鰲頭，我們仍要關注更新一代，就是如我所討論的九〇後的年輕新秀詩人群。本章延續上章，總共討論了三十一位詩人，當然詩人的揀選與討論總有遺珠之憾，但筆者從前行代、中生代到新生代皆有包含，試圖建構一個「吹鼓吹詩論壇詩人譜系」。

第四章
《吹鼓吹詩論壇》之出版及內容研究：
以十六至四十四期之「專題評論」為討論中心

第一節　前言

　　「臺灣詩學季刊雜誌社」於1992年創辦，歷經向明、李瑞騰兩位社長的帶領，讓臺灣詩學立足，成為臺灣重要的詩學社團，無論是學術的，或是創作的。臺灣詩學主要出版的刊物包括《臺灣詩學季刊》，以及於2003年5月改變路線後分成以學術研究為主的《臺灣詩學學刊》，以及以創作為主，輔有評論的刊物《吹鼓吹詩論壇》，截至2021年6月為止，《臺灣詩學學刊》已出版三十七期，《吹鼓吹詩論壇》已出版四十四期，許多前行研究皆有這兩本刊物的相關討論與發展說明。以《臺灣詩學學刊》為例，林于弘曾發表〈如何臺灣？怎樣詩學？就是學刊！──《臺灣詩學學刊》第1－30期之內容研究〉[1]一文討論《臺灣詩學學刊》的發表內容、學者發表情況以及主題論文等命題，希望藉由主編、論文內容、發表與討論面向等方向進行學刊的討論，這篇論文相當鮮明地指出一個詩學研究的生態體系發展面貌，也將刊物發展的轉型與歷史面貌有詳細的討論，另外更指出《臺灣詩學學刊》引領臺灣現代詩學的發展與推進，有相當大的影響力，且其它評論者：例如張雙英、瘂弦、

---

[1]　林于弘：〈如何臺灣？怎樣詩學？就是學刊！──《臺灣詩學學刊》第1－30期之內容研究〉，《臺灣詩學學刊》第三十三期（2019.05），頁99-115。

古遠清等皆對《臺灣詩學學刊》的創辦、出版與表現給予肯定。

　　另外就是與本章主題相關的文獻討論，主要討論的刊物為《吹鼓吹詩論壇》，《吹鼓吹詩論壇》的出現有賴於詩人蘇紹連的推動，蕭蕭的〈跨世紀與跨領域的詩學詩藝——臺灣詩學季刊社二十周年慶〉[2]一文指出，2003年6月11日蘇紹連以個人力量關設「臺灣詩學・吹鼓吹詩論壇」網站，也紛紛吸引了許多創作者自動於網站上結社，並且開闢許多創作版進行創作與交流，包括散文詩、圖像詩、小詩、童詩等，另外主題方面也有如社會詩、地方詩、女性詩等版面，以及意見交誼廳、詩壇訊息等資訊交流版面等，臺灣詩學的相關資訊一應俱全，是相當寶貴的資料庫。[3]而2005年9月開始，《吹鼓吹詩論壇》紙本始出版，讓詩作除了在論壇上廣為宣傳外，也能藉由紙本刊物的發行，揀選優良的詩作、評論等出版並傳播，這也讓臺灣詩學的雙刊物立下基礎，並拓展至今，相當不容易。沈曼菱曾發表〈十年吹鼓吹——談《吹鼓吹論壇》19期以來專題特色〉[4]一文，簡略討論了吹鼓吹從創刊第一期至第十九期的專題設定，沈曼菱指出，《臺灣詩學・吹鼓吹詩論壇》所想像，奠基的社群方向主要為新世代網路詩社群，並且透過每期對於特定主題的徵稿專輯，集結成刊。值得一提的是，在主題上也可以看見主編的巧思與個人對於創作或是詩學的想像傾向。[5]綜觀十九期《吹鼓吹》的主題，基本上多是結合時事、現實與社會，或是對特定族群議題的討論，可見主編蘇紹連的特色與關懷意識，當然在沈曼菱的文章當中，也指出專題特色在詩語言、詩學的表現上也有相當的推動，

---

[2] 蕭蕭：〈跨世紀與跨領域的詩學詩藝——臺灣詩學季刊社二十周年慶〉，收錄於《吹鼓吹詩論壇十六號：氣味的翅膀》（臺北：臺灣詩學季刊雜誌社，2013.03），頁16。

[3] 蕭蕭：〈跨世紀與跨領域的詩學詩藝——臺灣詩學季刊社二十周年慶〉，收錄於《吹鼓吹詩論壇十六號：氣味的翅膀》（臺北：臺灣詩學季刊雜誌社，2013.03），頁9-10。

[4] 沈曼菱：〈十年吹鼓吹——談《吹鼓吹論壇》19期以來專題特色〉，收錄於《吹鼓吹詩論壇二十號：拾光掠影》（臺北：臺灣詩學季刊雜誌社，2015.03），頁60-64。

[5] 沈曼菱：〈十年吹鼓吹——談《吹鼓吹論壇》19期以來專題特色〉，收錄於《吹鼓吹詩論壇二十號：拾光掠影》（臺北：臺灣詩學季刊雜誌社，2015.03），頁61。

包括如十一號小說詩、十六號氣味詩等，基本上沈曼菱的研究能讓筆者看到前十九期《吹鼓吹詩論壇》的企劃專題與議題建構，可惜的是後面期數的討論與研究尚未全面開展，且後面期數在主編上經歷過輪替與更換的狀態，這是否也會影響刊物所刊載的作品以及專題設定等，這些也是相當重要的部分。朱天一文〈競寫「臺灣」，深耕「詩學」——試析《吹鼓吹詩論壇》第二十號至第四十一號之主題趨向〉[6]主要聚焦在這些期數之評論文章的主題走向與發表情況，藉由這些評論文章的發表能夠建構一種臺灣的詩學圖景，且朱天也將這些期數的刊物之評論欄目、發表文章等有進一步的統計與討論，在評論的分類上也分成專題詩評、專題詩論、一般詩評、一般詩論、其他詩學相關文章等，相當仔細，也認為這些評論文章無論是主題走向或是一般評論，皆對臺灣詩壇的發展與面貌有或深或淺的影響，更呈現多元的意識。謝予騰〈《吹鼓吹詩論壇》詩評論近年觀察〉則是以詩評書寫風格傾向為主要的討論中心，指出刊物刊登詩評的幾個特色，包括《吹鼓吹詩論壇》因與《臺灣詩學學刊》這分較為學術走向的刊物分野，企圖讓評論文字通俗化，但其實在刊物上刊載的評論文章並不只是推廣性的，因為書寫評論的評論者背景關係，多是學院學者，或是研究生，其實學術化的走向還是相當鮮明，例如學者陳徵蔚、陳鴻逸等人的文章，另一種書寫方式則是趨近隨筆性的評論，包括如向明、林群盛、廖啟余等人的文章。謝予騰最後也高度肯定了《吹鼓吹詩論壇》的開放性，可以培養出出色的詩人、詩評家、詩論家以及現代詩學者，這些都是必然的，也指日可待。

　　藉由上述的討論，本章想擴大處理《吹鼓吹詩論壇》中的專題評論文章的問題，說到「專題評論」，就有幾個關鍵詞，包括專題、評論、詩評、評論者、守門人、詩學傳播等，且筆者將處理從

---

[6]　朱天：〈競寫「臺灣」，深耕「詩學」——試析《吹鼓吹詩論壇》第二十號至第四十一號之主題趨向〉，《國文天地》426期（2020.11），頁18-25。

十六至四十四期的刊物，擴大前行研究研究範疇，希望能提出一個觀看的新詮釋與方法。為何選取十六至四十四期的刊物進行討論，除了於2021年臺灣詩學季刊社重新出版十六至三十二期合訂版本的刊物之外，以及加上後續的出版刊物，還有一點是從十六期開始，主編的更替較為頻繁，開始由蘇紹連、陳政彥，以及陳政彥加上李桂媚三組刊物守門人堅守刊物的選題、編輯與出版，有其意義與討論價值。本章將分為三個部分進行討論，一為守門人討論與企劃編輯建構，主要以主編、編輯群、議題設定等面向進行研究，了解議題設定之理念與背景。二為專題評論概覽，討論專題評論之刊載期數、數量以及發表的狀況，且多關心的面向、詩人等問題。三為重要評論者舉隅及其書寫方向，舉出幾位發表活躍的評論者，探究其自身的文化人格背景與書寫方向，也舉出特定主題而出線發表的評論者，指出專題吸引相關研究者投稿發表的傳播意義。

第二節　《吹鼓吹詩論壇》之 守門人討論與企劃編輯建構

　　守門人是文學傳播學中重要的概念，且在許多地方都會有守門人的存在，包括新聞媒體、報紙副刊、出版社等。守門人的概念源自李溫（Kurt Lewin）1950提出的，指的是傳播管道中流通的新聞訊息受到管道中「守門」功能的影響。[7]守門人的主觀性以及個人意識明顯決定了訊息或文章刊登的權利，包括值得刊登、不值得刊登等問題。也就是說，守門人可能會因為各種條件來影響自我認知，而選擇這個訊息或文章等能不能通過並傳出去，也就是刊登。須文蔚曾撰寫〈臺灣數位文學守門人角色與理念初探〉[8]一文，指

---

[7]　翁秀琪：《大眾傳播理論與實證（四版）》（臺北：三民出版，2020.03），頁107。
[8]　須文蔚：〈臺灣數位文學守門人角色與理念初探〉，《當代詩學》1期（2005.04），頁142-180。

出數位守門人和一般平面媒體守門人的差異性，並且在其研究發現，數位文學守門人已經體會到文稿編輯與企劃編輯的重要性，也已繳出漂亮的成績單。[9]

我們都知道，《吹鼓吹詩論壇》是從網路論談起家，爾後才同步出版紙本刊物，可謂精選中的精選，在論壇中在發表詩作、文章的同時，會有版主給予評論與回饋，這些各版的版主即是所謂「數位文學守門人」，且也能精選精彩詩作，有機會能刊載在紙本刊物上，而紙本刊物《吹鼓吹詩論壇》的守門人不外乎是主編蘇紹連等人，但筆者也注意到編委／編審／編輯小組的名單，這些名單多為版主，或是「吹鼓吹詩論壇」起家的詩人、詩評家，這些人也是決定稿件刊登、去留的關鍵人物，當然守門人理論中不僅僅只是守門人為影響因素，媒介與環境以及媒介組織與之的交互影響才是重要的關鍵。守門人為職業角色、生涯，以及傳播媒介組織各人之間的關係；媒介與環境為傳播媒介組織本身當作分析對象，從而探討之間的協調性；媒介組織為傳播媒介的關係，以及傳播媒介與社會經濟環境的關係。三者交會下的概念才能真正理解守門人運作的走向與發展表現。[10]數位守門人與傳統守門人的定義會有些許不同。傳統守門人定義包括狹義、廣義，狹義為報紙副刊、雜誌、出版社編輯等，廣義則也包含文學評論者在媒體上所提供的介紹或引介。也就是說文學評論者加上媒體權力，即所謂「文化守門人」。[11]數位守門人的定義，也分為狹義與廣義，狹義為網頁的文字與圖片處理人員、編輯人員，廣義包含所有從事網站更新與維護工作的人（含個人網頁、網站、公司團體網站，程式撰寫人員），網站站

9　須文蔚：〈臺灣數位文學守門人角色與理念初探〉，《當代詩學》1期（2005.04），頁142。

10　須文蔚：〈臺灣數位文學守門人角色與理念初探〉，《當代詩學》1期（2005.04），頁147-148。

11　須文蔚：〈臺灣數位文學守門人角色與理念初探〉，《當代詩學》1期（2005.04），頁148-149。

長、BBS版主、個人新聞臺臺長等。[12]所以從這幾個守門人的定義
與面向討論後，可以發現《吹鼓吹詩論壇》從網站到紙本，經過許
多「守門人」機制的變化與關卡，「吹鼓吹詩論壇」網站的站長、
版主群等為數位文學守門人，而《吹鼓吹詩論壇》紙本刊物的出版
守門人為主編、編輯群等人，最後就是本章討論的專題評論文章，
這些撰寫之評論者皆為文學評論者，所以他們也擔任了「文化守門
人」，讓我們看見相關議題的討論與引見。

　　綜觀十六至四十四期《吹鼓吹詩論壇》的刊物守門人，以下先
列出刊物之出版期數、專題、社長、主編、編輯群等相關資訊：

表4-1：《吹鼓吹詩論壇》十六至四十四期出版項次一覽表

期別／專號	發行者	社長	主編	編委／編審／編輯小組	出版年月
十六／氣味的翅膀	臺灣詩學季刊雜誌社	蕭水順	蘇紹連	陳牧宏、黃羊川、莊仁傑、葉子鳥、然靈、余小光、百良、王礎	2013年3月
十七／聲音舞者	臺灣詩學季刊雜誌社	蕭水順	蘇紹連	陳牧宏、黃羊川、莊仁傑、葉子鳥、然靈、柯彥瑩、黃宏穎、王礎	2013年9月
十八／民怨詩	臺灣詩學季刊雜誌社	蕭水順	蘇紹連	葉子鳥、陳牧宏、黃羊川、莊仁傑、然靈、余小光、百良、王礎	2014年3月
十九／因小失大	臺灣詩學季刊雜誌社	蕭水順	陳政彥	葉子鳥、百良、賴泊鋅、周盈秀、沈曼菱	2014年9月
二十／拾光掠影	臺灣詩學季刊雜誌社	蕭水順	陳政彥	葉子鳥、百良、賴泊鋅、羅苡芸、周盈秀、沈曼菱	2015年3月
二十一／詩人的理性與感性	臺灣詩學季刊雜誌社	蕭水順	蘇紹連	葉子鳥、阿鈍、李長青、陳建男、然靈	2015年6月
二十二／看！詩的視覺專題	臺灣詩學季刊雜誌社	蕭水順	陳政彥	李桂媚、羅苡芸、然靈、葉子鳥	2015年9月

[12]　須文蔚：〈臺灣數位文學守門人角色與理念初探〉，《當代詩學》1期（2005.04），
　　頁151。

期別／專號	發行者	社長	主編	編委／編審／編輯小組	出版年月
二十三／詩人喇舌語言混搭詩專輯	臺灣詩學季刊雜誌社	蕭水順	蘇紹連	李長青、葉子鳥、雪硯、李桂媚、葉莎	2015年12月
二十四／詩神・宗教詩專輯	臺灣詩學季刊雜誌社	蕭水順	陳政彥	林德俊、李桂媚、羅苡芸	2016年3月
二十五／半人半獸人性書寫專輯	臺灣詩學季刊雜誌社	蕭水順	蘇紹連	葉子鳥、雪硯、李桂媚、嚴毅昇	2016年6月
二十六／非玩不可——遊戲詩專題	臺灣詩學季刊雜誌社	蕭水順	陳政彥	李桂媚、雪硯	2016年9月
二十七／文字牽動傀儡——戲劇詩專輯	臺灣詩學季刊雜誌社	蕭水順	蘇紹連	葉子鳥、李桂媚、周忍星	2016年12月
二十八／告解迴聲——懺情詩專輯	臺灣詩學季刊雜誌社	蕭水順	陳政彥	李桂媚	2017年3月
二十九／歌詞的一半是詩——歌詞創作專輯	臺灣詩學季刊雜誌社	蕭水順	蘇紹連	李桂媚、周忍星、黃里、葉子鳥、陳彥融	2017年6月
三十／心想詩成——許願池專輯	臺灣詩學季刊雜誌社	蕭水順	陳政彥	李桂媚、黃里	2017年9月
三十一／思辨變詩——論述詩專輯	臺灣詩學季刊雜誌社	蕭水順	蘇紹連	李桂媚、周忍星、黃里、葉子鳥	2017年12月
三十二／文字有氧筋肉魂靈——運動詩專輯	臺灣詩學季刊雜誌社	李瑞騰	陳政彥	李桂媚、黃里	2018年3月
三十三／凝視鄉愁——原鄉／異鄉專輯	臺灣詩學季刊雜誌社	李瑞騰	陳政彥、李桂媚	黃里	2018年6月
三十四／線索解密——推理詩專輯	臺灣詩學季刊雜誌社	李瑞騰	陳政彥、李桂媚	黃里	2018年9月
三十五／人生拚輸贏——魯蛇／溫拿專輯	臺灣詩學季刊雜誌社	李瑞騰	陳政彥、李桂媚	黃里	2018年12月
三十六／觀景窗——世界博覽會專輯	臺灣詩學季刊雜誌社	李瑞騰	陳政彥、李桂媚	黃里、寧靜海、葉衽榤	2019年3月
三十七／各自解讀——幹話／廢言專輯	臺灣詩學季刊雜誌社	李瑞騰	陳政彥、李桂媚	黃里、寧靜海	2019年6月

期別／專號	發行者	社長	主編	編委／編審／編輯小組	出版年月
三十八／永以為好——紀念日／紀念物專輯	臺灣詩學季刊雜誌社	李瑞騰	陳政彥、李桂媚	黃里、寧靜海	2019年9月
三十九／心象——最美風景／私房書店專輯	臺灣詩學季刊雜誌社	李瑞騰	陳政彥、李桂媚	黃里、寧靜海	2019年12月
四十／女力崛起——女詩人專輯	臺灣詩學季刊雜誌社	李瑞騰	陳政彥、李桂媚	黃里、寧靜海	2020年3月
四十一／告別練習——遺言專輯	臺灣詩學季刊雜誌社	李瑞騰	陳政彥、李桂媚	黃里、寧靜海	2020年6月
四十二／士農工商——百工圖專輯	臺灣詩學季刊雜誌社	李瑞騰	陳政彥、李桂媚	黃里、寧靜海	2020年9月
四十三／島嶼色彩——臺灣意象專輯	臺灣詩學季刊雜誌社	李瑞騰	陳政彥、李桂媚	黃里、寧靜海	2020年12月
四十四／感恩的心——珍惜／感謝專輯	臺灣詩學季刊雜誌社	李瑞騰	陳政彥、李桂媚	寧靜海、葉子鳥	2021年3月

從此表格可以看到幾個重要的資訊，包括：

1. 《吹鼓吹詩論壇》主要守門人有三位：蘇紹連、陳政彥、李桂媚。
2. 《吹鼓吹詩論壇》主要守門人組合有三種：蘇紹連、陳政彥、陳政彥＋李桂媚。
3. 《吹鼓吹詩論壇》編輯團隊人員一直在變動，但主要編委為：李桂媚、葉子鳥、黃里、寧靜海。
4. 參與過《吹鼓吹詩論壇》編輯團隊之人：王礙、百良、余小光（柯彥瑩）、李長青、沈曼菱、周忍星、周盈秀、林德俊、阿鈍、莊仁傑、陳牧宏、陳建男、陳彥融、雪硯、然靈、黃羊川、黃宏穎、葉衽榤、葉莎、賴泊錞、羅苡芸、嚴毅昇。
5. 每一期都設專題，且不因主編改變而取消或延遲等。

　　蘇紹連、陳政彥、李桂媚這三位主要的守門人之文化背景，蘇紹連早期就開始提倡數位詩的書寫、發展與推行，於國小擔任教職，為臺灣詩學同仁，並且出版多本重要的現代詩論著，說到散文

詩也絕對不能迴避蘇紹連這位詩人，直至今日蘇紹連的創作仍相當豐碩、持續發表、出版。陳政彥為國立中央大學中國文學系博士，研究現代詩學，目前服務於國立嘉義大學中國文學系，教授現代詩與創作、臺灣文學等課程，師事李瑞騰，也因為此背景的關係，陳政彥編選《吹鼓吹詩論壇》仍有他自己的審美標準與守門的觀點，或許在議題設定上也有，李桂媚同為主編，與陳政彥一起編輯刊物多期，她為國立臺北教育大學臺灣文化研究所碩士，師事孟樊、向陽，也是研究現代詩，且自己創作詩、寫詩評，與陳政彥搭配一起擔任刊物守門人，也有其說服力。

　　至於其他的編委、編輯群部分，不同時期會有不同的改變主要是受到於「吹鼓吹詩論壇」活動的熱衷程度與頻率的關係，詩人葉子鳥常常出現在編委名單，是因為葉子鳥在論壇的積極活動，以及她後來成為站長，所以在編委團隊中絕非意外。另外黃里則是負責彙整論壇的精選詩作，寧靜海也是常見名單，是與「facebook詩論壇」成立與發展有關，蘇紹連於2010年發起建立「facebook詩論壇」，與吹鼓吹詩論壇並行，提供發表平臺，並進行詩作評選並擇優刊登在刊物中，寧靜海後接「facebook詩論壇」管理員，也掌握了臉書平臺的守門權。

　　再來，關於《吹鼓吹詩論壇》十六至四十四期的議題建構企劃編輯問題，從各期的議題建構可以看到人們會在媒體上學到什麼是重要的議題。因此在議題設定理論裡，效果的方向（來源）與以前不同了。也可以說，從過去關心民意的內容，變成關心人們對哪些事物會有意見。[13]這種話題設定也是有一種「煽動」的力量，會引起一些漣漪效應等，所以對於閱聽人來說，什麼議題是他們所關心的，受眾的差異也有影響，基本上可以有幾項：人們關心的事物、認為國家目前所面臨最重要的問題或政府應該立即解決的問題、政

---

[13] 翁秀琪：《大眾傳播理論與實證（四版）》（臺北：三民出版，2020.03），頁154。

策的選擇性、具爭議性的議題、造成政治意見分歧的原因。[14]就以第四十二期：士農工商──百工圖專輯為例，近年許多工人文學開始出頭、出版，並且受到關注，包括林立青的《做工的人》[15]、《如此人生》[16]等，且2020年《做工的人》改編拍攝成電視劇轟動一時，可能就因此而引領詩界也開始關注這個問題。第四十二期的徵稿引言這樣寫到：

> 網路流傳一段話：「前世殺過人，今生教國文；前世殺錯人，今生改作文。」寫作常常跟國文老師畫上等號，雖然很多詩人從事教育行業，但是也有很多詩人並非國文老師，甚至是在非文學的工作領域發光發熱。
>
> 俗話說：「三百六十行，行行出狀元」，只要努力，不論投身各行各業都有出頭天，「百工圖專輯」歡迎來自各行各業的詩人，以詩介紹自己的職業，書寫工作甘苦，共同譜成詩的百工圖。[17]

從此專輯引言可以看到，行行出狀元與各行各業成為主題入詩與書寫的專題，企圖與社會對話接軌，也能涉及到現在當紅議題，或是大家所關心的是什麼。

從十六至四十四期的專題，大略可以分為七類：

1. 主題類型：二十一期「詩人的理性與感性」、二十四期「詩神‧宗教詩專輯」、二十五期「半人半獸人性書寫專輯」、二十八期「告解迴聲──懺情詩專輯」、三十一期「思辨變詩──論述詩專輯」、三十二期「文字有氧　筋肉魂靈──

---

[14] 翁秀琪：《大眾傳播理論與實證（四版）》（臺北：三民出版，2020.03），頁156。
[15] 林立青：《做工的人》（臺北：寶瓶文化，2017.02）。
[16] 林立青：《如此人生》（臺北：寶瓶文化，2018.07）。
[17] 《吹鼓吹詩論壇四十一號：告別練習──遺言專輯》（臺北：臺灣詩學季刊雜誌社，2020.06），後折頁。

運動詩專輯」、三十四期「線索解密──推理詩專輯」共七期。

2. 人物：三十五期「人生拚輸贏──魯蛇／溫拿專輯」、四十期「女力崛起──女詩人專輯」、四十二期「士農工商──百工圖專輯」共三期。

3. 體式：十九期「因小失大」、二十三期「詩人喇舌語言混搭詩專輯」、二十九期「歌詞的一半是詩──歌詞創作專輯」共三期。

4. 語言、意象、藝術：十六期「氣味的翅膀」、十七期「聲音舞者」、二十二期「看！詩的視覺專題」、二十六期「非玩不可──遊戲詩專題」、二十七期「文字牽動傀儡──戲劇詩專輯」共五期。

5. 情感意識：三十期「心想詩成──許願池專輯」、三十七期「各自解讀──幹話／廢言專輯」、三十八期「永以為好──紀念日／紀念物專輯」、四十一期「告別練習──遺言專輯」、四十四期「感恩的心──珍惜／感謝專輯」共五期。

6. 臺灣‧世界：三十三期「凝視鄉愁──原鄉／異鄉專輯」、三十六期「觀景窗──世界博覽會專輯」、三十九期「心象──最美風景／私房書店專輯」、四十三期「島嶼色彩──臺灣意象專輯」共四期。

7. 回顧專輯：二十期「拾光掠影」共一期。

筆者大略有此分類，主要是能夠從不同方面看到企劃議題的特色，有的是關心臺灣本土、特定人物、內心情感、詩的體裁與跨界變化等，當然這些設定的主題也與時事接軌，例如第二十九期「歌詞的一半是詩──歌詞創作專輯」（2017年6月出版），其他家刊物也出版相關的主題，例如《聯合文學》於2017年1月出刊「歌詞學」專號、《幼獅文藝》2017年1月出刊「詩歌學」專號，這些專題的

設定皆與美國傳奇歌手巴布狄倫（Bob Dylan）於2016年獲得諾貝爾文學獎有關係，所以各家刊物、雜誌也製作相關專輯，投稿、邀稿，並且出刊，也引起一陣轟動與風潮。緊接，筆者討論完守門人以及議題建構後，將著重討論專題評論文章的部分。

第三節　專題評論概覽

上述已經討論了各期專題的內容與分類，可以發現議題書寫與設定的關係性，本節將深入到專題評論文章部分，討論專題評論的篇目、走向、書寫意識等問題。本章所選的專題評論，是《吹鼓吹詩論壇》中有專門設輯的評論文章，其他一般性的評論：例如詩家觀點等，皆暫不討論。所以筆者將期別、專題評論文章與作者利用表格彙整如下：

表4-2：《吹鼓吹詩論壇》專題評論一覽表

期別	專題評論	作者
十六 （0篇）	無	
十七 （12篇）	傾聽，聽無聲——陳庭詩〈迴聲〉鐵雕	李進文
	音詩Rule——兼談林亨泰的〈輪子〉、〈夜曲〉	陳鴻逸
	寫給聲音——「聲音詩」的形象閱讀	嚴忠政
	沒有聲音、一條冒火的喉嚨	向明
	交響歲月悲喜的音符——陳謙及其〈上昇之歌〉	王厚森
	準時寄達的流浪隊伍——讀孫梓評〈Glósóli〉	印卡
	低落的聲響——巫時〈你聽見汗水低落的聲音了嗎〉	陳建男
	季節的聲音——楊牧〈秋探〉	楊寒
	火星沉靜，月出撤離——熒惑聲音短詩閱讀	梁匡哲
	必要的幻聽——以鴻鴻〈請聽〉為例	陳子謙
	尋找詩的聲音——楊牧〈最憂鬱的事〉	哲明
	如果你也聽說	神神

期別	專題評論	作者
十八 （2篇）	這・缸・洗・郎	陳鴻逸
	怨之深願之切	黃里
十九 （5篇）	讀林燿德的十行小詩	向明
	小詩句・大絕韻	陳鴻逸
	純粹的告白：瓦歷斯・諾幹的二行詩	謝予騰
	狹仄與廣闊——評向陽《十行集》	沈曼菱
	一念封神，抒情的小行星系——范家駿短詩印象	梁匡哲
二十 （3篇）	十週年小記	蘇紹連
	X	陳鴻逸
	十年鼓吹——談《吹鼓吹論壇》19期以來專題特色	沈曼菱
二十一 （6篇）	詩歌的精靈——詩人的感性與理性	蔡振念
	理性或感性？側談詩人的歷史書寫	陳鴻逸
	複眼看花，繁體做諐	張啓疆
	理想詩人的備忘錄	趙文豪
	理智的波西米亞人的放浪	印卡
	理性與感性——詩的張力戰場	黃里
二十二 （0篇）	無	
二十三 （6篇）	專題前言：去除疆界，重新開拓	李長青
	詩人愛喇舌？談語言混雜下的多元成詩	陳徵蔚
	Miss Right	陳鴻逸
	詩語言，lām雜的滋味	王羅蜜多
	勇氣，熱血，愛～我與雙語詩的點點滴滴	林群盛
	一首詩的讀法——試讀向陽〈霜降〉	鄭琮墿
二十四 （2篇）	囹圄・領悟・零無—談曹開詩作	陳鴻逸
	筆記七段：略談陳黎詩中對宗教元素的使用	謝予騰
二十五 （5篇）	胡蘆裡裝的什麼乾坤？——現代詩中的人性	李翠瑛
	詩控情慾——神性、人性與獸性交燃出的灰燼	陳徵蔚
	此性非一	陳鴻逸
	淺探吳晟《吾鄉印象》「禽畜篇」中的人性問題	謝予騰
	觀察洛夫禪詩中超現實主義的直觀與「人性」根本——以〈走向王維〉為例	古塵

期別	專題評論	作者
二十六 （3篇）	插旗話家常（LIFE 99 version）	林群盛
	文字的遊戲，遊戲的文字——詩人喜歡玩趣味？	李翠瑛
	老ㄙ他有病	廖啓余
二十七 （2篇）	現代詩劇的可能	解昆樺
	如何戲劇？如何詩？從亞里斯多德《詩學》談起	李翠瑛
二十八 （2篇）	被懺情觸傷的書寫——側讀林怡翠	陳鴻逸
	與詩搭訕，懺情發聲——讀王厚森《搭訕主義》	李桂媚
二十九 （9篇）	詩與歌的傾城之戀	陳徵蔚
	從劇場到專輯，談流行歌曲的文化流動	劉建志
	愛情的擴散與緊縮——從李宗盛的〈領悟〉比較詩與歌詞的差異	薔朵
	筆記七段（二）：淺談陳昇歌詞中的「中國」形象	謝予騰
	詩歌交疊——論向陽〈我有一個夢〉的音樂性	李桂媚
	K歌之王為你唱一首歌——兼論王宗仁《詩歌》	陳鴻逸
	從詩到歌詞，如何可能：以顧蕙倩詩作為探討中心	蔡知臻
	一首歌詞的閃光點	孤鴻
	兒歌詩不詩？	蘇善
三十 （0篇）	無	
三十一 （3篇）	「述而不論」的論述詩	陳徵蔚
	論論述詩之詩論	陳鴻逸
	不論而論的並峙——論黃梁雙聯詩的視域	右京
三十二 （2篇）	民眾，我要暴暴	陳鴻逸
	趙文豪詩中的社會運動——文學、社會與美學	蔡知臻
三十三 （2篇）	唯一的鄉愁就在腳踏的土地上——吳晟的原鄉追尋	李桂媚
	杜康不ㄒㄩㄥˊ，只是要命——讀嚴毅昇〈身而為原住民我很抱歉——讀乜寇〈我在我自己的土地上被逮捕〉有感	陳鴻逸
三十四 （2篇）	ㄏㄨㄚ生，什麼事？——〈鳥〉的歷史推理場景	陳鴻逸
	每首詩都是推理詩——詩的探賾索隱	右京
三十五 （0篇）	無	
三十六 （2篇）	我在看誰的世界？	徐培晃
	ㄟI=詩人？關於博覽會中的藝術與歷史切片	陳鴻逸

期別	專題評論	作者
三十七 （0篇）	無	
三十八 （0篇）	無	
三十九 （0篇）	無	
四十 （5篇）	尹玲〈淡淡的三月天〉與黃背心運動	葉衽榤
	如煙似霧，搖晃未知：試論夏宇《第一人稱》中的「自我形象」	朱天
	從低訴到行動——淺談吳音寧與《危崖有花》	陳鴻逸
	漸暖向陽，黑暗有光——論李桂媚詩集《自然有詩》的虛實交疊與向陽詩心	右京
	女詩人安琪和她的《極地之境》	洪淑苓
四十一 （2篇）	遺言，那些記憶中碎散的泡沫	陳徵蔚
	面對死亡，豁達告別——讀吳晟〈告別式〉	李桂媚
四十二 （2篇）	百工薪為先、罷工心就瘇（siān）——《工作記事》的勞工物語	陳鴻逸
	詩田與農園經緯出的新天地——讀《都耕佃農：莫渝田園詩集》	李桂媚
四十三 （3篇）	李魁賢〈我的臺灣　我的希望〉的臺灣情	葉衽榤
	吳晟詩作的玉山書寫	李桂媚
	書寫風景·賦意玉山——讀顏艾琳〈在塔塔加，看見臺灣的手相〉	陳鴻逸
四十四 （0篇）	無	

經過筆者統計，從十六期至四十四期《吹鼓吹詩論壇》專題評論文章，共計80篇，其實從數量上呈現是相當可觀的，也可以看到雖然這是一份以創作為主的詩刊物，但評論文字在刊物上的呈現也是為數不少，但從這個表格還能看出一個有趣的現象，就是「評論響應」的問題。怎麼說這種現象呢？因為從專題評論的各期篇目來看，其實有些期數是落差甚大的，且有些專題並未設定評論專輯，所以專題評論為0篇，但也有專題評論可以刊出10篇以上，例如第十七期，以及第二十九期，其實也有9篇的，數量相當多。基本上

以《吹鼓吹詩論壇》的徵稿模式看來，投稿還是占大宗，邀稿仍占少數，且評論尤其如此，甚至可以發現刊出稿件與投稿數量基本上應該是相差不多的，也就是說投此期的投稿件數多，如有篇幅就刊登多篇一些，如果收稿較少，就刊登較少篇目。而投稿的數量，更決定了這個議題對於評論者的吸引程度，拿第二十九期來說，專題評論收到9篇稿件，且因應專題的書寫面向也都不同，例劉建志談流行歌曲的文化流動、雲朵以李宗盛的〈領悟〉為例討論詩與歌詞的差異比較、李桂媚談向陽詩〈我有一個夢〉的音樂性問題，蘇善為兒童詩創作者，她也書寫了〈兒歌詩不詩？〉一文，討論了兒歌與童詩之間本質性、詩性的聯繫與關係比較，當然還有其他篇目，但就筆者舉例說明的部分就可看見評論的議題多元性就不證自明。另外第四十期「女詩人」專號，專題評論文章也收到5篇，就性別的觀點來看，有男性評論者3篇（葉衽榤、朱天、陳鴻逸）與女性評論者2篇（右京、洪淑苓），其實相當特別，因為專題是女詩人專號，結果收到的評論雖都討論女詩人，男性評論者卻比女性高，蠻有趣的。這五篇文章討論的女詩人包括尹玲、夏宇、吳音寧、李桂媚以及中國詩人安琪，無論是跨域的，還是不同世代的詩人皆有代表，拓展了女詩人專輯的討論面向。

另外筆者想特別討論沒有專題評論的期數與主題，包括第十六期「氣味的翅膀」、第二十二期「看！詩的視覺專輯」、第三十三期「凝視鄉愁──原鄉／異鄉專輯」、第三十七期「各自解讀──幹話／廢言專輯」、第三十八期「永以為好──紀念日／紀念物專輯」、第三十九期「心象──最美風景／私房書店專輯」、第四十四期「感恩的心──珍惜／感謝專輯」共八期。筆者認為這些主題可能較難有一個論述的角度進行闡發，讓評論者受限了，投不出文章以利刊登，但其實如第三十三期「凝視鄉愁──原鄉／異鄉專輯」中，有許多詩人的懷鄉意識等命題可以進一步討論，例如鄭愁予、余光中等，或是一些旅遊詩作品的討論，其實還是有評論的空

間，可惜當時無收到稿子，可能也沒有邀稿，所以導致這些期數的專題評論呈現空缺的情形。

第四節　《吹鼓吹詩論壇》重要評論者舉隅及其書寫方向

　　在《吹鼓吹詩論壇》十六至四十四期中，有幾位專題評論書寫者的表現相當亮眼，發表量也相對可觀，包括陳鴻逸、李桂媚、陳徵蔚、李翠瑛、謝予騰五位，這五位評論者皆發表超過四篇的專題評論，且都有學院背景。須文蔚的研究〈臺灣文學評論者特質研究〉就指出：「在文學評論職業化的風潮下，學院內的知識分子成為大眾媒介的編制外工作者，並非在獨立的環境中工作，仍然必須與政治、文化產業、媒體組織與讀者互動，甚至配合他們的期望。」[18]這些學院背景的評論者，在《吹鼓吹詩論壇》發表專題評論文章，一方面累積學術研究，另一方面也受到了專題的限制，當然這些以評論為工作的學者們，在學術刊物與一般推廣行刊物的書寫模式也會有差異，所以須文蔚更進一步指出這些具有學院背景的評論者會進行「調整策略」包括一、發表評論的刊物性質不同，評論的內容就有所調整；二、評論文字格調的差異化；三、有無來自產業壓力，包括作家知名度、作品暢銷度等；四、評論文字的目標讀者不同；五、評論者專業的自我設定。[19]這樣的討論也可以回應謝予騰的文章所提出的《吹鼓吹詩論壇》評論文字有學術化的，也有散文化、隨筆化的狀態，本節所指五位評論者皆接近學術化的專題評論書寫。以下將分別討論之。

---

[18]　須文蔚：〈第六章　臺灣文學評論者特質研究〉，《臺灣文學傳播論：以作家、評論者與文學社群為核心》（臺北：二魚文化，2009.04），頁138。
[19]　須文蔚：〈第六章　臺灣文學評論者特質研究〉，《臺灣文學傳播論：以作家、評論者與文學社群為核心》（臺北：二魚文化，2009.04），頁138-139。

表4-3：陳鴻逸於《吹鼓吹詩論壇》之專題評論發表一覽表

期別	作者	專題評論
十六	陳鴻逸	音詩Rule——兼談林亨泰的〈輪子〉、〈夜曲〉
十八	陳鴻逸	這・缸・洗・郎
十九	陳鴻逸	小詩句・大絕韻
二十	陳鴻逸	X
二十三	陳鴻逸	Miss Right
二十四	陳鴻逸	囫圇・領悟・零無——談曹開詩作
二十五	陳鴻逸	此性非一
二十八	陳鴻逸	被懺情觸傷的書寫——側讀林怡翠
二十九	陳鴻逸	K歌之王為你唱一首歌——兼論王宗仁《詩歌》
三十一	陳鴻逸	論論述詩之詩論
三十二	陳鴻逸	民眾，我要暴暴
三十三	陳鴻逸	杜康不ㄒㄩㄢˊ，只是要命——讀嚴毅昇〈身而為原住民我很抱歉——讀乜寇〈我在我自己的土地上被逮捕〉有感〉
三十四	陳鴻逸	ㄏㄨㄚ生，什麼事？——〈鳥〉的歷史推理場景
三十五	陳鴻逸	ㄟ I＝詩人？關於博覽會中的藝術與歷史切片
四十	陳鴻逸	從低訴到行動——淺談吳晉寧與《危崖有花》
四十二	陳鴻逸	百工薪為先、罷工心就瘅（siān）——《工作記事》的勞工物語
四十三	陳鴻逸	書寫風景・賦意玉山——讀顏艾琳〈在塔塔加，看見臺灣的手相〉

　　陳鴻逸為國立中興大學臺灣文學研究所碩士、國立彰化師範大學國文學系博士，碩士論文研究主題為《記憶與詩語：歷史敘事與文化實踐的探索——以李敏勇、陳鴻森的詩作為例》[20]，師事林淇瀁（向陽），博士論文為《一九七〇年代以降臺灣散文的性別、族群、階級議題之研究》[21]，師事林明德、林淇瀁（向陽），目前任教於德育護理健康學院，從學位論文題目可以得知，陳鴻逸的研究領域不外乎是臺灣文學、現代詩學、現代散文等，且身為一位學者

---

[20] 陳鴻逸：〈記憶與詩語：歷史敘事與文化實踐的探索——以李敏勇、陳鴻森的詩作為例〉（臺中：國立中興大學臺灣文學研究所碩士論文，2007）。
[21] 陳鴻逸：〈一九七〇年代以降臺灣散文的性別、族群、階級議題之研究〉（彰化：國立彰化師範大學國文學系博士論文，2014）。

在評論上的用心從在《吹鼓吹詩論壇》的發表就可看到。陳鴻逸截至四十四期為止，總共發表了17篇的專題評論，且分布均勻，基本上就是論壇的常客了，當然專題評論基本上是因應當期的主題而撰寫，但我們也不妨看出他所討論到哪些詩人、哪些觀點。綜觀陳鴻逸書寫的標題與內容，涉及到的詩人包括林亨泰、曹開、林怡翠、王宗仁、嚴毅昇、乜寇、吳音寧、陳昌遠、顏艾琳等，男女詩人皆有，老中青世代也是，例如嚴毅昇即為相當年輕的原住民青年詩人，可以見得陳鴻逸寬廣的閱讀視野，且在這樣多專題上他皆能書寫評論，定期發表，可見他相當戮力用功。

表4-4：李桂媚於《吹鼓吹詩論壇》之專題評論發表一覽表

期別	作者	專題評論
二十八	李桂媚	與詩搭訕，懺情發聲——讀王厚森《搭訕主義》
二十九	李桂媚	詩歌交疊——論向陽〈我有一個夢〉的音樂性
三十三	李桂媚	唯一的鄉愁就在腳踏的土地上——吳晟的原鄉追尋
四十一	李桂媚	面對死亡，豁達告別——讀吳晟〈告別式〉
四十二	李桂媚	詩田與農園經緯出的新天地——讀《都耕佃農：莫渝田園詩集》
四十三	李桂媚	吳晟詩作的玉山書寫

先前已介紹李桂媚，李桂媚一直擔任編委的職務，於三十三期（2018年6月）開始與陳政彥共同擔任主編的工作，在她擔任主編之前她已發表兩篇專題評論文章，分別是〈與詩搭訕，懺情發聲——讀王厚森《搭訕主義》〉、以及〈詩歌交疊——論向陽〈我有一個夢〉的音樂性〉，擔任主編後發表四篇評論文章。有一件事情相當有趣，時常也會被當成討論的焦點，就是「球員兼裁判」的問題，同時是詩刊編輯又是創作者的時候，應該如何取捨？這件事情值得深思，因為綜觀陳政彥與李桂媚的發表，陳政彥擔任主編期間，基本上是沒有在《吹鼓吹詩論壇》上發表相關文章或詩作等，但李桂媚除了發表專題評論之外，也發表現代詩創作，

在「詩家詩評」中也有發表一般詩評的文章，更特別的是，她從三十七期開始開設了一個專欄為「詩人本事」，發表了她的詩人評論文章，於2020年10月集結成冊出版《詩路尋光：詩人本事》[22]一書，收錄8篇專欄文字。筆者無意挑戰主編的意圖與設定，只是提出來進一步思考這樣的現象與詩刊走向、守門與傳播的關聯性。

表4-5：陳徵蔚於《吹鼓吹詩論壇》之專題評論發表一覽表

期別	作者	專題評論
二十三	陳徵蔚	詩人愛喇舌？談語言混雜下的多元成詩
二十五	陳徵蔚	詩控情慾——神性、人性與獸性交燃出的灰燼
二十九	陳徵蔚	詩與歌的傾城之戀
三十一	陳徵蔚	「述而不論」的論述詩
四十一	陳徵蔚	遺言，那些記憶中碎散的泡沫

陳徵蔚也是學院教師，目前服務於健行科技大學應用外語系，國立政治大學英國語文學系博士，是本節所提五位評論者中唯一一個外國語文背景，所專注的研究在於網路文學、數位文學、英美當代文學理論等。他曾出版重要的專書《電子網路科技與文學創意——臺灣數位文學史（1992-2012）》[23]，也多發表現代詩與翻譯的研究，如〈詩的英譯：以詩人張芳慈的三首詩為例〉[24]、〈頓悟禪「譯」：截句的英文翻譯初探〉[25]等。陳徵蔚在《吹鼓吹詩論壇》上的專題評論文章多以詩的跨界與混雜為主，包括詩的語言混雜、

---

[22] 李桂媚：《詩路尋光：詩人本事》（臺北：秀威，2020.10）。
[23] 陳徵蔚：《電子網路科技與文學創意——臺灣數位文學史（1992-2012）》（臺南：臺灣文學館，2012.12）。
[24] 陳徵蔚：〈詩的英譯：以詩人張芳慈的三首詩為例〉，《臺灣詩學學刊》第三十期（2017.11），頁35-51。
[25] 陳徵蔚：〈頓悟禪「譯」：截句的英文翻譯初探〉，《臺灣詩學學刊》第三十三期（2019.05），頁29-42。

詩與獸性、詩與歌、論述與創作等皆是，也可反映陳徵蔚對於文學研究的關懷主體。

表4-6：李翠瑛於《吹鼓吹詩論壇》之專題評論發表一覽表

期別	作者	專題評論
二十五	李翠瑛	葫蘆裡裝的什麼乾坤？——現代詩中的人性
二十六	李翠瑛	文字的遊戲，遊戲的文字——詩人喜歡玩趣味？
二十七	李翠瑛	如何戲劇？如何詩？從亞里斯多德《詩學》談起
二十九	薑朵	愛情的擴散與緊縮——從李宗盛的〈領悟〉比較詩與歌詞的差異

　　李翠瑛現任教於元智大學中國語文學系，研究的專長就是現代詩學，自己也以筆名薑朵創作現代詩，已出版多本現代詩專論與創作詩集，李翠瑛在《吹鼓吹詩論壇》所發表的專題評論多集中在二十五至二十九期，可能是專題主題使然，才有如此發表的分布狀況，但反觀其現代詩的創作與發表，幾乎每一期《吹鼓吹詩論壇》都有她的詩作刊登，可以推斷李翠瑛將《吹鼓吹詩論壇》的定位在創作部分大於評論部分，再看另一本刊物《臺灣詩學學刊》，李翠瑛定期也在此學術刊物上發表學術研究論文。每一位學者，或是創作者對於不同刊物的定位可能都會有所不同，所以研究刊物時也不能只是看一份，而是應該多方視角查找，也能看出之間的關係。

表4-7：謝予騰於《吹鼓吹詩論壇》之專題評論發表一覽表

期別	作者	專題評論
十九	謝予騰	純粹的告白：瓦歷斯・諾幹的二行詩
二十四	謝予騰	筆記七段：略談陳黎詩中對宗教元素的使用
二十五	謝予騰	淺探吳晟《吾鄉印象》「禽畜篇」中的人性問題
二十九	謝予騰	筆記七段（二）：淺談陳昇歌詞中的「中國」形象

謝予騰以詩人起家，已出版詩集《請為我讀詩》[26]、《親愛的鹿》[27]、《浪跡》[28]，2020年與其他三位青年詩人、也是青年學者趙文豪、崎雲、林餘佐共同出版《指認與召喚：詩人的另一個抽屜》[29]，這是一本詩評論，呈現了青年詩人與學者對現代詩、詩學概念的討論。謝予騰為國立成功大學中國文學系博士，其學位論文之研究為中國古典小說以及臺灣現代散文，但對於現代詩研究這件事仍然努力不懈。謝予騰於《吹鼓吹詩論壇》專題評論共發表四篇，對於現代詩的詮解與討論也相當用力，早年謝予騰也多在「吹鼓吹詩論壇」上發表活動，堪稱一路跟著論壇長大的青年詩人、學者。

另外，綜觀專題評論文章，有兩位詩人被論述的頻率甚高，一為向陽，一為吳晟，且看評論彙整表格：

表4-8：向陽評論一覽表

期別	作者	向陽評論篇目
十九	沈曼菱	狹仄與廣闊—評向陽《十行集》
二十三	鄭琮墿	一首詩的讀法——試讀向陽〈霜降〉
二十九	李桂媚	詩歌交疊——論向陽〈我有一個夢〉的音樂性

表4-9：吳晟評論一覽表

期別	作者	吳晟評論篇目
二十五	謝予騰	淺探吳晟《吾鄉印象》「禽畜篇」中的人性問題
三十三	李桂媚	唯一的鄉愁就在腳踏的土地上——吳晟的原鄉追尋
四十一	李桂媚	面對死亡，豁達告別——讀吳晟〈告別式〉
四十三	李桂媚	吳晟詩作的玉山書寫

---

[26] 謝予騰：《請為我讀詩》（桃園：逗點，2011.11）。
[27] 謝予騰：《親愛的鹿》（臺北：開學文化，2014.11）。
[28] 謝予騰：《浪跡》（臺北：斑馬線，2018.05）。
[29] 趙文豪、崎雲、謝予騰、林餘佐合著：《指認與召喚：詩人的另一個抽屜》（臺北：斑馬線，2020.06）。

討論向陽詩作的評論有三，三位評論者沈曼菱、鄭琮墿、李桂媚皆為向陽的學生，所以討論自己老師的作品寫成文章這件事情不令人意外，他們也都從不同面向、關懷角度看向陽的作品。而吳晟的評論有四，其中三篇為李桂媚所撰，可見李桂媚對吳晟詩作特別關注，可能是一系列寫作也說不定，謝予騰也有撰文。

最後，筆者將指出幾位在「特定專題」而出現的評論者，一為林群盛，詩人林群盛本身就很關心遊戲、科幻等相關議題，他的現代詩創作也具有科幻意識，所以在遊戲專題與雙語專題看到他的評論就不覺突兀。二為洪淑苓，洪淑苓為國立臺灣大學中國文學系教授，本身就研究女詩人，近期的研究領域跨足中國當代女詩人詩作研究，所以於「女詩人」專題發表評論文章凸顯出她所關心的議題。三為劉建志，劉建志為洪淑苓的學生，研究臺灣流行音樂與歌詞，他發表文章在「詩與歌詞」專題中，因他所關心的議題而發表撰文。

綜覽本節的討論，專題評論及其文學評論者身分之連結，可以發現評論書寫不限領域、年齡、以及世代，只要關心專題的研究者，甚至是詩人，其實都可以投稿、直至刊登文章，本節前面所選的五位皆有學術研究的背景，但就如陳徵蔚是外文背景，李翠瑛等人兼及詩創作者與評論者，應只有陳鴻逸為純文學評論者。特定專題才出現發表的評論者們，專注於自己所關心的領域，也增添了發表文章的多元性，甚至到了專業性的程度，《吹鼓吹詩論壇》就是有能夠兼及各類人的能力，只要關心現代詩相關議題，都是一個非常棒的發表空間。

第五節　結語

本章延續對於《吹鼓吹詩論壇》之既有研究，希冀能拓展研究的範疇與視角，重新檢視第十六期至第四十四期的「專題評論」

及其相關問題。本章之研究重點有三：一、《吹鼓吹詩論壇》從網站到紙本刊物發行的守門人名單與發展的狀態；二、《吹鼓吹詩論壇》第十六期到第四十四期的企劃與議題建構有哪些？特色何在等問題；三、「專題評論」的重要評論者舉隅，討論其文化人格形塑背景，並進一步研究被討論到最多的兩位詩人：向陽、吳晟的評論，最後指出三位特定專題才會出現發表文章的評論者等。

　　本章運用大量表格呈現相關的統計問題，希冀能讓閱讀者一目了然。本章在討論守門人、議題建構以及發表篇章之統計以及方便性，並且這樣的刊物研究與發表牽涉到的不只是文學創作與發表的內容傳播之外，也與整個臺灣社會脈動、主編意識與風格有相當程度的關係，文學傳播的意義在於從文化體制、傳播結構與個人之間的關聯性進行或多、或少的互動，在論壇上的互動也是一樣，從版主、站長，紙本刊物主編、編輯群，以及接收投稿等面向，都屬文學傳播的環節，一刻都不能少掉，如果一個環節有疏失，可能整個體系也會有所缺失。筆者認為，無論是發表評論、或是詩作，《吹鼓吹詩論壇》（無論是論壇或是紙本），都具有開闊的視野與多元的接納程度，致使《吹鼓吹詩論壇》刊物的出版仍受到詩壇一定的關注。只可惜，「吹鼓吹詩論壇」已於2021年5月31日正式關閉，不再接受發表與互動，現在已成為一個數位資料庫。

第五章
「吹鼓吹詩論壇」之企劃活動執行研究：
以「吹鼓吹詩雅集」為例

第一節　前言

　　「吹鼓吹詩論壇」除經營網路論壇、出版《臺灣詩學・吹鼓吹詩論壇》刊物之外，也企劃多種大型的詩聚會活動，希望除了在網路論壇上相互互動、回帖分享之外，也能有實體的聚會，討論詩、研究詩並且分享現代詩創作。李瑞騰就曾指出：

> 十餘年來，蘇紹連經由網路和紙本《吹鼓吹》，營造一個寬闊且自由的詩空間，凝聚了數十位相對比較年輕的詩人，他們或正式加入同仁，或擔任版主，活動力強，眾聲喧嘩，特別值得注意的是，他們以臺灣中部為主要場域，並向南方拓展，既誦且演，跨越藝術疆界。[1]

　　李瑞騰已經點出「吹鼓吹詩論壇」在活動舉辦與詩展演的特色，且也提及論壇守門人年輕化、詩社同仁加入新血的開創性。當然，因詩人蘇紹連久居臺中，所以所發起的活動以臺中為中心，擴及南部、北部，所負責召集的詩人、參與的詩人會有所不同，這也是地域性詩集合的特點，也造就了各地論壇與詩人的群體。白靈也

---

[1]　李瑞騰：〈臺灣詩學季刊社及其詩刊〉，收錄於林于弘、楊宗翰編著：《與歷史競走：臺灣詩學季刊社25週年資料彙編》（臺北：秀威，2018.01），頁13。

在〈詩刊時代的結束——兼憶臺灣詩學季刊的「竄起」〉[2]指出，詩社與詩刊的出版，藉由活動企劃來帶動刊物編輯的企劃發想與實踐，這件事情在《臺灣詩學季刊》時期，就已經在做這件事情了，包括1993年開始舉辦現代詩講座，曾邀請李瑞騰、蕭蕭、向明、白靈、尹玲、游喚、焦桐、翁文嫻、廖咸浩、張默、管管、周鼎、陳義芝、渡也、簡政珍、康原、瘂弦等重量級詩人參與並講座，有些是詩社同仁，有些不是，但這樣的現代詩講座系列活動，總能對於現代詩的推廣與關注更加濃厚些。除講座之外，也舉辦大型的學術研討會1993年5月15日於國立彰化師範大學舉辦第三屆現代詩學研討會，還有一些討論會，包括覃子豪作品討論會、「詩的媒介之變形和擴散的可能性」討論會等，這些活動的企劃都可見臺灣詩學季刊社的用心與積極。[3]

　　本章將討論的「吹鼓吹詩論壇」之企劃活動，主要關心近年所舉辦重要的詩創作、推廣的相關活動，即是從2014年推動的「吹鼓吹詩雅集」，希冀從詩雅集的執行、辦理與成效，能看到並了解臺灣詩學與吹鼓吹詩論壇對於推廣現代詩推廣與傳播之能動性與多元性。

第二節　2014至2023年「吹鼓吹詩雅集」概述[4]

　　「吹鼓吹詩雅集」的活動由詩人白靈發起，主要的宗旨在於「為鼓吹新詩創作，增進老、中、青三代詩人之交流，傳承詩之薪火，挖掘寫詩人才，特以寫詩、讀詩、評詩之形式進行小型詩雅集

---

[2]　白靈：〈詩刊時代的結束——兼憶臺灣詩學季刊的「竄起」〉，收錄於林于弘、楊宗翰編著：《與歷史競走：臺灣詩學季刊社25週年資料彙編》（臺北：秀威，2018.01），頁25。

[3]　關於臺灣詩學季刊社早期活動企劃，可見「吹鼓吹詩論壇」〈《臺灣詩學》季刊大事紀要〉一文。網址：https://reurl.cc/2rm2YO。

[4]　關於「吹鼓吹詩雅集」的照片及參與成員名單，請參看〈附錄九〉。

行動。」⁵這個活動企圖透過詩創作與共同讀詩、點評詩等方面進行互動與交流，打破只有紙本、或是網路論壇的互動模式，也不再分老、中、青世代的間隔，一起交流品詩讀詩。因為地域的關係，詩雅集活動可分為北部場、中部場與南部場三個地域，大多還是以北部場召開的次數，以及舉辦的頻率最為頻繁。從2014年開始至今，都沒有中斷過，除2021年全球大流行的新冠肺炎在臺灣肆虐，有暫緩辦理之外，2022年也重新開辦，直至現在每年都有固定的場次供詩人、詩友能夠交流詩創作、評點他人作品。

2014年由臺灣詩學季刊社以及白靈所推動的「2014鼓吹小詩風潮運動」，這項活動白靈曾在其論著〈從斷捨離看小詩與截句——由臺灣到東南亞到兩岸詩的跨域與互動〉一文說到：

> 徵求個人參與的臺灣詩學季刊蕭蕭社長同意，即聯合了臺灣的《創世紀》、《乾坤》、《臺灣詩學》、《衛生紙》、《風球》包括老中青三代詩人的五大詩刊及《文訊》雜誌等共六個刊物，於2013年12月15日即聯合發起「2014鼓動小詩風潮」運動，各單位分別發佈「聯合訊息」，且「決定在今年度中各自規劃並陸續接棒推出風貌不同及特色多元的『小詩專輯』，且配合小詩創作獎的徵求、與其他藝術形式如書法、音樂、繪畫、影像等多媒體的跨領域活動，分進合擊，期將小詩形式推向高峰」。這是臺灣自有詩刊發行以來，從未有過的「大集合」和「聯合行動」。⁶

小詩的推廣一直是白靈期盼的，也希望藉由小詩的創作能讓更多人投入到創作的領域，並且一再地強調小詩的重要性，包括他所參與

---

5 〈2014「吹鼓吹」詩創作研究雅集〉。網址：https://reurl.cc/7rpgx5。
6 白靈：〈從斷捨離看小詩與截句——由臺灣到東南亞到兩岸詩的跨域與互動〉，收錄於李瑞騰主編：《微的宇宙：現代華文截句詩學》（臺北：秀威，2021.01），頁282。

的由二魚出版的年度《臺灣詩選》編選，白靈擔任2017年主編時就用「行數」來分輯，凸顯詩的體例與體式的重要性。

2014年的詩雅集活動也跟上了「小詩風潮」，以小詩創作為主，在當年度3、5、7、9、11月各辦理一次（以北部場為主），且聚會人次約5至15人，在會前繳交未發表10行以內小詩一至二首，寄給分部召集人彙集。不公開姓名的點評詩作是詩雅集的特色，這樣就可以不用顧忌詩人本身的威望與輩分，可以對這首詩的直接感受與見解討論之，不會有所顧忌，這也是詩雅集創辦的核心要旨，當然如為新手，創作者可以先行告知，讓在場的主持人、主評詩人以及與會者能夠先了解，在點評時就不會下手太重，傷害新手詩創作者的信心。

「吹鼓吹詩雅集」的活動方式，可說是詩社起家舉辦的「讀詩會」，或是一種「讀書會」，梅家玲的研究曾討論中國五四時期白話文運動剛起時，為了要以「白話」取代「文言」，從新詩的「朗誦」開始，進行所謂「讀詩會」的活動，而這活動是由朱光潛、朱自清等人所發動組織「讀詩會」一事，在當時甚具影響力，且讀詩會的成員，幾乎涵蓋了當時北京學術界及文化界的重要人士。[7]方隆彰的研究曾指出「讀書會」的好處：「讀書會的功能與好處眾多，既可獲得知識，又可以拓展視野，訓練閱讀、強化敘事表達、聆聽等基本中文能力，還可以藉由人與人之間的交往，彼此交流、支持，激勵更多正向的能量，甚至有助於個人解決問題與自我發展、終身學習的功能，其好處甚多，故全國上下不同機關、身分、組織所成立的讀書會如雨後春筍一般林立。」[8]「吹鼓吹詩雅集」這樣子的活動，不僅讓詩人相聚，且在朗誦、閱讀、評論詩作時，能夠加強讀詩的敏銳程度、加強表達能力、並且在人與人的交流之

---

[7] 梅家玲：〈有聲的文學史——「聲音」與中國文學的現代性追求〉，《漢學研究》29期2卷（2011.06），頁192-193。
[8] 方隆彰：《讀書會知己：實務運作手冊》（臺北：爾雅，2003年），頁55-61。

下，能夠增進彼此之間的關係，擴展自我的人際網絡與人脈關聯性。所以，詩社以及白靈願意承擔、推動這樣子的活動，其實相當有心，也願意凝聚、推廣、傳播詩的創作與知識。

以下彙整2014年吹鼓吹詩雅集活動，請見一覽表：

表5-1：2014年「吹鼓吹詩雅集」活動一覽表

場次	地點	時間	召集人	主評人
臺北場第一場	魚木人文咖啡廚房	3月15日（六）14時至16時	白靈	蕭蕭、向明
嘉義場	嘉義大學民雄校區人文館一樓J104教室	3月17日（一）19時至20時30分	陳政彥	王羅蜜多
臺中場	中興大學雲平樓會議室	4月30日（三）17時18時30分	解昆樺	／
臺北場第二場	魚木人文咖啡廚房	5月10日（六）14時至16時	白靈	須文蔚
臺北場第三場	魚木人文咖啡廚房	7月19日（六）14時至16時	白靈	方群
臺北場第四場	紀州庵文學森林	9月21日（日）14時至16時	白靈	／
臺北場第五場	魚木人文咖啡廚房	11月22日（六）14時至16時	白靈	孟樊

註：主評人缺漏部分為無會議記錄刊載，或是吹鼓吹詩論壇上未公告。

2014年的詩雅集召集人：北部場為白靈、中部場為解昆樺、南部場為陳政彥，在「吹鼓吹詩雅集」推動的第一個年頭，北部總共辦理了五場，中部、南部則各一場，且從辦理地點可以得知，中部辦在中興大學、南部辦在嘉義大學，都是藉由臺灣詩學季刊社同仁在該所大學任教的便利性而舉辦的詩雅集活動，呈現出活動開創期仍須借用學院資源與力量而辦起。再來，就是詩雅集活動設置主評人，主評詩人會閱讀本次參與所繳的全部詩創作，給予點評與回饋，而在2014年首年度所邀請到的主評詩人包括蕭蕭、向明、須文蔚、方群、孟樊等人，幾乎都是資深的詩創作者或是詩學研究學者。

參與雅集的詩人以及相關紀錄，可以從《吹鼓吹詩論壇》刊載的部分場次會議紀錄看到。詩人葉子鳥曾於《吹鼓吹詩論壇》第19號刊載〈2014／03／15吹鼓吹詩雅集臺北場剪影〉[9]以及〈2014／05／10吹鼓吹詩雅集臺北場剪影〉[10]二文，詳實紀錄兩場雅集的實況與互動。3月場的參與詩人約莫20人，比預期人數多了5位左右。5月場的參與人包括詩人季閒、胡淑娟、黃里、王羅蜜多、蘇家立、葉子鳥、閑芷、王婷、龍青、黑俠、楚狂、曾美玲等人。我們也可以從參與的人員看出一些「班底」的情況。但因每次來到雅集參與活動的詩友都不一定，有的幾乎每一場都參與，有的卻只來過一至二次，難以估計，但我們還是可以從幾乎每次都參與的詩人名單中看到「班底」，而這些詩人於今在詩社、論壇中都佔有一席之地，且都是論壇中相當活躍的一群人，無論是詩刊發表、擔任版主、詩社幹部等，詳細名單等相關資料筆者將於後文再談。

表5-2：2015年「吹鼓吹詩雅集」活動一覽表

場次	地點	時間	召集人	主評人
臺北場第一場	紀州庵文學森林	3月29日（日）14時至16時	白靈	李進文
臺北場第二場	紀州庵文學森林	5月30日（六）14時至16時	白靈	李翠瑛
臺北場第三場	紀州庵文學森林	7月25日（六）14時至16時	白靈	蕭蕭
臺北場第四場	紀州庵文學森林	9月26日（六）14時至16時	白靈	／
臺北場第五場	紀州庵文學森林三樓	11月28日（六）14時至16時	白靈	蕭蕭

註：主評人缺漏部分為無會議記錄刊載，或是吹鼓吹詩論壇上未公告。

---

[9] 葉子鳥：〈2014/03/15吹鼓吹詩雅集臺北場剪影〉，收錄於《吹鼓吹詩論壇十九號：因小詩大》（臺北：臺灣詩學季刊雜誌社，2014.09），頁168-173。

[10] 葉子鳥：〈2014/05/10吹鼓吹詩雅集臺北場剪影〉，收錄於《吹鼓吹詩論壇十九號：因小詩大》（臺北：臺灣詩學季刊雜誌社，2014.09），頁174-182。

2015年的詩雅集也由白靈繼續擔任主持與召集，徵稿詩作仍以小詩為主，延續2014年的詩雅集規定。在《吹鼓吹詩論壇》第二十二號與第二十三號有詳細紀錄3月與7月的兩次詩雅集，一場由葉子鳥撰文：〈2015吹鼓吹詩創作雅集臺北第一場（2015/3/29紀州庵3樓）側記〉[11]，一場由葉莎撰文：〈2015年7月吹鼓吹雅集臺北場剪影〉[12]。本年度所邀請的主評人包括李進文、李翠瑛、蕭蕭等詩人，這些主評人除李進文外，皆為臺灣詩學季刊社同仁，更是重要的中生代詩人。

值得注意的是，3月場主評人李進文有對於「小詩」創作提出自己的觀點與寫作要領，包括：

> 寫長詩要先把短詩的句處理好
> 命題很重要，要集中意象去寫
> 短詩要少敘述，用畫面的剪輯
> 在結構與韻律上比較不要求
> 多用名詞
> 要有層次（雙關語）
> 有意象的句子
> 讀完要用餘韻、有驚悸感
> 靈感的乍現是寫短詩的一種，是沒道理，沒辦法分析的[13]

也因為詩人提出這些關於小詩的觀點，讓我們更注意關於小詩的寫作方向與意旨，這也是雅集的特殊之處，能夠藉由不同詩人的點評

---

[11] 葉子鳥：〈2015吹鼓吹詩創作雅集　臺北第一場（2015/3/29紀州庵3樓）側記〉，收錄於《吹鼓吹詩論壇二十二號：看！詩的視覺專輯》（臺北：臺灣詩學季刊雜誌社，2015.09），頁170-174。

[12] 葉莎：〈2015年7月吹鼓吹雅集臺北場剪影〉，收錄於《吹鼓吹詩論壇二十三號：詩人喇舌語言混搭詩專輯》（臺北：臺灣詩學季刊雜誌社，2015.12），頁169-174。

[13] 葉子鳥：〈2015吹鼓吹詩創作雅集　臺北第一場（2015/3/29紀州庵3樓）側記〉，收錄於《吹鼓吹詩論壇二十二號：看！詩的視覺專輯》（臺北：臺灣詩學季刊雜誌社，2015.09），頁170-171。

與觀點分享讓活動更加有深度。而7月場蕭蕭則從詩的跳接手法如何轉、如何跳開等面向，有生動且精闢的解說。[14]我們也可以從3月場的會議紀錄當中，看到目前營運一年以上的詩雅集活動提出一些建議與調整方向，當然意見的提出可供主辦單位繼續思考活動辦理的面向與內容，如：

> 對詩雅集的建議：
>
> 　　若是參與者彼此的寫詩經驗比較接近，每人的詩作只要一首，或許可就其結構、意象、音樂、美學……更深入的探討，不必淪於浮泛、挑錯字等，可避免對資淺者，在批評上可能的受傷。尤有甚者，較有寫詩經驗的人可一起討論名家的詩作，訂定主題，例如廢名的禪詩、卞之琳的意象等等。[15]

某詩人就提出關於參與者詩齡經驗與程度的差異性，可能會造成討論的方向不一，需求也會不一樣，也指出資淺者的詩作建議可以稍寬鬆些，不然會造成傷害等。筆者認為這些都是值得思考的問題，也讓「吹鼓吹詩雅集」的召集人、主評詩人深思活動進行與討論。

表5-3：2016年「吹鼓吹詩雅集」活動一覽表

場次	地點	時間	召集人	主評人
臺北場第一場	紀州庵文學森林三樓	3月26日（六） 14時至16時30分	葉子鳥	謝予騰
臺北場第二場	紀州庵文學森林二樓	5月29日（日） 14時至16時30分	葉子鳥	德尉

---

[14] 葉莎：〈2015年7月吹鼓吹雅集臺北場剪影〉，收錄於《吹鼓吹詩論壇二十三號：詩人喇舌語言混搭詩專輯》（臺北：臺灣詩學季刊雜誌社，2015.12），頁169。

[15] 葉子鳥：〈2015吹鼓吹詩創作雅集　臺北第一場（2015/3/29紀州庵3樓）側記〉，收錄於《吹鼓吹詩論壇二十二號：看！詩的視覺專輯》（臺北：臺灣詩學季刊雜誌社，2015.09），頁174。

場次	地點	時間	召集人	主評人
臺北場第三場	紀州庵文學森林三樓	7月30日（六）14時至16時30分	葉子鳥	姚時晴
臺北場第四場	紀州庵文學森林三樓	9月24日（六）14時至16時30分	葉子鳥	龍青
臺北場第五場	紀州庵文學森林三樓	11月26日（六）14時至16時30分	葉子鳥	吳俞萱
南部場：詩房四寶	豆ㄦ DOR ART ROOM	11月27日（日）13時30分至16時30分	李桂媚	王羅蜜多

圖5-1：2015臺北場詩雅集宣傳海報

從2016年開始，北部的「吹鼓吹詩雅集」活動的召集人從白靈換成葉子鳥，葉子鳥從2014年詩雅集創辦開始，就積極參與北部詩雅集活動並協助撰寫紀錄，並且刊登在《吹鼓吹詩論壇》上，從此時開始由她主辦相當適合，也熟習了詩雅集的活動模式。而2016年所徵的詩創作作品，改變成「10行以內小詩一至二首或二十行中短詩一首」，不再只限定小詩，而是中短詩也可以發表討論。且2016年場次當中，也開辦南部場的詩雅集，由詩人李桂媚擔任召集人。

本年度邀請的主評人，包括謝予騰、德尉、姚時晴、龍青、吳俞萱、王羅蜜多，從名單上來看，可以發現主評詩人有「年輕化」

的取向，邀請這些青年詩人來參與一起討論詩作，讓詩雅集有不一樣的風氣。

本年度詩雅集的紀錄共有北部一場與南部場次，為葉莎撰〈2016吹鼓吹詩雅集──臺北第一場側記〉[16]一文，及施傑原撰〈2016吹鼓吹詩雅集‧南部場──詩房四寶【臺南府城第一場側記】〉[17]一文。雖然南北舉辦詩雅集的次數，北部多於南部很多，但從今年起南部也開始有固定的雅集活動，讓詩社群不只是在網路上、臉書上見面，更有實體見面的機會，並且增添與詩人交流、討論、互評的機會，成效其實都不錯，也都有力於詩創作者與其他詩人的對話，也增進詩人之間的友誼與情感。

從曼殊沙華〈為南部詩友帶來文房四寶的刀光詩影〉一文可以看到，為何今年南部場的主題要訂為「詩房四寶」：

第一寶：詩人指點，詩藝大增
第二寶：詩觀交鋒，靈感不絕
第三寶：詩友相識，情誼長流
第四寶：詩意午後，雋永回憶

這四寶的概念，可以完全說明「吹鼓吹詩雅集」為何要舉辦、且舉辦的特色與特點在哪，包括請到詩人指點、詩觀的交流與評論的交鋒、還有詩友相聚的情誼增長，且享受在詩的情境當中，度過一個美好的午後。

---

[16] 葉莎：〈2016吹鼓吹詩雅集──臺北第一場側記〉，收錄於《吹鼓吹詩論壇二十六號：非玩不可──遊戲詩專題》（臺北：臺灣詩學季刊雜誌社，2016.09），頁162-168。
[17] 施傑原：〈2016吹鼓吹詩雅集‧南部場──詩房四寶【臺南府城第一場側記】〉，收錄於《吹鼓吹詩論壇二十八號：告解迴聲──懺情詩專輯》（臺北：臺灣詩學季刊雜誌社，2017.03），頁168-174。

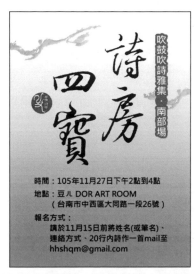

圖5-2：2016「南部場：詩房四寶」詩雅集宣傳海報

表5-4：2017年「吹鼓吹詩雅集」活動一覽表

場次	地點	時間	召集人	主評人
臺北場第一場	耕莘文教院四樓	3月25日（六） 14時至16時30分	靈歌	蘇家立
臺北場第二場	耕莘文教院四樓	5月27日（六） 14時至16時30分	靈歌	賴义誠
臺北場第三場	紀州庵文學森林二樓	7月29日（六） 14時至16時30分	靈歌	范家駿
臺北場第四場	紀州庵文學森林二樓	9月23日（六） 14時至16時30分	靈歌	紫鵑
臺北場第五場	紀州庵文學森林二樓	11月25日（六） 14時至16時30分	靈歌	葉莎
南部場：愛詩一起	豆儿DOR ART ROOM	5月7日（日） 13時30分至16時	李桂媚	王厚森
南部場：愛詩依依	豆儿DOR ART ROOM	11月12日（日） 13時30分至16時	李桂媚	郭漢辰
中部場：熊與貓話詩	熊與貓咖啡書房	12月2日（六） 14時到16時	李桂媚	林德俊

2017年的「吹鼓吹詩雅集」，臺北場由詩人靈歌接手擔任召集人，而南部場今年共舉辦兩場，皆由詩人李桂媚擔任召集人，中部場則為詩人李桂媚主辦。今年度擔任北、中、南的主評的詩人包括蘇家立、賴文誠、范家駿、紫鵑、葉莎、王厚森、郭漢辰林德俊等人。可以發現一個現象，就是有幾位主評詩人之前為「吹鼓吹詩雅集」的固定參與班底，包括蘇家立、葉莎、王厚森等人，從磨詩、討論詩到擔任主評人，這可以說是對於詩人詩意進步、詮釋深入的肯定表現。

　　本年度的雅集紀錄，只有南部場有撰文刊載於《吹鼓吹詩論壇》上，包括王建宇〈吹鼓吹詩雅集·南部場～2017愛詩一起活動側記〉[18]、以及郭逸軒〈愛在心裡口難開──2017吹鼓吹詩雅集·南部場～愛詩依依側記〉[19]。值得注意的是，南部場在徵詩條件上設定為22行內詩作一首，與臺北場的設定不同，值得思考。5月的南部場：愛詩一起參與的詩人包括王羅蜜多、王厚森、王建宇、王振聲、李桂媚、牧童、洪瑞成、施傑原、高詩佳、曼殊、張家齊、張育銓、曾美滿、謝文婕、謝峯福、詹巧璦、羅翊豪。11月場的包括王厚森、王建宇、王振聲、王羅蜜多、巧妙、李明璋、李桂媚、李雅儒、柯柏榮、紅燈籠、若蝶、高詩佳、張家齊、曼殊、郭逸軒、郭漢辰、紫瑩。其實在南部詩雅集參與的詩人名單相對固定，詩人班底也成形，當然主辦人李桂媚是必定出席的，另外如曼殊沙華、張家齊、王羅蜜多、高詩佳、曾美滿、詹巧璦、羅翊豪等人則多有出席與參與，可以看到南部場參與詩雅集的班底情形。

---

[18]　王建宇：〈吹鼓吹詩雅集·南部場～2017愛詩一起活動側記〉，收錄於《吹鼓吹詩論壇三十號：心想詩成──許願池專輯》（臺北：臺灣詩學季刊雜誌社，2017.09）頁164-171。

[19]　郭逸軒：〈愛在心裡口難開──2017吹鼓吹詩雅集·南部場～愛詩依依側記〉，收錄於《吹鼓吹詩論壇三十二號：文字有氧　筋肉魂靈──運動詩專輯》（臺北：臺灣詩學季刊雜誌社，2018.03），頁170-174。

圖5-3：2017「南部場：愛詩一起」詩雅集宣傳海報

圖5-4：2017「南部場：愛詩依依」詩雅集宣傳海報

圖5-5：2017「中部場：熊與貓話詩」詩雅集宣傳海報

表5-5：2018年「吹鼓吹詩雅集」活動一覽表

場次	地點	時間	召集人	主評人
臺北場第一場	紀州庵文學森林三樓	1月20日（六） 14時至16時30分	靈歌	馮瑀珊
臺北場第二場	紀州庵文學森林三樓	3月24日（六） 14時至16時30分	靈歌	千朔
臺北場第三場	紀州庵文學森林二樓	5月19日（六） 14時至16時30分	靈歌	沈眠
臺北場第四場	紀州庵文學森林二樓	7月28日（六） 14時至16時30分	靈歌	林夢媧
臺北場第五場	紀州庵文學森林二樓	9月29日（六） 14時至16時30分	靈歌	夏夏
臺中場第二場	臺中市東區【秀泰廣場】S2館「那個那個咖啡」店	5月27日（日） 13時30分至16時	周忍星	紀小樣
臺中場第三場	斯玥尼咖啡館 （Stanley's Coffee）	8月18日（六） 13時50分至16時50分	周忍星	林廣
臺中場第四場	臺中市東區【斯玥尼咖啡 Stanley's Coffee】	11月17日（六） 13時50分至16時50分	周忍星	李長青

場次	地點	時間	召集人	主評人
詩說新語：南部第一場	豆儿 DOR ART ROOM	5月27日（日）13時30分至16時	王羅蜜多、曼殊沙華	浮塵子
詩說新語：南部第二場	豆儿 DOR ART ROOM	11月04日（日）13時30分至16時	王羅蜜多、曼殊沙華	白靈

2018年的詩雅集，臺北場共舉辦5場，繼續由詩人靈歌擔任召集人，邀請主評詩人馮瑀珊、千朔、沈眠、林夢媧、夏夏等人到場講評，主評詩人持續有年輕化的傾向，且多找詩風不同的詩人或詩評家一同來討論詩、觀念互相交流等等。從臺北場參與人員名單來看，臺北場的詩雅集真的在人員的流動率是相對較大的，可能一些詩人只參加過一兩場，但也吸引了很多不同世代、年齡層的詩人一起加入討論，可以說是這個詩雅集推廣有成的一種方向，不會說只是一群人在一起玩，小圈圈的感覺。

臺中場的部分，應該有2018年第一場，但目前歷史資料搜查的關係，希望之後能夠再補上這個資料，後面場次主要的召集人為詩人周忍星，也邀請紀小樣、林廣以及李長青擔任主評詩人，讓中部的讀詩風氣再起。南部場部分因為詩人李桂媚職務轉換，召集人工作轉交給詩人王羅蜜多、曼殊沙華兩人一同負責，希望能夠在新的召集人底下有新的氣象展開。

圖5-6：2018臺中場第二場5月27日（日）詩雅集宣傳海報

圖5-7：2018詩說新語：南部第一場5月27日（日）詩雅集宣傳海報

表5-6：2019年「吹鼓吹詩雅集」活動一覽表

場次	地點	時間	召集人	主評人
臺北場第一場	紀州庵文學森林三樓	1月26日（六） 14時至16時30分	蘇家立	曾映泰
臺北場第二場	紀州庵文學森林三樓	3月30日（六） 14時至16時30分	蘇家立	趙文豪
臺北場第三場	紀州庵文學森林三樓	5月25日（六） 14時至16時30分	蘇家立	葉語婷

場次	地點	時間	召集人	主評人
臺北場第四場	紀州庵文學森林三樓	7月27日（六）14時至16時30分	蘇家立	鄭哲涵
臺北場第五場	紀州庵文學森林三樓	9月28日（六）14時至16時30分	蘇家立	龍青
臺北場第六場	紀州庵文學森林三樓	11月30日（六）14時至16時30分	蘇家立	李韋達／雨煙
詩說新語：南部第一場	豆儿 DOR ART ROOM	5月5日（日）13時30分至16時	王羅蜜多、曼殊沙華	林廣
詩說新語：南部第二場	豆儿 DOR ART ROOM	11月24日（日）13時30分至16時	王羅蜜多、曼殊沙華	離畢華

2019年的臺北場詩雅集活動，召集人從靈歌手上接給詩人蘇家立，從統計與表格呈現可以看到，蘇家立參與「吹鼓吹詩雅集」的次數多，且也有擔任過主評詩人，所以從今年開始就由蘇家立開始召開與規劃。2019年臺北場召開了六次的詩雅集活動，邀請詩人曾映泰、趙文豪、葉語婷、鄭哲涵、龍青、李韋達等人主評。從蘇家立擔任召集人開始，特別在海報宣傳上也多加工夫，讓宣傳效果能夠展現出來。

圖5-8：2019臺北場第六場11月30日（六）詩雅集宣傳海報

表5-7：2020年「吹鼓吹詩雅集」活動一覽表

場次	地點	時間	召集人	主評人
臺北場第一場	紀州庵文學森林三樓	3月28日（六）14時至16時30分	蘇家立	林宇軒
臺北場第二場	紀州庵文學森林三樓	5月30日（六）14時至16時30分	蘇家立	許赫
臺北場第三場	紀州庵文學森林三樓	7月25日（六）14時至16時30分	蘇家立	丁威仁
臺北場第四場	紀州庵文學森林三樓	9月26日（六）14時至16時30分	蘇家立	蕭上晏
臺北場第五場	紀州庵文學森林三樓	11月28日（六）14時至16時30分	蘇家立	寒鴉
南部場：詩說新語	豆ㄦ DOR ART ROOM	10月18日（日）13時30分至16時	王羅蜜多、曼殊沙華	李長青

詩雅集的活動到了2020年，已經是第六個年頭了，且2020年因全臺流行的新冠肺炎關係，許多群聚活動其實都被受限制，但詩雅集的活動仍持續不斷的辦理，相當用心，對於詩的創作與推廣也是負有使命感。蘇家立擔任召集人之後，更加強調與提攜青年詩人的重要性，本年度邀請的主評人包括林宇軒、許赫、丁威仁、蕭上晏、寒鴉，筆者特別注意到林宇軒，這位超年輕詩人為九〇後相當重要的詩人，在吹鼓吹詩論壇上也多有互動，更取得許多校園文學獎的獎項，相當早慧，筆者認為蘇家立也是相當有眼光，才將這位詩人直接提攜到主評人的位置。除臺北場穩定之外，南部繼續召開詩雅集的活動，主評人邀請到詩人李長青，之前李長青才在中部的詩雅集擔任過主評人，南部詩雅集也不遑多讓再請李長青來分享讀詩經驗與寫詩技巧等。

圖5-9：2020臺北場第五場11月28日（六）詩雅集宣傳海報

圖5-10：2020南部場：詩說新語10月18日（日）詩雅集宣傳海報

　　2021年臺北場的詩雅集繼續由蘇家立擔任總籌規劃，也辦理了共四場活動，邀請的主評人更是令人為之驚豔，因為皆為青年輩的詩人，包括陳彥融、陳延禎、王柄富以及林澄。不難發現自從蘇家立接任詩雅集的主辦人之後，一直試圖讓新生代的詩人能有嶄露頭角、交流互動的場合，尤其在這個以詩切磋、討論的聚會上，以詩會友，實在無須分前輩或後輩。2021年的詩雅集活動一覽表如下：

表5-8：2021年「吹鼓吹詩雅集」活動一覽表

場次	地點	時間	召集人	主評人
臺北場第一場	紀州庵文學森林二樓	3月27日（六）14時至16時30分	蘇家立	陳彥融
臺北場第二場	紀州庵文學森林二樓	8月28日（六）14時至16時30分	蘇家立	陳延禎
臺北場第三場	紀州庵文學森林三樓	9月25日（六）14時至16時30分	蘇家立	王柄富
臺北場第四場	紀州庵文學森林二樓	11月27日（六）14時至16時30分	蘇家立	林澄
南部場：詩說新語	豆ㄦ DOR ART ROOM	5月2日（日）13時30分至16時	王羅蜜多、曼殊沙華	謝予騰

南部場於2021年仍有舉辦，5月2日時邀請同為年輕一輩的詩人謝予騰參與詩雅集的活動。

圖5-11：2021南部場：詩說新語5月2日（日）詩雅集宣傳海報

2022年「吹鼓吹詩雅集」由青年詩人林宇軒接棒，以「模擬文學獎」形式辦理雅集活動，總共辦理五場如下表5-9：

表5-9：2022年「吹鼓吹詩雅集」活動一覽表

場次	地點	時間	召集人	主評人
臺北場第一場	紀州庵文學森林三樓	2022/3/26（六）14時	林宇軒	蕭宇翔
臺北場第二場	紀州庵文學森林三樓	2022/5/28（六）14時	林宇軒	楊智傑
臺北場第三場	紀州庵文學森林三樓	2022/7/30（六）14時	林宇軒	小令
臺北場第四場	紀州庵文學森林三樓	2022/9/24（六）14時	林宇軒	李蘋芬
臺北場第五場	紀州庵文學森林三樓	2022/11/26（六）14時	林宇軒	廖啓余

本年度的雅集活動規則：活動參與人數以15人為度，開放列席旁聽（請事先來信告知）；參與投稿者請於指定日期前繳交「30行內詩作一首」，投寄主持人林宇軒之Email或Messenger，作品僅用於當日活動使用，活動結束後禁止外流。本活動透過模擬在文學獎場合中的投稿者與評審，當實際操演創作與評論時，彼此的文本會在美學觀的拉鋸下呈現什麼樣貌呢？

以下簡單彙整北、中、南吹鼓吹詩雅集的班底成員，基本上所選成員是參與過北、中、南之雅集一半以上之人，當然因沒有每一場雅集活動的名單都齊全，所以也是大略列舉：

北部讀詩會班底：白靈、夏婉雲、靈歌、葉子鳥、季閒、曾美玲、葉莎、龍青、胡玟雯、寧靜海、翼天、蘇家立、劉曉頤、郭至卿、林宇軒等。

中部讀書會班底：周忍星、李桂媚、林廣、溫風燈、李長青等。

南部讀詩會班底：王羅蜜多、曼殊沙華、張家齊、王厚森、李桂媚、施傑原、高詩佳等。

第三節　召集人談「吹鼓吹詩雅集」

　　由於本章撰寫吹鼓吹詩雅集活動的企劃、進行與執行，筆者特別邀請擔任召集人的詩人，包括北部的葉子鳥、靈歌、蘇家立、林宇軒以及2023年接任總召的陳彥碩，還有南部詩雅集召集人的曼殊沙華撰文，談談自己辦理「吹鼓吹詩雅集」的心得。珍貴的一手資料與文章，皆收錄於本書附錄。

　　葉子鳥首先承接白靈的職務，接任了北部「吹鼓吹詩雅集」的讀詩會，她概略談了吹鼓吹詩雅集的發展，從2014年3月由白靈發起，廣邀版主、詩友一同寫詩、讀詩、評詩，並以交流形式進行的小型雅集活動，特色是詩作以匿名方式，邀一主講者講評，眾多詩友儘管直言無諱，卸除表面的禮貌性，直指詩的弊病。「吹鼓吹詩雅集」初始，也引起一番詩討論的熱潮，不同於網路的交流，面對面的唇槍舌戰，北中南邀請的主講者都是臺灣知名學者或詩人，北部有蓊朵、李進文、吳俞萱、姚時晴等，增加了多面向的觀點。

　　靈歌則接續了葉子鳥繼續承辦「吹鼓吹詩雅集」，靈歌的文章〈〈吹鼓吹詩雅集論詩會〉心得〉指出：

> 　　臉書貼出活動訊息，一開始，報名的人數不夠，我只好列出幾位熟悉的詩友，私訊他們，大約有一半的人確定會參加，我就再列出其他好友私訊邀請，讓確定的人數達到上限。開會當天，少數臨時有事無法參加，也有沒繳詩作的觀摩者，人數大都在規定的範圍內，偶而有超出一二位。

關於人數的問題，一直都是辦活動或遇到的狀況，包括活動報名人數太少、臨時無法出席、臨時跑到現場卻沒有先告知等，有時主辦人的人脈以及出席的人數，更是考驗他們的活動成效的依據與準

則，其實是有壓力的，也需相當謹慎。這樣的討論會，靈歌認為「討論時火花四射，累積相當能量，對於賞詩論詩能力大為提升，也了解到，自己作品的缺失和不足，並可欣賞到，別人作品的精采處，對於創作，是真刀實槍的大有助益啊！」

從2019年開始由蘇家立承辦，是靈歌親自邀請接任，蘇家立之前也多參與吹鼓吹詩雅集的活動，所以承接與舉辦不會有問題。但他談到一個問題，就是雅集活動的強制性可能是相對差的，包括沒有組織章程、約束力、創作的作品有些也素質參差不齊，其實辦理相當不容易。當然，舉辦這樣的活動不外乎也會增加臺灣詩學季刊社的存在感，以及宣傳度，且蘇家立詳細指出主辦人需要辦理的事項包括：一、邀請不同風格的詩人做為講者。二、在網路、臉書宣傳、建立雅集活動。三、集中收稿並將稿件寄給講者與參與人。四、活動的場地布置、茶點準備、簽到、名牌、桌牌等閒雜文書……。

如何找主評人？蘇家立自己也有一套立場，就是找個性、詩風與自己相近的，簡而易之就是「同溫層」。當然每個詩人都會有自己欣賞的詩人群，筆者認為大概就是這樣的意思。他也與靈歌有相同的困擾，就是找人來參加這件事情，一直是相當困擾的，這不僅僅牽涉到人脈的問題，也牽涉到在詩壇的位置，蘇家立在筆者邀請書寫完成的〈雅俗之間──三年來主辦北部吹鼓吹雅集之小感〉有許多肺腑之言，更有許多對於雅集活動的諫言，有興趣者不妨一觀，筆者就不多做陳述。

林宇軒於2022年承接「吹鼓吹詩雅集」的承辦任務，本來要接下兩年承辦責任，因為研究所課程關係所以2023年轉交由陳彥碩來統籌負責。林宇軒接下「吹鼓吹詩雅集」有一個重要的轉型，就是「模擬文學獎」，之前的雅集比較多是一首詩一首詩去討論、講評，互相給予建議，但模擬文學獎的方式讓參與者能夠感受文學獎的評選機制，然後挑戰看看自己的詩作進步程度，以及多位詩人給予點評並有改進、修正的機會，如果票選後票數前三名則給予作者

獎品（詩集），這是一次非常難得且難忘的經歷。林宇軒在撰文分享時也提到，活動不會每次都非常順利，尤其在行政業務上如果出了差錯會對與會雅集的詩友們相當不好意思。如某次活動遺漏一位詩友的作品，活動時間安排與連假、選舉相近等，這些都是實際執行過後主辦人的親身經歷分享。

至於如何找主評人，林宇軒從白靈老師那邊建議希望能找青年詩人一同參與，所以從前文表列可見2022年的主評人皆為重要的青年詩人，有幾位也都已得到大獎，邀請他們前來講評也是相當有份量，也很看重雅集活動的執行與辦理。

陳彥碩剛接任2023年的「吹鼓吹詩雅集」活動，他坦言自己覺得最無法下定論的就是要找哪些詩人來參與講評，行政庶務對他來說是容易的。然而他會想要承接承辦者，也多是因為他在之前也有參與吹鼓吹詩雅集，看到許多詩人分享詩觀、評價詩創作等，也深感興趣而投入。具有突破性的是，陳彥碩在文中說明2023年講評人的邀請標準，希望能找到五位不同領域與寫作方向的詩人與會，目前已預計邀請陳昌遠、郭哲佑參與雅集擔任講評人，兩位詩人各自有不同的創作途徑與文化關懷，定會與與會的詩友、詩人們互動、講評上碰撞並產生火花。

唯一一位受筆者邀請寫下心得文的南部雅集主辦人曼殊沙華，為人相當客氣，因知道我是北部人，並無參加過南部場的詩雅集活動，所以也多提供相關活動資料，甚是感謝，連接手前由李桂媚辦理的場次皆有回顧並提供資訊與心得，相當齊全與受用。根據曼殊沙華〈為南部詩友帶來文房四寶的刀光詩影〉一文所提，南部吹鼓吹詩雅集的氛圍，與北部相當不同，包括詩友之間的互動，且還有破冰遊戲設計，讓不熟悉的詩友多家認識並互相交流。且除了討論詩作之外，也多有吃吃喝喝等相關紀錄，真的是一家人的感覺，筆者認為這也與不同主辦人的風格是有關係的，也帶出不同風格的雅集走向。

第四節　結語

　　綜觀2014至2023年由臺灣詩學季刊社、吹鼓吹詩論壇，以及白靈主導創辦的「吹鼓吹詩雅集」活動，可以發現整個活動的辦理、周期、變化、參與詩人班底、主評詩人等，且藉由這種面向大眾、不分輩分，只願談詩、讀詩、評析詩的場合確實不多，筆者也曾參與兩場由詩人靈歌所主辦的「吹鼓吹詩雅集」，其實參與的當下自己的作品被拿到檯面上被討論，心中總是相當緊張與不安，但因為有註明自己為新手，加上這些詩作品本身就是匿名處理，並印製給當天參與雅集活動的詩人朋友們閱讀、討論，所以也還好。最具收穫的莫過於召集人與主評詩人給予詩作的回饋，筆者參與的那場主評人為謝予騰，詩人給予極大的包容度，也讓創作新手的我能夠不受到打擊的繼續創作現代詩，其實收穫甚多。而從白靈時期、葉子鳥時期、靈歌時期、蘇家立時期到林宇軒、陳彥碩時期，主講評詩人的年齡層一直下降，這樣的選擇除召集人的自我意識之外，其實也讓「吹鼓吹詩雅集」的交流度更加深了世代詩人的對話，以及不同詩觀、創作方法的交流，更是「吹鼓吹詩雅集」必須做到的。2020至2023年因新冠肺炎在臺灣一波未平一波又起，難以控制之流行，導致有多場雅集活動被迫延期，期盼「吹鼓吹詩雅集」這樣有意義的活動能繼續下去，無論是臺北場、中部場或是南部場，也期許中南部的場次能一直保持住，與臺北場互相激勵。

　「臺灣詩學・吹鼓吹詩論壇」研究：詩人群體、網路傳播與企劃編輯

第六章
截句詩潮：文學傳播、學術研究與出版企劃

第一節　截句書寫的推動

　　「截句」書寫在臺灣的詩壇，或說是整個文學界，都受到關注，筆者所說的關注，從網路書城上看到的「截句詩系」出版量就可以知曉截句詩推動的積極與驚人。而截句的書寫推動，即是由臺灣詩學季刊社、聯合報副刊以及「facebook詩論壇」合作推動的，所延續的是2014年由白靈主導發起的「2014鼓動小詩風潮」，白靈一直以來都在推動小詩的創作與推廣，無論是他自己所出版的五行詩集，或是在2017年主編的《臺灣詩選》，都積極讓小詩突出，或者說是對於詩的形式，不一定需要厚重、冗長的詩句，短小精鍊的詩句，往往能夠有更延展、解讀的詩境。張默曾於2014年主編《小詩・隨身帖》一書，他在序中〈推拿小詩的滄浪之美〉提出關於小詩的概想與比喻：

> 　　一首小詩，是一個玲瓏剔透的宇宙。
> 　　一首小詩，是一片茂林修竹的風景。
> 　　一首小詩，是一幅氣韻生動的素描。
> 　　一首小詩，是一抹隱隱約約的水聲。[1]

---

[1]　張默：〈推拿小詩的滄浪之美〉，收錄於張默編著：《小詩・隨身帖》（臺北：創世紀，2014.08），頁1。

就張默所提出的概念，他認為小詩的喻意能延伸至一個宇宙這樣壯觀，也能呈現美妙的風景，更有生動的氣韻，以及流動的水聲，看來張默對於小詩能夠承載的詩境相當可觀。當然，關於小詩的定義，不同詩人或研究者所提出不同，例如周作人認為小詩應為四行以內、羅青認為十六行以內、張默則是十行以內，《小詩·隨身帖》就是收錄一至十行的小詩精選，而白靈其實在小詩的定義上，不同時期有改變，這可以回溯到1997年，其實臺灣詩學所出版的刊物《臺灣詩學季刊》第18期就設置「小詩運動」專輯，白靈在〈前言——關於「小詩運動」專輯〉[2]一文中提出關於小詩的迷思，包括以下五點：

1. 小詩的提倡與時代或媒介何關？
2. 詩長不長真的與好不好無關嗎？
3. 小詩比較「不煩」就好寫了嗎？
4. 小詩不同於短詩的地方何在？
5. 究竟多少行或多少字才叫小詩？

以上五點觀點，是許多人對小詩的迷思與成見，當然小詩的形成與書寫模式當然會因為時代與媒介關係而與長詩呈現消長的現象，詩的創作也不會因為是什麼樣的形式而判定說特定形式的詩就比較好或不好，小詩容易寫嗎？此處筆者不加以判別，只是要寫出一首好的詩，並不是這麼容易，可能也無關短或長，第四點與第五點，則是小詩的定義問題，這就回到白靈當時所提之概念。在同期《臺灣詩學季刊》當中，白靈亦發表〈閃電與螢火蟲——淺論小詩〉[3]一

---

[2]　白靈：〈前言——關於「小詩運動」專輯〉，《臺灣詩學季刊》18期（1997.03），頁7。
[3]　白靈：〈閃電與螢火蟲——淺論小詩〉，《臺灣詩學季刊》18期（1997.03），頁25-34。

文，這篇文章回顧了許多小詩選集與小詩提倡者對小詩的定義，總歸這些選本與定義後，白靈認為，幾行都不是問題，小詩的定義應以字數去定義，所以就定下「100字以內」應為小詩的定義。當然這樣的定義，對於白靈自身，直至近期的小詩推動與截句推行後，有所改變，而上述提出對於小詩的迷思，其實在「截句」風潮開啟的時候，也有許多人給予提問、或是質疑。

　　「截句」到底從何而起？目前已有許多研究者都彙整討論了「截句」一詞的來歷，就是由中國大陸蔣一談所發起。2015年11月蔣一談出版了《截句》一書，將小說創作截取一、二句，成為詩的形式重新出版，所以可知截句本身的內容來源其實並不是詩，而是小說體，2016年臺灣詩學提倡「截句」詩寫風潮，並且為截句詩的創作定下一個原則，即是「截句」為一至四行均可，可以是新作，也可以是從舊作截取，深入淺出最好，深入深出亦無妨。截句的提倡是為讓詩更多元化，小詩更簡潔、更新鮮，期盼透過這樣的提倡讓庶民更有機會讀寫新詩。[4]這樣的定義與蔣一談所提出的截句有所差異，因新作創作也可以算在截句的範疇當中，且書寫形式輕鬆，只要符合規定即可，也無論句子的長短，截句書寫風潮有文學傳播的意義，即在讓大眾能夠進到書寫詩與創作的行列，深入淺出當然也是截句的特色。白靈在《臺灣詩學截句選300首》編選序中提到：

> 臺灣的「截句」既延著小詩多年創作傳統而來，詩題豈可踢開，且截句一詞自古有之，與絕句一詞相當，今既納入一至四行的彈性、及可截舊作的模式，又欲繼古來詩的傳承，則當有一首詩的模樣，因此詩題及完整度即成了臺灣提倡截句時的基本要求，那是嚴肅當作一首小詩來完成的態度。[5]

---

[4]　白靈編選：《臺灣詩學截句選300首》（臺北：秀威出版，2018.01），內容簡介。

[5]　白靈：〈從小詩風到截句潮〉，收錄於白靈編選：《臺灣詩學截句選300首》（臺

白靈認為截句是延續小詩傳統的，且也是研習中國古典絕句詩而來，只是現在的截句當然在定義上彈性、多元，但也需用嚴謹的角度與態度創作。李瑞騰也在〈截句做為一種詩之類型〉一文認為，「現代的截句之名，當然來自古典絕句的別稱『截句』，但其截法顯然不會一樣。」[6]而指出「今之『截句』有二種：一是『截』的，二是創作的。但不管如何，重要的是『成詩』，換句話說，它雖只四行或更短，但要獨立完整、要以小搏大、要語近而情遙、要句絕而意不絕。至於如何下筆？如何承轉？如何收尾？等謀篇之方，意象與節奏的經營之法，則有待整合論述。」[7]從2016年底開始，臺灣詩學開始有計畫推動截句詩的創作等相關企劃與出版，無論成效如何，怎樣創作，截句詩是否能句被人接受或是得到正面的回饋，這些或許不一定重要，重要的是截句詩潮在臺灣的流行與受到關注，是不可抹滅的、也值得肯定。本章以「截句」的起源與定義為頭，承接後續討論的面向，集中在「截句成為一種風潮」的徵獎、研究、出版這三條路徑進行討論，截句推動的主要園地，即是「facebook詩論壇」，白靈就曾言：

> 在「facebook詩論壇」選詩與平媒最大的不同是，其跨域性遍及全球，毫無國界可言，且它是始終變動往下壓的，幾日不上網，已刊之詩、想找之詩如魚竄水而去，遍尋不得，且詩作一多，收集極難，若再與其他詩型混雜刊登，一年超過萬首的詩擠在一網頁，多如過江之鯽，必須費盡眼力辨識。但此「截句潮」能得諸多詩友認同，願共襄盛舉，將過去三四十年始終「卡卡」吹不太響的「小詩風」更進一步畢其功

北：秀威出版，2018.01），頁12。

[6] 李瑞騰：〈截句做為一種詩之類型〉，收錄於李瑞騰主編：《微的宇宙：現代華文截句詩學》（臺北：秀威出版，2020.12），頁14。

[7] 李瑞騰：〈截句做為一種詩之類型〉，收錄於李瑞騰主編：《微的宇宙：現代華文截句詩學》（臺北：秀威出版，2020.12），頁15。

於此一役，此種眾志成城的現象，著實令人感動。[8]

　　臉書作為一種網路平臺，在跨地域性、即時性與互動性極高這些特色下，推動截句書寫的風潮當然是相當適合的，且從2017年開始，臺灣詩學就規劃許多競寫與徵稿的活動，讓許多「facebook詩論壇」的社團成員能夠參與創作截句，也累積了一定數量的作品，且無論是臺灣人、或是境外人士，只要在臉書上加入社團後，也可以參與徵獎等，所以網路媒介的先進與平臺的方便性、即時性，當然也影響了文學傳播的效益，更讓白靈對於推動小詩的努力，看到一定成果。

　　有鑑於此，本章將分成三部分，第一部分簡述2017至今的截句徵獎企劃；第二部分探討截句作為一門學術研究，臺灣詩學季刊社做了哪些努力，以及相關成效等；第三部分探討從2017至今企劃並出版的截句詩系書籍，參與的詩人、主題、類型等。

第二節　截句詩的徵獎企劃

　　臺灣詩學季刊社為了推動截句詩的創作，於2017年開始，在「facebook詩論壇」上舉辦「詩競寫、徵稿」的活動，且都設定主題，讓社團中的成員能夠書寫投稿。2017年總共舉辦三次，包括「詩人節截句限時徵稿」、「讀報截句限時徵稿」以及「小說截句限時徵稿」，特別的是，這三次的徵稿獲選的作品，都可以刊登在聯合報副刊上，因為2017年的截句徵稿活動是與聯合報副刊一起辦理。

　　「詩人節截句限時徵稿」所設主題為「詩是什麼」，投稿參與活動人數相當踴躍，收到916首詩作，經過「facebook詩論壇」版主

---

[8]　白靈：〈從小詩風到截句潮〉，收錄於白靈編選：《臺灣詩學截句選300首》（臺北：秀威出版，2018.01），頁10。

的初審收稿後，複審由詩人靈歌、葉莎進行評選，選出94首詩作，並交由決審委員蕭蕭、白靈選出最後得獎刊登的10首詩作，得獎作品包括蘇家立〈沉思〉、張小舟〈詩變〉、林彧〈結晶〉、林廣〈詩是新芽〉、綿綿〈詩與鍋瓢〉、劉曉頤〈無用之用〉、宇軒〈詩是讀到一半時候的你〉、孤鴻〈詩難解〉、賀婕〈射〉、小小〈塔上的話〉10首。

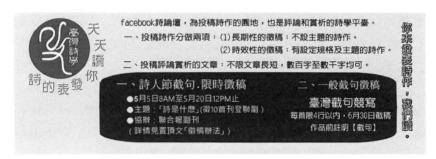

圖6-1：2017截句徵稿公告（專題、一般）

圖6-2：聯合報副刊所刊「詩人節截句限時徵稿」

圖6-3：「詩人節截句」得獎作品

　　「讀報截句限時徵稿」投稿參與的作品件數為277，比起第一次有所落差，但也是相當可觀的投稿數，創作方向有二：一為以2017年6月1日至7月14日在《聯合報》或《聯合新聞網》（https://udn.com/news/index）上出現之政經、社會、運動、娛樂新聞為創作題材。二為截取2017年6月1日至7月14日出現在紙媒《聯合報》上任何版面的大小標題作基底（不限新聞標題，全詩總計至少有10字採用標題字，越多越妙，可不同月日），詩末需註明原標題是哪些字及其出處（如某月某日A3版左上方及B1版右下方等），可加潤飾或補足（具原創性之標題宜加轉化，如下面所舉截句詩例）。這次的複審仍交由詩人靈歌與葉莎負責，決審則由向明、白靈負責選出十首獎作品並刊登於聯合報副刊上，得獎作品包括邱逸華〈無子浩劫〉、于中〈變不變〉、龍青〈虛驚〉、胡淑娟〈埋單〉、林瑞麟〈急診室外的大夫〉、林易如〈詩的天空步道〉、邱文雄〈初老〉、娟嫚〈強迫被愛〉、蘇家立〈公開透明〉、林錦成〈無有之有〉10首。此次主題為讀報截句，從得獎作品也能發現詩人關注的新聞事件，包括劉曉波逝世、長庚醫院急診室醫師集體離職、年金改革爭議多等問題，與社會對話，形成本次徵稿的截句書寫特色。

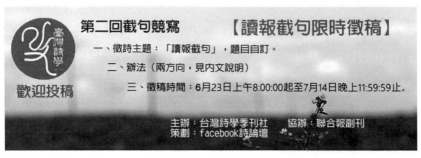

圖6-4：「讀報截句限時徵稿」訊息海報

圖6-5：聯合報副刊所刊「讀報截句限時徵稿」

　　2017年最後一次截句徵稿為「小說截句限時徵稿」，創作的方向為：一、「自創小說成詩」的截句，具有小說意味即可。二、「截取小說成詩」的截句，題目可自訂，截取臺灣一位小說家的一篇或一本小說，自行截取4至10字寫成一行詩句，並註明原文出處（如在何書及何頁何段何行，或該小說網址、或曾在《聯合報》或《聯合新聞網》（https://udn.com/news/index）上刊載之小說），可由不同頁碼截一至四行，但需加潤飾或自行補足。本次的複審、決審皆由詩人蘇紹連、白靈擔任，選出10首得獎作品，且能刊載於聯合報副刊。本次的得獎作品包括以自創小說形式的魚肉先生〈對面的鄰居〉、簡玲〈僧人〉、無花〈問神〉、〈單車戀〉、許哲睿

〈傘〉、胡淑娟〈婆婆〉、林瑞麟〈數學〉、綿綿〈板擦下的青春〉八首，以及截取小說成詩的作品艾士德〈批發服飾的挑剪〉、一點〈望〉，分別所截的小說為吳明益《天橋上的魔術師》以及袁瓊瓊〈太陽〉，從此可以看到一個現象，筆者前面已討論了關於截句一詞的來源，本來是截取小說而形成的，而白靈等人則將自創一至四行的詩也納入截句的範疇，不就剛好是本次徵稿的兩類型，結果自創詩作得獎占大多數，而截取小說則只有兩首，當然詩意的好壞也會對選詩有影響，可是這也反映了臺灣詩學對於截句創作的走向可能偏於創作，截取可能屬於次要的，當然只有此例可能不能有所斷定，但此現象甚是有趣，所以筆者將之提出。

圖6-6：「小說截句限時徵稿」訊息海報

圖6-7：聯合報副刊所刊「小說截句限時徵稿」

2018年的第一場截句競寫主題為「春之截句」，時間辦在3月，剛好與時節配合，設定此徵稿主題。本次得獎作品包括宇軒〈致春天〉、沐沐〈破繭〉、張遠謀〈平分春色〉、無花〈春思〉、胡淑娟〈會飛的春天〉、成孝華〈北極熊〉、蔡三少〈不可說的祕密〉、李明璋〈春之著作權〉等10首。2018年第二次截句競寫的主題為「詩人節電影截句徵稿」，中外電影之片名、情節、影片中出現之相關臺詞、或賞完電影之感受為創作題材創作1至4行的截句。本次競寫收到431首詩作，協請複審評委詩人靈歌與葉莎選出105首作品，再由決審詩人白靈與蔓朵評選選出10首優勝作品，並同步刊登在聯合報副刊。

　　得獎的十首作品，包括羅拔〈雙子〉、漫漁〈幻影人生〉、余境熹〈五月風暴〉、胡淑娟〈爭取自由〉、棋子〈鳥〉、詹瑋〈捉夢〉、王育嘉〈鐵道員〉、雪赫〈憾〉、邱逸華〈刺客聶隱娘〉、劉驊〈門裡。門外〉共十首。所談到的電影，包括我們所熟知的《刺客聶隱娘》、《金剛》、《樂來樂愛你La La land》、《七月與安生》等，也有一些是相對冷門，卻也含有深意的電影作品。

圖6-8：「詩人節電影截句徵稿」海報

2018年最後一次的截句競寫主題為「禪之截句」，主要的徵求具禪意之生活情境、或體悟的心境、或禪宗公案為創作題材的截句作品。本次競寫收稿近800首，由詩人蕭蕭、白靈三階段選入作品，共選出46首作品進到決審，最後篩選10首優勝作品，並同步刊登在聯合報副刊上。本次的競寫評審蕭蕭特別撰文〈現代禪詩的「禪」何處覓得〉[9]一文。其中蕭蕭提到現代詩人寫作禪詩的狀態及語境問題，並引申本次截句禪詩寫作的特殊性：

> 　　二十一世紀，現代禪者與詩人各自在不同的空間思維，既不在山林野溪間相遇，也不在紅塵鬧市裡摩娑，更不在學術殿堂上論辯，難有互相激迸的火花。禪有禪的獨立苑圍，詩獨享詩的自家花園，現代禪詩的創作，周公夢蝶之後，寂寂久無響音。因此，趁著這次「截句」創作的熱潮，讓詩家的心眼也轉往最常採用四句頌體的禪詩打轉，或許可以讓讀者踏進玄之又玄的妙門，雖然是短短的四行，卻能得四行以外的寬闊天地。[10]

　　蕭蕭此言，說到幾項重點，包括禪詩寫作自周夢蝶後，就無人能夠超越，或是受到關注，禪意與截句有一項共通的特色，就是「意在言外」的多元詮釋性與解讀的空間，這兩者的碰撞，更能激起四行以外的寬闊天地，這當然也是蕭蕭期待看到的。本次優勝的十首得獎作品，蕭蕭直言甚是優異。包括迦納三味〈零與一〉、邱逸華〈天葬〉、沐沐〈喝水〉、漫漁〈心證〉、李昆妙〈釣〉、李瘦馬〈老僧獨立於人生的斷崖〉、無花〈妄念〉、〈死亡的方式〉、胡

9　　白靈編：《不枯萎的鐘聲：2019年臉書截句選》（臺北：秀威出版，2019.12），頁276-283。

10　白靈編：《不枯萎的鐘聲：2019年臉書截句選》（臺北：秀威出版，2019.12），頁278。

淑娟〈空〉、劉驊〈我已不是我〉共十首。討論的主題包含禪思哲理的存在意義、佛理轉化、人物與境界等。

2019年為第三年之截句書寫、競寫企劃,第一回合以「攝影截句」為主要的競寫主題,徵1至4行的截句詩創作形式,以具創意之各類景物及生活情境的照片為題材或想像衍伸,寫詩創作。這是第一次由臺灣詩學自行在「facebook詩論壇」上主辦,總共收到788首詩作及照片,經由複審葉子鳥、寧靜海的審閱,選出60首作品,再交由決審委員蘇紹連、白靈選出10首優選、10首佳作共20首作品。[11]

本次得獎的優選作品包括曾元耀〈上帝的話〉(圖文)、朱介英〈揮別〉(圖文)、成孝華〈光陰模倣的光陰〉(圖文)、李昆妙〈阿茲海默症〉(圖:蔡昌誠)、邱逸華〈蝸牛巷——憶白色恐怖受迫害文學家葉石濤〉(圖文)、劉梅玉〈房子的聲音〉(圖文)、簡玲〈修道士〉(圖文)、朱名慧〈蕨〉(圖文)、林瑞麟〈深情〉(圖文)、王育嘉〈怎是春天愛撩撥?〉(圖文)10首,詳細的圖文刊行在此就不贅述,可詳閱《吹鼓吹詩論壇三十七號》所刊登的作品詩展。

圖6-9:「攝影截句」得獎名單公告海報

11　〈「2019截句競寫第一回合:攝影截句」詩作展〉,《吹鼓吹詩論壇三十七號:各自解讀——幹話/廢言專輯》(臺北:臺灣詩學季刊雜誌社,2019.06),頁137。

第二回合以「器物截句」為主要的書寫主題，進行競寫，徵1至4行的截句詩創作形式，以生活所需之各種器具、文物與科技發明為題材或想像衍伸，寫詩創作。可截舊作，但需附原詩。本次徵得詩作共989首，相當多，已經快到一千首了，且徵稿時間只有短短的一個月，徵得詩作經由複審委員靈歌、葉莎精選後，選出78首作品，再交由白靈、陳政彥兩位決審委員選出10首優勝、10首佳作，並刊行於《吹鼓吹詩論壇三十八號：永以為好——紀念日／紀念物專輯》當中。[12]

　　本次得獎的作品，優勝部分包括邱逸華〈拒馬〉、朱名慧〈椅子〉、無花〈模子〉、邱逸華〈子宮〉、莉偄〈香爐〉、胡淑娟〈經書〉、聽雨〈魚鉤〉、李昆妙〈釣鉤〉、無花〈橡膠子彈〉、劉梅玉〈夜燈〉十首；佳作作品包括胡淑娟〈針線〉、朱介英〈鏡子〉、漫漁〈手機〉、梁傑〈澆水器〉、朱名慧〈雙人床〉、簡玲〈頌缽〉、姚于玲〈蹺蹺板〉、朱名慧〈爸爸的抽屜〉、老鷹〈手機〉、朱名慧〈鏡子〉10首。從這些得獎作品來看，器物的選擇相當多元，基本上多為四行詩作，但也有兩行詩作品得獎，形式上不局限。

圖6-10：「器物截句」競寫海報

12　〈2019第二回合截句競寫：「器物截句」得獎作品〉，《吹鼓吹詩論壇三十八號：永以為好——紀念日／紀念物專輯》（臺北：臺灣詩學季刊雜誌社，2019.09），頁156-160。

第三回合以「茶之截句」為書寫主題，徵1至4行的截句詩創作形式，凡與茶相關的題材或想像衍伸，均可寫詩創作。可截舊作，但需附原詩。均可自行命題。本次徵得詩作共867首，經過複審委員寧靜海、朱天選出80首進到決審，再由決審委員蕭蕭、白靈討論出10首優勝作品、10首佳作，並刊載於《吹鼓吹詩論壇三十九號：心象——最美風景／私房書店專輯》[13]。

　　本次得獎的作品，優勝部分包括朱介英〈焙茶〉、漫漁〈功夫〉、無花〈易碎物〉、語凡〈瘦長茶香〉、玉香〈茶〉、子車干城〈品〉、邱逸華〈雨前茶〉、澤榆〈不溫不火〉、林廣〈茶亦非茶〉、周駿城〈茶湯會〉十首，佳作作品包括簡玲〈茶湯〉、〈前世與今生〉、朱名慧〈鴛鴦奶茶〉、棋子〈茶事〉、吳國金豪〈茶葉〉、語凡〈煮茶要訣〉、胡淑娟〈茶葉蛋之愛〉、瘦瘦馬〈在公園喝茶〉、謝祥昇〈老人茶〉、楚淨〈隱喻〉10首。

圖6-11：「茶之截句」競寫海報

[13]　〈2019第三回合截句競寫：「茶之截句」得獎作品〉，《吹鼓吹詩論壇三十九號：心象——最美風景／私房書店專輯》（臺北：臺灣詩學季刊雜誌社，2019.12），頁137-140。

2019年除了截句競寫的活動舉辦之外，也舉辦了兩回「截句解讀」，創作與評論齊步前行，是2019年截句推動的一大突破，這兩次的截句解讀，第一回徵稿時間為4月15日至5月20日，第二回為6月10日至7月15日，主題不限制，只要是解讀截句作品即可，第一回解讀比賽收到60篇稿件，經過複審委員卡夫、寧靜海的審查，選出30篇，再交由決審委員解昆樺與楊宗翰，選出優勝10篇與佳作10篇，且第一回的優勝作品刊載在《吹鼓吹詩論壇三十八號：永以為好——紀念日／紀念物專輯》[14]當中。為了防止投稿者的格式錯誤，臺灣詩學還特別製作競寫格式海報供投稿者參閱，甚是用心，請見圖6-13。

　　第二回合的截句解讀，也是同樣收到60篇稿件，由複審委員卡夫、寧靜海的審查，選出30篇，再交由決審委員解昆樺與楊宗翰，選出優勝10篇與佳作10篇，這兩次的截句解讀得獎作品，雖只有第一回優勝10首有被刊登到《吹鼓吹詩論壇》，但其餘三十篇最後也一併收入到了由臺灣詩學出版的截句詩系叢書《淘氣書寫與帥氣閱讀：截句解讀一百篇》，由卡夫、寧靜海主編。

圖6-12：「截句解讀」徵稿海報

---

[14]　〈臺灣詩學2019第一回合「截句解讀」競寫優勝作品〉，《吹鼓吹詩論壇三十八號：永以為好——紀念日／紀念物專輯》（臺北：臺灣詩學季刊雜誌社，2019.09），頁122-148。

圖6-13：「截句解讀」格式海報

2020年臺灣詩學主導所提倡的詩寫為「散文詩」，包括舉辦散文詩競寫與解讀比賽，並未提出截句相關活動。而到了2021年，截句競寫活動又開跑了，今年的主題為「雅和」，所以截至目前為止舉辦了兩回的「截句雅和」競寫。「雅和」是什麼呢？於徵稿說明中這樣解釋：

> 唱和詩在古代詩人間是甚為常見的詩形式，不論是贈、酬、答、送、致、雅和等，涉及的皆詩人們某種友誼的展現、或是應和乃至競比彼此詩藝的顯露，現今反而不多見，甚是可惜。如今因緣際會，詩人雖處四方，因疫情反而有更多雅和的時間和機緣。本網頁提倡截句數年，已有不少雅和詩出現，甚為可喜。今為推展雅和風，乃針對截句型式小而易雅和的部分舉辦競寫，歡迎詩友踴躍投稿。

第一回的競寫，收到了722首作品，由複審委員寧靜海、漫漁選出80首詩進到決審，再由決審委員陳政彥、楊宗翰選曲10首優勝、10首佳作。作品預計刊載於2021年6月第45期《吹鼓吹詩論壇》。第

二回收到466首詩作，複審委員依然為寧靜海、漫漁，並選出80首詩進到決審，再由決審委員解昆樺、楊宗翰選出優選10首、佳作10首，作品預計刊載於2021年9月第46期《吹鼓吹詩論壇》上。2021年同步也進行了散文詩競寫、散文詩解讀的比賽，變成散文詩、截句雙管齊下一起推動的狀態。

圖6-14：「截句雅和」徵稿海報

　　綜觀2017至2021年的截句書寫推動，其實相當的活躍，且放眼投稿、以及得獎的名單，當然本節並未全部列出，有一些名單相當眼熟，包括邱逸華、無花、漫漁等人，這些創作者有些是「吹鼓吹詩論壇」的版主，有些則是相當活躍於「facebook詩論壇」的詩人，另如曾元耀、蘇家立等人，都已經是線上重要的詩人，在詩壇也有一席之地，而其他許多不熟悉、甚至第一次出現的得獎名單，可能看作是這些創作者的出道，從截句的創作出道，這或許也是白靈希望看到的景象，一種大眾寫作的推廣與傳播的力量，以及截句書寫的成果。筆者認為，截句競寫企劃應會繼續下去，且看臺灣詩學的安排與發展。

第三節　截句研討會及其學術研究

　　截句風潮，除了上述談到的徵詩、競寫與創作之外，也已經開啟了關於「解讀」的另一條路，許多研究者或事評論者開始討論「截句」作為一種文類，或是一種現代詩體的發展與面向，最盛大的莫過於2018年12月8日由東吳大學中國文學系主辦，臺灣詩學季刊社、聯合報副刊合辦，吹鼓吹詩論壇、facebook詩論壇承辦，文學雜誌社、秀威資訊協辦，地點在東吳大學的「現代截句詩學研討會」。本次研討會總共聚集兩岸三地學者共十八位，共辦理兩場主體演講，邀請社長李瑞騰，以及中國大陸詩學學者陳仲義演說，並有共16篇的截句詩研究發表，除臺灣現代詩研究學者們之外，更請到「截句」一詞之提出者蔣一談來分享自己的發想過程與對截句的再定義。

　　當然，本節無法一一細談每篇發表的截句研究，而是探討截句評論的現象與推廣。但後續在許多臺灣詩學的刊物上，皆有因本研討會而刊載的截句論述，首先談《臺灣詩學學刊》。《臺灣詩學學刊》於第三十三期設置了「截句專輯」，於2019年5月出刊，收錄四篇截句研究論文，皆是曾於「現代截句詩學研討會」宣讀發表過的論文，包括莊祖煌（白靈）〈斷捨離在截句上的應用〉[15]、陳徵蔚〈頓悟禪「譯」：截句的英文翻譯初探〉[16]、楊澄靜〈截句之外的眾聲喧嘩——以藛朵與葉莎截句為例〉[17]、蕭蕭〈七首截句所呈現的臺灣新詩伏流〉[18]。此專題之設定，筆者認為當然與研討

---

[15] 莊祖煌：〈斷捨離在截句上的應用〉，《臺灣詩學學刊》第三十三期（2019.05），頁7-28。
[16] 陳徵蔚：〈頓悟禪「譯」：截句的英文翻譯初探〉，《臺灣詩學學刊》第三十三期（2019.05），頁29-42。
[17] 楊澄靜：〈截句之外的眾聲喧嘩——以藛朵與葉莎截句為例〉，《臺灣詩學學刊》第三十三期（2019.05），頁43-68。
[18] 蕭蕭：〈七首截句所呈現的臺灣新詩伏流〉，《臺灣詩學學刊》第三十三期（2019.05），頁69-95。

圖6-15:「現代截句詩學研討會」海報

會的舉辦有密切關係，此設定當然也是臺灣詩學季刊社對於截句研究的一種推介與提倡。下一期的《臺灣詩學學刊》（第三十四期，2019年11月出刊），雖未設定專題，但也刊出了三篇截句相關論文，包括白靈〈由新詩未來四性看跨域——華文世界小詩的互動現象〉[19]、李翠瑛〈灰塵的書寫——從「微」與「小」論《白靈截句》中的美學意識〉[20]、陳鴻逸〈論截句詩的意象構成〉[21]，其中李翠瑛與陳鴻逸的文章是於「現代截句詩學研討會」宣讀發表過修改後刊登的文章。再來《臺灣詩學學刊》第三十五期於2020年5月出刊，刊登了臺灣詩學研究獎的得獎作品，其中一篇為楊敏夷〈截句的語言藝術——以《方群截句》為例〉[22]，這篇研究也是研討會修改後得獎發表的論文，可見截句研究從研討會激起的效應，以及刊行與推廣的效益，更是一種文學研究精進與突破的深刻意涵。臺灣女詩人蕓朵的截句詩研究除楊澄靜的論述外也多有開展，陳威旭在《臺灣詩學學刊》第三十九期發表〈蕓朵截句的形式變革〉[23]，從《蕓朵截句》、《舞截句》兩本詩集談蕓朵截句詩的形式變形與特色，討論出共同與差異的表述，展現出詩之自然共舞的風格特色。

　　除了《臺灣詩學學刊》之外，《吹鼓吹詩論壇》也有刊登截句的評論，除評論之外，也有相關活動的報導文章刊載，本節在這邊一併提出。關於評論方面，《吹鼓吹詩論壇》第三十五號刊登了宋熹〈詩是一條任意線——讀《蕓朵截句》書後〉[24]一文，探討臺

---

[19] 白靈：〈由新詩未來四性看跨域——華文世界小詩的互動現象〉，《臺灣詩學學刊》第三十四期（2019.11），頁7-35。

[20] 李翠瑛：〈灰塵的書寫——從「微」與「小」論《白靈截句》中的美學意識〉，《臺灣詩學學刊》第三十四期（2019.11），頁37-61。

[21] 陳鴻逸：〈論截句詩的意象構成〉，《臺灣詩學學刊》第三十四期（2019.11），頁63-82。

[22] 楊敏夷：〈截句的語言藝術——以《方群截句》為例〉，《臺灣詩學學刊》第三十五期（2020.05），頁83-119。

[23] 陳威旭：〈蕓朵截句的形式變革〉，《臺灣詩學學刊》第三十九期（2022.05），頁51-81。

[24] 宋熹：〈詩是一條任意線——讀《蕓朵截句》書後〉，收錄於《吹鼓吹詩論壇三十五號：人生拚輸贏——魯蛇／溫拿專輯》（臺北：臺灣詩學季刊雜誌社，2018.12），頁

灣詩學截句詩系第一批創作出版的薏朵的截句詩集，結合了薏朵的書法美學專長並置討論這本截句詩集的美學展現與表現意識。再來《吹鼓吹詩論壇》第三十八號刊登〈臺灣詩學2019第一回合「截句解讀」競寫優勝作品〉[25]，除刊載十篇優勝解讀作品之外，也刊載詩社同仁示範文，包括葉子鳥〈一次就夠了〉、李桂媚〈異中求同・同中有異──讀孟樊截句〈夢〉〉、寧靜海〈你在我的眼睛撞見自己──讀無花之截句詩〈山色〉〉、靈歌〈散開雨落下的去處──讀蕭蕭〈無去處〉〉、游鍫良〈讀蘇紹連截句〈炭的嘆息〉〉共五文。在《吹鼓吹詩論壇》第三十八號也刊登了卡夫〈字的「棒喝」──讀白靈〈字的尖叫〉〉[26]一文，討論白靈〈字的尖叫〉一詩之靈感與創作之間的關係。

特別要提到的是最新的截句論文：林宇軒的〈截出的一首：從「截句運動」觀察文學社群之世代對壘〉[27]，這篇研究論文刊登在《中外文學》學刊上，著實讓人驚豔，林宇軒這篇論文反思了「截句」近日臺灣詩壇的接受、承襲與美學實踐，當然在其中也指出截句活動推行的問題，以及許多學者之論述有過分推廣、為截句而截句的現象，看不出截句作為一種限制性文類之特殊性與意義在哪邊，也訴說在推行截句書寫的過程中造成有正方，也有反方意見的狀況出現，真的需要讓我們思考截句發展走向的興起狀況，以及近幾年的式微狀態。

160-163。

[25] 〈臺灣詩學2019第一回合「截句解讀」競寫優勝作品〉，收錄於《吹鼓吹詩論壇三十八號：永以為好──紀念日／紀念物專輯》（臺北：臺灣詩學季刊雜誌社，2019.09），頁122-148。

[26] 卡夫：〈字的「棒喝」──讀白靈〈字的尖叫〉〉收錄於《吹鼓吹詩論壇三十八號：永以為好──紀念日／紀念物專輯》（臺北：臺灣詩學季刊雜誌社，2019.09），頁118-121。

[27] 林宇軒：〈截出的一首：從「截句運動」觀察文學社群之世代對壘〉，《中外文學》52卷1期（2023.03），頁129-162。

關於報導相關文章，共刊登三篇，有兩篇為「現代截句詩學研討會」相關的文章，一文刊載於《吹鼓吹詩論壇》第三十六號，葉子鳥所發表的〈臺灣詩學「現代截句詩學研討會」暨年終散文詩頒獎餐聚側寫〉[28]一文，主要回顧本次截句詩學研討會以及散文詩獎的頒獎過程，另文為第三十七號刊登陳鴻逸〈開放與擴展：關於截句詩學研討會的觀察及思考〉[29]，本文仔細討論了關於本次研討會為截句所歸納出的幾個特點與評論方向，包括古典詩與截句詩的源流脈絡、截句詩的再定義、傳播史研究、個別作家論、作家比較論。也提出關於截句研究的進一步思考與待發展的議題，包括截句的類型問題、詩學理論建構、以及鼓勵創作。[30]

　　當然，於2020年12月出版的論文集《微的宇宙：現代華文截句詩學》[31]是目前截句研究最具權威的代表著作，本論文集就是「現代截句詩學研討會」會後集結成冊的論文集。李瑞騰在序中說到：

> 在蕭蕭和白靈的領軍下，臺灣詩學季刊社推動了幾年截句，現代截句研討會既是成果驗收，也是創作經驗的系統化、深刻化。截句短小，但不輕薄，語近卻情遙，其中最重要的是詩質，是我們應該戮力經之營之的地方。[32]

---

[28] 葉子鳥：〈臺灣詩學「現代截句詩學研討會」暨年終散文詩頒獎餐聚側寫〉，收錄於《吹鼓吹詩論壇三十六號：觀景窗──世界博覽會專輯》（臺北：臺灣詩學季刊雜誌社，2019.03），頁172-174。

[29] 陳鴻逸：〈開放與擴展：關於截句詩學研討會的觀察及思考〉收錄於《吹鼓吹詩論壇三十七號：各自解讀──幹話／廢言專輯》（臺北：臺灣詩學季刊雜誌社，2019.06），頁162-165。

[30] 陳鴻逸：〈開放與擴展：關於截句詩學研討會的觀察及思考〉收錄於《吹鼓吹詩論壇三十七號：各自解讀──幹話／廢言專輯》（臺北：臺灣詩學季刊雜誌社，2019.06），頁164-165。

[31] 李瑞騰主編：《微的宇宙：現代華文截句詩學》（臺北：秀威，2020.12）。

[32] 李瑞騰主編：《微的宇宙：現代華文截句詩學》（臺北：秀威，2020.12），頁7。

李瑞騰這段話除了提出對截句運動推廣與傳播的肯定之外，也提出了一個反思性的提問，就是「詩質」的問題，截句寫作的流行不會造成什麼困擾，甚至也會提振全民寫作的風潮，但為何還是有批評的聲浪，並且指出說「截句氾濫」的問題，其實這些都不是問題，而是詩質是否存在才是問題，如果截句創作之作品中有詩質且作品相當優異，就會是好的創作，但很多不成熟的截句作品氾濫於「facebook詩論壇」等地方，當然受到的評價就會產生歧異性，所以李瑞騰才認為，下一步截句書寫的推動，更要注意到「詩質」的精進與經營，截句推動才會走向一個更好的未來。

第四節　截句詩系的企劃與出版

　　討論完截句創作企劃活動與評論等相關學術討論後，最後筆者想討論截句詩系的出版企劃，此出版企劃相當宏大，於2017年開始，在各大網路書店平臺，基本上在年底時刻，就會看到一系列的截句詩集的出版資訊。這個截句詩系是與秀威資訊合作出版，邀請許多詩社同仁創作截句詩。截句詩系總共可以分為三的主題。一、詩人個人詩集。二、評論集。三、詩選集。當然以數量呈現的話，詩人個人詩集是最多的。截至2022年為止截句詩系共出版49本書集，有30本詩人個人詩集、6本評論集、13本詩選集。

　　第一類個人詩集部分，已有詩人出版兩本截句詩集，包括白靈《白靈截句》[33]、《野生截句》[34]；蕭蕭《蕭蕭截句》[35]、《大自在截句》[36]；葉莎《葉莎截句》[37]、《幻所幻截句》[38]；王羅蜜多《王

---

[33]　白靈：《白靈截句》（臺北：秀威，2017.09）。
[34]　白靈：《野生截句》（臺北：秀威，2018.12）。
[35]　蕭蕭：《蕭蕭截句》（臺北：秀威，2017.09）。
[36]　蕭蕭：《大自在截句》（臺北：秀威，2018.10）。
[37]　葉莎：《葉莎截句》（臺北：秀威，2017.09）。
[38]　葉莎：《幻所幻截句》（臺北：秀威，2018.10）。

羅蜜多截句》[39]、《日頭雨截句》[40]；蕓朵《蕓朵截句》[41]、《舞截句》[42]；以及卡夫《卡夫截句》[43]、《我夢見截句》[44]，其他詩人皆出版一本截句詩集，包括向明《向明截句：四行倉庫》[45]、靈歌《靈歌截句》[46]、尹玲《尹玲截句》[47]、黃里《黃里截句》[48]、方群《方群截句》[49]、寧靜海《阿海截句》[50]、周忍星《忍星截句》[51]、許水富《許水富截句》[52]、胡淑娟《胡淑娟截句》[53]、王勇《王勇截句》[54]、秀實《紫色習作：秀實截句》[55]、詹澈《詹澈截句》[56]、林煥彰《林煥彰截句——截句111，不純為截句》[57]、孟樊《孟樊截句》[58]、林廣《林廣截句》[59]、劉梅玉《劉梅玉截句——奔霧記》[60]、劉曉頤《劉曉頤截句》[61]，漫漁《剪風的聲音——漫漁截句選集》[62]，相當壯觀，筆者認為個人截句詩集絕對會年年看見，出版不斷。

---

[39]　王羅蜜多：《王羅蜜多截句》（臺北：秀威，2017.10）。
[40]　王羅蜜多：《日頭雨截句》（臺北：秀威，2018.11）。
[41]　蕓朵：《蕓朵截句》（臺北：秀威，2017.10）。
[42]　蕓朵：《舞截句》（臺北：秀威，2020.12）。
[43]　卡夫：《卡夫截句》（臺北：秀威，2017.12）。
[44]　卡夫：《我夢見截句》（臺北：秀威，2019.04）。
[45]　向明：《向明截句：四行倉庫》（臺北：秀威，2017.11）。
[46]　靈歌：《靈歌截句》（臺北：秀威，2017.10）。
[47]　尹玲：《尹玲截句》（臺北：秀威，2017.12）。
[48]　黃里：《黃里截句》（臺北：秀威，2017.10）。
[49]　方群：《方群截句》（臺北：秀威，2017.11）。
[50]　寧靜海：《阿海截句》（臺北：秀威，2017.11）。
[51]　周忍星：《忍星截句》（臺北：秀威，2017.10）。
[52]　許水富：《許水富截句》（臺北：秀威，2018.10）。
[53]　胡淑娟：《胡淑娟截句》（臺北：秀威，2018.11）。
[54]　王勇：《王勇截句》（臺北：秀威，2018.12）。
[55]　秀實：《紫色習作：秀實截句》（臺北：秀威，2018.11）。
[56]　詹澈：《詹澈截句》（臺北：秀威，2018.11）。
[57]　林煥彰：《林煥彰截句：截句111，不純為截句》（臺北：秀威，2018.11）。
[58]　孟樊：《孟樊截句》（臺北：秀威，2018.10）。
[59]　林廣：《林廣截句》（臺北：秀威，2018.11）。
[60]　劉梅玉：《劉梅玉截句：奔霧記》（臺北：秀威，2018.11）。
[61]　劉曉頤：《劉曉頤截句》（臺北：秀威，2018.11）。
[62]　漫漁：《剪風的聲音——漫漁截句選集》（臺北：秀威，2022.12）。

第二類評論集部分，總共有6本，包括卡夫編著的兩本截句選讀《截句選讀》[63]、《截句選讀二》[64]，以及余境熹所著《截竹為筒作笛吹：截句詩「誤讀」》[65]，卡夫、寧靜海主編的《淘氣書寫與帥氣閱讀：截句解讀一百篇》[66]，這些都是評論，而蕭蕭、曾秀鳳主編《截句課》[67]以及李瑞騰主編《微的宇宙——現代華文截句詩學》[68]為學術研究的論文集。從此可見截句之研究與評論的展開，當然還不及創作出版部分但發端之意義甚大。

第三類詩選部分，白靈總共主編了三本的截句詩選，2017、2018、2019年各一本，分別是《臺灣詩學截句選300首》[69]、《魚跳：2018臉書截句選300首》[70]、《不枯萎的鐘聲：2019臉書截句選》[71]，這三本選集分別收錄當年度於「facebook詩論壇」發表之優秀截句作品，以及截句競寫的得獎作品，在本文第二部分有深入討論之，並撰寫序，基本上書序即為年度截句書寫的觀察報告。2020至2021年由白靈繼續編輯臉書截句詩選，因應疫情的環境變化，主題訂為《疫世界——2020～2021臉書截句選》[72]。另外2021所書寫的截句創作推動為「雅和」，也蒐集編選後出版，由寧靜海、漫漁共同主編《斷章的另一種可能——截句雅和詩選》[73]，主要收錄2021年雅和競寫作品、同仁作品以及臉書詩論壇投稿作品，相當豐富多元。另外就是不同地區之華文截句精選作品，包括王崇喜主編

---

[63] 卡夫：《截句選讀》（臺北：秀威，2018.01）。
[64] 卡夫：《截句選讀二》（臺北：秀威，2019.04）。
[65] 余境熹：《截竹為筒作笛吹：截句詩「誤讀」》（臺北：秀威，2018.12）。
[66] 卡夫、寧靜海主編：《淘氣書寫與帥氣閱讀：截句解讀一百篇》（臺北：秀威，2019.11）。
[67] 蕭蕭、曾秀鳳主編：《截句課》（臺北：秀威，2019.12）。
[68] 李瑞騰主編：《微的宇宙：現代華文截句詩學》（臺北：秀威，2020.12）。
[69] 白靈主編：《臺灣詩學截句選300首》（臺北：秀威，2018.01）。
[70] 白靈主編：《魚跳：2018臉書截句選300首》（臺北：秀威，2018.12）。
[71] 白靈主編：《不枯萎的鐘聲：2019臉書截句選》（臺北：秀威，2020.02）。
[72] 白靈主編：《疫世界——2020～2021臉書截句選》（臺北：秀威，2021.12）。
[73] 寧靜海、漫漁主編：《斷章的另一種可能——截句雅和詩選》（臺北：秀威，2021.12）。

《緬華截句選》[74]、卡夫主編《新華截句選》[75]、辛金順主編《馬華截句選》[76]、林曉東主編《越華截句選》[77]、王勇主編《菲華截句選》[78]五本。以及詩社詩選作品，包括王仲煌主編《千島詩社截句選》[79]、於淑雯主編《放肆詩社截句選》[80]、郭永秀主編《五月詩社截句選》[81]三本。這些截句詩選的編輯能夠讓想了解截句創作的人能一次瀏覽、閱讀多首、多人、多地域不同的截句創作，更是另一種開啟閱讀視野與傳播的路徑。

第五節　結語

　　本章談臺灣的截句詩潮，先談論截句一詞的發展與小詩、短詩的關係，進而談到臺灣詩學季刊社與聯合報副刊，以及「facebook詩論壇」合作辦理截句徵詩，以及競寫的創作活動，企圖激發全民動員一起來寫截句，當然得獎的詩作能夠獲得刊登、或是取得獎金，以及獲得贈書等等，這也都是能夠促進大眾一起來寫作的誘因與契機，而從2017年開始推動之後，雖然每次的徵詩或是競寫的參與詩作量會因主題的關係而或多、或少，但卻也不減截句詩所引發的創作風潮與關注程度。再來，截句競寫活動之後也迎來了截句解讀的活動，希望大家除了創作截句之外，也能一同讀截句，讓截句有它的詮釋意義與敘述空間，除了舉辦競寫之外，臺灣詩學方面更希望截句研究能進到學術體系之內，所以於2018年底於東吳大學舉辦了現代截句詩學研討會，發表近20篇的學術研究論文，後來在所

74　王崇喜主編：《緬華截句選》（臺北：秀威，2018.11）。
75　卡夫主編：《新華截句選》（臺北：秀威，2018.12）。
76　辛金順主編：《馬華截句選》（臺北：秀威，2018.12）。
77　林曉東主編：《越華截句選》（臺北：秀威，2018.12）。
78　王勇主編：《菲華截句選》（臺北：秀威，2018.12）。
79　王仲煌主編：《千島詩社截句選》（臺北：秀威，2020.01）。
80　於淑雯主編：《放肆詩社截句選》（臺北：秀威，2020.01）。
81　郭永秀主編：《五月詩社截句選》（臺北：秀威，2021.05）。

屬刊物《臺灣詩學學刊》、《吹鼓吹詩論壇》也多有設立截句專輯或是截句的評論文章等，希望做到創作、評論兩面兼有。最後討論到的是截句詩系的出版企劃，目前總共出版46本截句相關書籍，包括詩人詩集、評論、以及詩選集三種，可謂相當可觀。

　　本章的討論，並不是在歌功頌德，說截句有多好、推廣成效有多大，而是藉由討論與爬梳，如實呈現臺灣詩學季刊社（以白靈、蕭蕭為首）帶領的截句風潮到底做了什麼事情、發生什麼事情，並且反映的熱烈度等。筆者相信，截句的書寫與推動還是會繼續下去，無論詩社是否有規劃活動或企劃專題，至少目前瀏覽「facebook詩論壇」，每天都有社團成員發表截句作品，這就是最好的傳播與推動成果。

┃參考書目

一、《吹鼓吹詩論壇》刊物

《吹鼓吹詩論壇十六號・氣味的翅膀》（臺北：臺灣詩學季刊雜誌社，2013.03）。

《吹鼓吹詩論壇十七號・聲音舞者》（臺北：臺灣詩學季刊雜誌社，2013.09）。

《吹鼓吹詩論壇十八號・刺政——民怨詩》（臺北：臺灣詩學季刊雜誌社，2014.03）。

《吹鼓吹詩論壇十九號：因小詩大》（臺北：臺灣詩學季刊雜誌社，2014.09）。

《吹鼓吹詩論壇二十號・拾光掠影》（臺北：臺灣詩學季刊雜誌社，2015.03）。

《吹鼓吹詩論壇二十一號：詩人的理性與感性》（臺北：臺灣詩學季刊雜誌社，2015.06）。

《吹鼓吹詩論壇二十二號：看！詩的視覺專輯》（臺北：臺灣詩學季刊雜誌社，2015.09）。

《吹鼓吹詩論壇二十三號：詩人喇舌語言混搭詩專輯》（臺北：臺灣詩學季刊雜誌社，2015.12）。

《吹鼓吹詩論壇二十四號：詩神・宗教詩專輯》（臺北：臺灣詩學季刊雜誌社，2016.03）。

《吹鼓吹詩論壇二十五號：半人半獸人性書寫專輯》（臺北：臺灣詩學季刊雜誌社，2016.06）。

《吹鼓吹詩論壇二十六號：非玩不可——遊戲詩專題》（臺北：臺灣詩學季刊雜誌社，2016.09）。

《吹鼓吹詩論壇二十七號：文字牽動傀儡──戲劇詩專輯》（臺北：臺灣詩學季刊雜誌社，2016.12）。

《吹鼓吹詩論壇二十八號：告解迴聲──懺情詩專輯》（臺北：臺灣詩學季刊雜誌社，2017.03）。

《吹鼓吹詩論壇二十九號：歌詞的一半是詩──歌詞創作專輯》（臺北：臺灣詩學季刊雜誌社，2017.06）。

《吹鼓吹詩論壇三十號：心想詩成──許願池專輯》（臺北：臺灣詩學季刊雜誌社，2017.09）。

《吹鼓吹詩論壇三十一號：思辨變詩──論述詩專輯》（臺北：臺灣詩學季刊雜誌社，2017.12）。

《吹鼓吹詩論壇三十二號：文字有氧　筋肉魂靈──運動詩專輯》（臺北：臺灣詩學季刊雜誌社，2018.03）。

《吹鼓吹詩論壇三十三號：凝視鄉愁──原鄉／異鄉專輯》（臺北：臺灣詩學季刊雜誌社，2018.06）。

《吹鼓吹詩論壇三十四號：線索解密──推理詩專輯》（臺北：臺灣詩學季刊雜誌社，2018.09）。

《吹鼓吹詩論壇三十五號：人生拚輸贏──魯蛇／溫拿專輯》（臺北：臺灣詩學季刊雜誌社，2018.12）。

《吹鼓吹詩論壇三十六號：觀景窗──世界博覽會專輯》（臺北：臺灣詩學季刊雜誌社，2019.03）。

《吹鼓吹詩論壇三十七號：各自解讀──幹話／廢言專輯》（臺北：臺灣詩學季刊雜誌社，2019.06）。

《吹鼓吹詩論壇三十八號：永以為好──紀念日／紀念物專輯》（臺北：臺灣詩學季刊雜誌社，2019.09），頁156-160。

《吹鼓吹詩論壇三十九號：心象──最美風景／私房書店專輯》（臺北：臺灣詩學季刊雜誌社，2019.12），頁137-140。

《吹鼓吹詩論壇四十號：女力崛起──女詩人專輯》（臺北：臺灣詩學季刊雜誌社，2020.03）。

《吹鼓吹詩論壇四十一號：告別練習——遺言專輯》（臺北：臺灣詩學季刊雜誌社，2020.06）。

《吹鼓吹詩論壇四十二號：士農工商——百工圖專輯》（臺北：臺灣詩學季刊雜誌社，2020.09）。

《吹鼓吹詩論壇四十三號：島嶼色彩——臺灣意象專輯》（臺北：臺灣詩學季刊雜誌社，2020.12）。

《吹鼓吹詩論壇四十四號：感恩的心——珍惜／感謝專輯》（臺北：臺灣詩學季刊雜誌社，2021.03）。

《吹鼓吹詩論壇四十五號：隨心散欲——散文詩專輯》（臺北：臺灣詩學季刊雜誌社，2021.07）。

《吹鼓吹詩論壇四十六號：疫疫之間——疾病／治癒專輯》（臺北：臺灣詩學季刊雜誌社，2021.09）。

《吹鼓吹詩論壇四十七號：甜食悅人——甘甜專輯》（臺北：臺灣詩學季刊雜誌社，2021.12）。

《吹鼓吹詩論壇四十八號：就是烏托邦——□□□主義》（臺北：臺灣詩學季刊雜誌社，2022.03）。

《吹鼓吹詩論壇四十九號：折射與反射——對鏡專輯》（臺北：臺灣詩學季刊雜誌社，2022.06）。

《吹鼓吹詩論壇五十號：繆思迷宮——迷／謎專輯》（臺北：臺灣詩學季刊雜誌社，2022.09）。

《吹鼓吹詩論壇五十一號：青舟已渡萬重詩——臺灣詩學三十週年紀念專號》（臺北：臺灣詩學季刊雜誌社，2022.12）。

《吹鼓吹詩論壇五十二號：好詩專輯》（臺北：臺灣詩學季刊雜誌社，2023.03）。

二、詩集與選集

千朔、坦雅、靈歌：《千雅歌》（臺北：斑馬線，2019.06）。

小令：《今天也沒有了》（臺北：黑眼睛，2021.08）。

小令：《日子持續裸體》（臺北：黑眼睛，2018.01）。

小令：《在飛的有蒼蠅跟神明：小令詩集3》（臺北：黑眼睛，2021.08）。

小令：《監視器的背後是彌勒佛》（臺北：雙囍出版，2022.03）。

尹玲：《尹玲截句》（臺北：秀威，2017.12）。

方群：《方群截句》（臺北：秀威，2017.11）。

王仲煌主編：《千島詩社截句選》（臺北：秀威，2020.01）。

王宗仁：《象與像的臨界》（臺北：爾雅，2008.02）。

王宗仁：《詩歌》（臺北：遠景，2016.05）。

王信益：《反覆練習末日》（臺北：秀威，2019.11）。

王勇：《王勇截句》（臺北：秀威，2018.12）。

王勇主編：《菲華截句選》（臺北：秀威，2018.12）。

王崇喜主編：《緬華截句選》（臺北：秀威，2018.11）。

王羅蜜多：《日頭雨截句》（臺北：秀威，2018.11）。

王羅蜜多：《王羅蜜多截句》（臺北：秀威，2017.10）。

卡夫：《卡夫截句》（臺北：秀威，2017.12）。

卡夫：《我夢見截句》（臺北：秀威，2019.04）。

卡夫主編：《新華截句選》（臺北：秀威，2018.12）。

白靈：《白靈截句》（臺北：秀威，2017.09）。

白靈：《野生截句》（臺北：秀威，2018.12）。

白靈主編：《不枯萎的鐘聲：2019年臉書截句選》（臺北：秀威，2020.02）。

白靈主編：《疫世界──2020～2021臉書截句選》（臺北：秀威，2021.12）。

白靈編選：《魚跳：2018臉書截句選300首》（臺北：秀威，2018.12）。

白靈編選：《臺灣詩學截句選300首》（臺北：秀威，2018.01）。

冰夕：《抖音石》（臺北：秀威，2006.01）。

冰夕：《謬愛》（臺北：秀威，2015.11）。

冰夕：《變身燈塔》（臺北：秀威，2020.11）。

向明：《向明截句：四行倉庫》（臺北：秀威，2017.11）。

余小光：《寫給珊的眼睛》（臺北：秀威，2011.12）。

巫時：《厚嘴唇》（臺北：角立，2011.09）。

李長青、若爾‧諾爾主編：《躍場：臺灣當代散文詩詩人選》（臺北：九歌，2017.08）。

李長青：《人生是電動玩具》（臺北：玉山社，2010.12）。

李長青：《年記1975：與這個世界》（臺北：尖端，2020.12）。

李長青：《江湖》（臺北：聯合文學，2008.10）。

李長青：《我一個人：李長青詩選》（臺北：小雅文創，2021.04）。

李長青：《風聲》（臺北：九歌，2014.08）。

李長青：《海少年》（臺北：星月書房，2011.11）。

李長青：《陪你回高雄》（臺北：晨星出版，2008.09）。

李長青：《給世界的筆記》（臺北：九歌，2011.12）。

李長青：《愛與寂寥都曾經發生》（臺北：斑馬線，2019.01）。

李長青：《落葉集》（臺北：爾雅出版，2005.05）。

李長青：《詩田長青》（臺北：爾雅出版，2019.06）。

秀實：《紫色習作：秀實截句》（臺北：秀威，2018.11）。

辛金順主編：《馬華截句選》（臺北：秀威，2018.12）。

周忍星：《忍星截句》（臺北：秀威，2017.10）。

孟樊：《孟樊截句》（臺北：秀威，2018.10）。

於淑雯主編：《放肆詩社截句選》（臺北：秀威，2020.01）。

林煥彰：《林煥彰截句：截句111，不純為截句》（臺北：秀威，2018.11）。

林廣：《林廣截句》（臺北：秀威，2018.11）。

林曉東主編：《越華截句選》（臺北：秀威，2018.12）。

波戈拉：《陰刻》（臺北：木馬文化，2017.03）。

波戈拉：《痛苦的首都》（臺北：木馬文化，2013.09）。

阿米：《要歌要舞要學狼》（臺北：秀威，2011.07）。

施傑原：《不見而見》（臺北：秀威，2020.09）。

柯彥瑩：《記得我曾經存在過》（臺北：秀威，2017.11）。

洪國恩：《隨擬集：洪國恩小詩選》（臺北：獨立作家，2013.12）。

胡淑娟：《胡淑娟截句》（臺北：秀威，2018.11）。

涂沛宗：《光從未來對你寫生》（臺北：遠景出版，2018.01）。

曹尼：《小遷徙》（臺北：聯合文學，2020.08）。

曹尼：《越牆者：曹尼詩集》（臺北：斑馬線，2016.10）。

莊仁傑：《德尉日記》（臺北：秀威，2010.12）。

許水富：《許水富截句》（臺北：秀威，2018.10）。

許赫：《囚徒劇團》（臺北：斑馬線，2018.06）。

許赫：《在城市，沒有人赴約的晚上》（臺北：廢紙角角的同學會，2003.03）。

許赫：《原來女孩不想嫁給阿北》（臺北：黑眼睛文化，2014.01）。

許赫：《郵政櫃檯的秋天》（臺北：斑馬線，2018.12）。

許赫：《網路詐騙高中生，電腦工程師喜歡的詩》（臺北：角力，2013）。

郭永秀主編：《五月詩社截句選》（臺北：秀威，2021.05）。

陳允元：《孔雀獸》（臺北：行人出版，2011.08）。

陳思嫻：《星星的任期太長了》（新北：南十字星，2020.09）。

曾美玲：《午後淡水紅樓小坐》（臺北：秀威，2008.08）。

曾美玲：《未來狂想曲》（臺北：秀威，2019.12）。

曾美玲：《春天，你爽約嗎》（臺北：秀威，2022.11）。

曾美玲：《相對論一百》（臺北：書林出版，2015.07）。

曾美玲：《終於找到回家的心》（臺北：釀出版，2012.02）。

曾美玲：《貓的眼睛》（臺北：秀威，2017.11）。

黃羊川：《血比蜜甜》（臺北：秀威，2009.12）。

黃羊川：《博愛，座不站》（臺北：唐山，2010.07）。

黃里：《黃里截句》（臺北：秀威，2017.10）。

楊佳嫻，《屏息的文明》（臺北：木馬文化，2003.04）。

楊佳嫻：《少女維特》（臺北：聯合文學，2010.08）。

楊佳嫻：《你的聲音充滿時間》（臺北：印刻，2006.06）。

楊佳嫻：《金烏》（臺北：木馬文化，2013.10）。

楚影：《你的淚是我的雨季》（臺北：釀出版，2013.08）。

楚影：《我用日子記得你》（臺北：啟明文化，2018.04）。

楚影：《把各自的哀愁都留下》（臺北：啟明文化，2017.07）。

楚影：《指路何去》（臺北：時報文化，2020.05）。

楚影：《想你在墨色未濃》（臺北：釀出版，2015.07）。

葉子鳥：《中間狀態》（臺北：秀威，2010.06）。

葉莎：《幻所幻截句》（臺北：秀威，2018.10）。

葉莎：《葉莎截句》（臺北：秀威，2017.09）。

詹澈：《詹澈截句》（臺北：秀威，2018.11）。

達瑞：《困難》（臺北：逗點文創，2018.04）。

寧靜海、漫漁主編：《斷章的另一種可能——截句雅和詩選》（臺北：秀威，
　　2021.12）。

寧靜海：《阿海截句》（臺北：秀威，2017.11）。

寧靜海：《阿海截句》（臺北：秀威，2017.11）。

漫漁：《剪風的聲音——漫漁截句選集》（臺北：秀威，2022.12）。

趙文豪：《灰澀集》（臺北：斑馬線，2019.08）。

趙文豪：《都ㄕㄟ有鬼》（臺北：釀出版，2014.11）。

趙文豪：《遷居啟事》（臺北：斑馬線，2017.10）。

趙文豪：《聽，說》（臺北：斑馬線，2023.02）。

劉梅玉：《劉梅玉截句：奔霧記》（臺北：秀威，2018.11）。

劉曉頤：《劉曉頤截句》（臺北：秀威，2018.11）。

德尉：《女孩子》（臺北：斑馬線，2019.02）。

德尉：《病態》（臺北：自費出版，2015.01）。

德尉：《軟弱的石頭》（臺北：自費出版，2017.01）。

德尉：《戀人標本》（臺北：自費出版，2016.03）。

潘家欣、阿米：《她是青銅器我是琉璃》（臺北：黑眼睛文化，2013.11）。

雲朵：《舞截句》（臺北：秀威，2020.12）。

雲朵：《雲朵截句》（臺北：秀威，2017.10）。

蕭蕭：《大自在截句》（臺北：秀威，2018.10）。

蕭蕭：《蕭蕭截句》（臺北：秀威，2017.09）。

謝予騰：《浪跡》（臺北：斑馬線，2018.05）。

謝予騰：《請為我讀詩》（桃園：逗點，2011.11）。

謝予騰：《親愛的鹿》（臺北：開學文化，2014.11）。

羅毓嘉：《我只能死一次而已，像那天》（臺北：寶瓶文化，2014.12）。

羅毓嘉：《青春期》（臺北：自費出版，2004.11）。

羅毓嘉：《偽博物誌》（臺北：寶瓶文化，2012.07）。

羅毓嘉：《嬰兒涉過淺塘》（臺北：寶瓶文化，2019.06）。

蘇家立：《向一根半透明的電線桿祈雪：蘇家立詩集》（臺北：要有光，
　　2013.09）。

蘇家立：《其實你不知道》（臺北：斑馬線，2017.04）。

蘇紹連：《無意象之城》（臺北：秀威，2017.06）。

蘇紹連：《童話遊行》（臺北：尚書文化，1990）。

蘇紹連：《驚心散文詩》（臺北：爾雅出版，1990）。

靈歌：《破碎的完整》（臺北：斑馬線，2019.12）。

靈歌：《雪色森林》（臺北：漢藝色研文化，2000.10）。

靈歌：《夢在飛翔》（臺北：漢藝色研文化，2011.01）。

靈歌：《靈歌詩集：漂流的透明書》（臺北：秀威，2014.06）。

靈歌：《靈歌截句》（臺北：秀威，2017.10）。

靈歌：《靈歌截句》（臺北：秀威，2017.10）。

三、專書

方隆彰：《讀書會知己：實務運作手冊》（臺北：爾雅，2003）。

卡夫、寧靜海主編：《淘氣書寫與帥氣閱讀：截句解讀一百篇》（臺北：秀威，
　　2019.11）。

卡夫：《截句選讀》（臺北：秀威，2018.01）。

卡夫：《截句選讀二》（臺北：秀威，2019.04）。

余境熹：《截竹為筒作笛吹：截句詩「誤讀」》（臺北：秀威，2018.12）。

李桂媚：《詩路尋光：詩人本事》（臺北：秀威，2020.10）。

李瑞騰主編：《微的宇宙：現代華文截句詩學》（臺北：秀威，2020.12）。

林于弘、楊宗翰編著：《與歷史競走：臺灣詩學季刊社25週年資料彙編》（臺北：
秀威，2018.01）。

林立青：《如此人生》（臺北：寶瓶文化，2018.07）。

林立青：《做工的人》（臺北：寶瓶文化，2017.02）。

翁秀琪：《大眾傳播理論與實證（四版）》（臺北：三民出版，2020.03）。

陳義芝：《所有動人的故事：文學閱讀與批評》（臺北：書林出版，2017.08）。

陳徵蔚：《電子網路科技與文學創意——臺灣數位文學史（1992-2012）》（臺
南：臺灣文學館，2012.12）。

須文蔚：《臺灣文學傳播論：以作家、評論者與文學社群為核心》（臺北：二魚文
化，2009.04）。

黃羊川：《身體不知道》（桃園：逗點文創，2015.12）。

黃羊川：《沿拋物線甩出的身體長大》（臺北：九歌，2019.05）。

楊佳嫻：《小火山群》（臺北：木馬文化，2016.06）。

楊佳嫻：《海風野火花》（臺北：印刻，2004.07）。

楊佳嫻：《雲和》（臺北：木馬文化，2006.09）。

楊佳嫻：《瑪德蓮》（臺北：聯合文學，2012.02）。

楊宗翰：《異語：現代詩與文學史論》（臺北：秀威經典，2017.01）。

解昆樺：《臺灣現代詩典律與知識地層的推移：以創世紀、笠詩社為觀察中心》
（臺北：秀威，2013.01）。

趙文豪、崎雲、謝予騰、林餘佐合著：《指認與召喚：詩人的另一個抽屜》（臺
北：斑馬線，2020.06）。

趙文豪：《寫作門診室》（臺北：斑馬線，2018.09）。

蕭蕭、曾秀鳳主編：《截句課》（臺北：秀威，2019.12）。

羅毓嘉：《天黑的日子你是爐火》（臺北：寶瓶文化，2016.03）。

羅毓嘉：《阿姨們》（臺北：寶瓶文化，2022.10）。

羅毓嘉：《棄子圍城》（臺北：寶瓶文化，2013.11）。

羅毓嘉：《樂園輿圖》（臺北：寶瓶文化，2011.05）。

羅毓嘉：《嬰兒宇宙》（臺北：寶瓶文化，2010.07）。

蘇家立：《渣渣立志傳》（臺北：奇異果，2015.01）。

四、期刊

白靈：〈由新詩未來四性看跨域──華文世界小詩的互動現象〉，《臺灣詩學學刊》第三十四期（2019.11），頁7-35。

白靈：〈閃電與螢火蟲──淺論小詩〉，《臺灣詩學季刊》18期（1997.03），頁25-34。

朱天：〈競寫「臺灣」，深耕「詩學」──試析《吹鼓吹詩論壇》第二十號至第四十一號之主題趨向〉，《國文天地》426期（2020.11），頁18-25。

李翠瑛，〈割裂的自我──論蘇紹連詩的創作手法與生命向度〉，《彰師大國文學誌》第十期（2005.06），頁161-185。

李翠瑛：〈灰塵的書寫──從「微」與「小」論《白靈截句》中的美學意識〉，《臺灣詩學學刊》第三十四期（2019.11），頁37-61。

林于弘：〈如何臺灣？怎樣詩學？就是學刊！──《臺灣詩學學刊》第1－30期之內容研究〉，《臺灣詩學學刊》第三十三期（2019.05），頁99-115。

林宇軒：〈截出的一首：從「截句運動」觀察文學社群之世代對壘〉，《中外文學》52卷1期（2023.03），頁129-162。

洪淑苓：〈臺灣女詩人的童話論述〉，《臺灣文學研究集刊》第三期（2007.05），頁141-168。

梅家玲：〈有聲的文學史──「聲音」與中國文學的現代性追求〉，《漢學研究》29期2卷（2011.06），頁189-223。

莊祖煌：〈斷捨離在截句上的應用〉，《臺灣詩學學刊》第三十三期（2019.05），頁7-28。

陳威旭：〈雲朵截句的形式變革〉，《臺灣詩學學刊》第三十九期（2022.05），
　　頁51-81。

陳徵蔚：〈詩的英譯：以詩人張芳慈的三首詩為例〉，《臺灣詩學學刊》第三十期
　　（2017.11），頁35-51。

陳徵蔚：〈詩速列車——駛向雲端的《吹鼓吹詩論壇》〉，《國文天地》426期
　　（2020.11），頁11-15。

陳徵蔚：〈頓悟禪「譯」：截句的英文翻譯初探〉，《臺灣詩學學刊》第三十三期
　　（2019.05），頁29-42。

陳鴻逸：〈論截句詩的意象構成〉，《臺灣詩學學刊》第三十四期（2019.11），
　　頁63-82。

須文蔚：〈臺灣數位文學守門人角色與理念初探〉，《當代詩學》1期
　　（2005.04），頁142-180。

楊敏夷：〈截句的語言藝術——以《方群截句》為例〉，《臺灣詩學學刊》第三十
　　五期（2020.05），頁83-119。

楊瀅靜：〈截句之外的眾聲喧嘩——以雲朵與葉莎截句為例〉，《臺灣詩學學刊》
　　第三十三期（2019.05），頁43-68。

葉子鳥：〈「吹鼓吹詩論壇」紀事〉，《國文天地》426期（2020.11），頁35-39。

蕭蕭：〈七首截句所呈現的臺灣新詩伏流〉，《臺灣詩學學刊》第三十三期
　　（2019.05），頁69-95。

五、學位論文

林思彤：《喜菡文學網之文學論壇的詩學與典律運作》（臺中：國立中興大學中國
　　文學系碩士論文，2020.08）。

陳鴻逸：〈一九七〇年代以降臺灣散文的性別、族群、階級議題之研究〉（彰化：
　　國立彰化師範大學國文學系博士論文，2014）。

陳鴻逸：〈記憶與詩語：歷史敘事與文化實踐的探索——以李敏勇、陳鴻森的詩作
　　為例〉（臺中：國立中興大學臺灣文學研究所碩士論文，2007）。

黃靖雯：《站立與出走：數位時代下臺灣現代詩的形式與傳播》（臺中：國立中興大學臺灣文學與跨國文化研究所碩士論文，2019.01）。

六、網路資料

〈2014「吹鼓吹」詩創作研究雅集〉。網址：https://reurl.cc/7rpgx5。

〈版主排班表〉。網址：https://reurl.cc/vq6YNy。查閱日期：2021.06.22。

「吹鼓吹詩論壇」〈《臺灣詩學》季刊大事紀要〉一文。網址：https://reurl.cc/2rm2YO。

「吹鼓吹詩論壇」網站：http://120.124.148.19/taiwanpo/。

呂建春：〈登高書懷〉（2015.04.11發表）。網址：https://reurl.cc/7rM6L1。查閱日期：2021.06.22。

雨颯：〈寫詩課〉（2018.10.09發表）。網址：https://reurl.cc/nor6On。查閱日期：2021.06.22。

劉曉頤：〈他在玻璃上呼著霜花──讀靈歌《破碎的完整》〉，網址：https://reurl.cc/Ak6QEY。查閱日期：2021.07.01。

論壇管理員：〈本論壇作者與讀者發文須知〉（2005.09.14發表）。網址：https://reurl.cc/qg0ELp。查閱日期：2021.06.22。

蘇紹連：〈在論壇發端・自由踏入與踏出的新世代詩人〉。網址：https://reurl.cc/rg3eAN。查閱日期：2021.07.01。

蘇紹連：〈版主及會員的不當言論管理問題〉（2004.05.07發表）。網址：https://reurl.cc/1YG90V。查閱日期：2021.06.22。

蘇紹連：〈發表即認同作品留存本論壇，並同意由本社刊載於刊物中〉（2004.09.18發表）。網址：https://reurl.cc/4aWxWX。查閱日期：2021.06.22。

附錄一
寧靜海：facebook詩論壇的前世今生

蔡知臻擬題、寧靜海撰文回覆

問題1：何時開始承接臉書版的管理員一職，之前有哪些詩人擔任過？

答覆1：2010年，為因應臉書的強力效應蘇紹連老師建置《facebook詩論壇》，從最早的年輕詩人葉雨南獨自管理（曾有過中斷，時間難回溯），於2016年～2017年1月12日由嚴毅昇、林炯勛、鄒政翰三位大學碩生之年輕詩寫手共同管理。後考慮到以臉書做為推廣詩社各項徵稿活動的平臺，為投稿詩社紙本詩刊、及主題徵稿、比賽徵稿、出書、北中南雅集活動報導的網路平臺，改由臺灣詩學同仁（學刊和詩刊）及吹鼓吹詩論壇版主們全體接任。因未指派實際專責者，平臺管理成效不彰，蘇紹連老師又於2018年1月2日授予我肩負起管理員之重責，原則上從版務打理、活動推廣到交流互動者幾乎都是管理員為主，有幸目前已有一位樂意協助於我共同管理者。

問題2：於臉書版選擇好的詩作並放置吹鼓吹詩論壇紙本刊物中，那老師的選詩標準為何？是否有一定的審美標準等。

答覆2：寫詩「私」事，讀詩更是主觀的，就詩論詩，無所謂的框架標準作評斷，原則上要能打動人心的，讀到文字碰撞後的新意，詩之美是感悟後的敘述，而非形容。是情與境交融而出的詩語感，是見地獨到的創新思維，是詼諧又不失

禮的歧異，是大膽想像卻娓娓道來的表現。

問題3：臉書版與吹鼓吹詩論壇的推廣效益，以及優劣利弊您覺得
在哪邊？

答覆3：吹鼓吹版詩論壇為早期孕育詩創作與詩人新秀無數的搖
籃，隨著詩想的開啟和創見，平臺上規劃多元化的詩類型
（例如分行詩、散文詩、臺語詩、圖象詩……），以及詩
學論述……等皆設置專版，呈現百花齊放的榮景，專業性
與研究性將會是臉書版永遠無法超越的。

　　　臉書版詩論壇則採取了會員申請與貼稿申請的雙審核
制，以過濾不適合的申請者與非詩之作。留言互動即時而
便利，加上動態與留言通知功能，加速互動提高交流效
率。臉書平臺能在個人「好友」或社團的活動發出即時通
知，舉凡新增貼稿或留言回應皆可經由動態即時通知，予
以反饋與追蹤，尤其是臉書平臺的「好友」的功能，自然
產生多條傳播鏈，吸引同好閱讀或參與，在「推廣」這個
部分臉書版絕對是完勝吹鼓吹版。

問題4：經營、參與臉書版的心得與感想。

答覆4：詩論壇的臉書版的會員與詩作的雙審核制但它們是過濾申
請者的重要神器，雖然是「拒絕」於人，但對於「不適
合」的申請者或圖文是最有效的，具一定遏止作用。儘管
要不定時在接收到申請通知時執行審核，需花時間在第一
時間檢閱內容決定是否核准，將不符版規或未達標準的逕
行刪除，但為能維持以詩為基的論壇是必須的努力。

問題5：吹鼓吹詩論壇於2021年5月31日關閉，臉書版是否因此而
改變或有應對措施。

答覆5：尚無須任何因應措施，臉書版是因使用臉書者眾，順應潮
流所建置。吹鼓吹與臉書版詩論壇都是以「投稿」為基的
平臺，兩者雖然各自獨立卻始終併存，吹鼓吹詩論壇的關

閉於未來只是在紙本刊物的選稿不會再有，實際上每期季刊的選刊也視該期季刊需求選擇臉書版的選刊投稿數量。

問題 6：其他老師如想分享、或是臉書論壇曾發生過的重要事件等，可以與我分享，我好寫到專書當中。謝謝老師。

答覆 6：目前的臉書版詩論壇實際參與版務處理人員除了本人之外，尚有兩位管理員，一位主要是活動推廣文宣，從文案企劃到美編，另一位配合每日審稿機制，進行詩友投稿內容的審核，因接受此任務時間並不長。

　　因臉書的使用者的普遍性，臉書版詩論壇在無形之間成為提供紙本刊物投稿的主舞臺，從少數的一般詩作的投稿，到推廣1～4行的截句的大量來稿，並逐年舉辦專題性截句徵稿。自2017年起至2021年已陸續推出一系列以「截句」為基底的主題式截句競寫，獲得優勝與佳作除了刊登在季刊裡，亦逐年與遴選一般截句集結成書。

　　2017年——【詩人節截句‧詩是什麼】、【讀報截句】、【小說截句】。同年出版《臺灣詩學截句選300首》，收錄2017年1月至6月facebook詩論壇之截句投稿作品，以及【詩人節截句】、【讀報截句】兩次主題得獎作品各十首。

　　2018年——【春之截句】、【電影截句】、【禪之截句】。同年出版《魚跳：2018臉書截句選300首》，收錄2017年7月至2018年6月facebook詩論壇之截句投稿作品，以及2017年【小說截句】和2018年的【春之截句】、【電影截句】三次主題得獎作品各十首。

　　2019年——舉辦【攝影截句】、【器物截句】、【茶之截句】競寫。同年出版《不枯萎的鐘聲：2019年臉書截句選》，收錄2018年7月至20198年6月facebook詩論壇之截句投稿作品，以及2018年【禪之截句】和2019年的【攝影

截句】、【器物截句】、【茶之截句】四次主題得獎作品各十首。此外，特別企劃兩個回合【截句解讀】競寫。同年出版《淘氣書寫與帥氣閱讀：截句解讀一百篇》。

2020年──以「動物」、「夢」為主題，舉辦兩個回合【散文詩】競寫。

2021年──以「植物」、「新聞」為主題，舉辦兩個回合【散文詩】競寫。

2021年──舉辦【截句雅和】兩個回合競寫，出版《截句雅和詩選》。

附錄二
葉子鳥：「吹鼓吹詩論壇」紀事之完結篇

　　「吹鼓吹詩論壇」是隸屬「臺灣詩學」的一個純「詩」為主題的網站，於2003年6月由蘇紹連老師創建，集結了當時眾多活耀的年輕詩人擔任版主，如林德俊、劉哲廷、廖經元、紀小樣、銀色快手、楊佳嫻、楊宗翰、鯨向海、李長青……，在各種網路媒體方興未艾之際，是一個非常具有詩人磁吸力的平臺。蘇紹連老師有著詩人網路的敏銳度，所以就詩的形式、內容的觀點及詩人的需求，將網站架構分門別類，也因熱絡度與否增刪或合併。

　　在當時蔚為網路詩社群的先鋒，集結了各個年齡層的男女老少，打破所謂「年級」世代詩人的分野，各路好手雲集，即便是一開始對「詩」並不嫻熟的人，因為在詩論壇裡切磋交流，版主們悉心回帖，甚而為詩寫詩評，使得習詩有了更專業的平臺，透過這樣的互動，很多人也因此突飛猛進，獨樹一格。蘇紹連老師觀察到此現象，覺得非要有一本紙本詩刊，才能把優秀的作品集結刊印留存，從詩論壇裡的置頂作品與精華區作品選入詩刊，並且每期的詩刊都選定主題徵稿，更讓詩論壇的詩作活絡起來。

　　於是，在2005年9月《臺灣詩學‧吹鼓吹詩論壇一號》【隱密的靈魂】出版，將網路詩與紙媒結合，此後每半年出版一本紙本「吹鼓吹詩論壇」詩刊，初期除了是蘇紹連老師主編，也讓詩論壇的版主參與選詩編輯，是詩論壇與紙本詩刊密切結合時期，並且在詩刊闢了「新世代詩人榜」後改為「吹鼓吹詩人榜」推薦詩論壇優秀詩人，使得這些詩人漸漸浮出檯面，在當時實為創舉。蘇紹連老

師自2005年起至2014年止，共歷時九年，編至《吹鼓吹詩論壇十八號》【刺政】·民怨詩專輯，改為陳政彥主編，後來加入李桂媚，異動為季刊每3、6、9、12月出刊，編委由詩論壇版主黃里（2020.9月中旬涂沛宗協力）、寧靜海擔任，除了詩論壇精華區，也結合了「facebook詩論壇」選詩，這已經成為有紙本刊物詩社的效法途徑。

　　2008年更擬定了出版《臺灣詩學吹鼓吹詩人叢書》方案，免費為詩人提供出版，2009年首發為：黃羊川《血比蜜甜》、陳牧宏《水手日誌》、負離子《回聲之書》三位詩人的詩集，迄今已逾十年，約莫四十幾本之譜，實為可觀。2010年開始第一屆臺灣詩學創作獎，結合了詩論壇平臺的投票方式納入評審參考。

　　2011年藍丘與教育廣播電臺主持人張馨文的《心花朵朵開—心情手記單元》合作，廣邀「吹鼓吹詩論壇」的詩人前往電臺朗讀詩作，並暢談創作背景與動機。當時冰夕、阿米、龍青、莊仁傑、葉子鳥等受邀訪問，後來藍丘與莊仁傑也負責一些節目時段。彼時龍青與黑俠的「七號咖啡·廚房」還在新店，是受訪後拿錄音檔的據點，後來在溫州街開店改為「魚木人文咖啡廚房」，是2014年「吹鼓吹詩雅集」一開始集結論詩的北部場域。

　　2012年7月「吹鼓吹詩論壇」第一次版主與詩友於中國醫藥大學聚會，由若爾·諾爾[1]策畫與葉子鳥偕百良、王礙、然靈、余小光等人密謀執行，主題是「臺灣詩學二十週慶及祝福吹鼓吹詩論壇」，還有蘇紹連老師的生日。與會者眾，由葉子鳥主持，蕭蕭老師致詞，有小光與嚴忠政詩的對談、百良、王礙結合詩的魔術表演及製作播放許多版主及會員的祝福影片，還有曾元耀和黃里單獨拍攝的影片等等，在當時詩人們還不是那麼熱絡與熟識，純粹只是網路上的認識，這一次的聚會引起許多驚喜，但其實真正的目的，還是要感恩蘇老師對於詩人們的提攜。

---

[1]　曾在「吹鼓吹詩論壇」建立〈雙語詩〉版及擔任散文詩版主。

2012年9月蘇紹連老師主編《世紀吹鼓吹：網路世代詩人選》[2]，選入活躍在「吹鼓吹詩論壇」的優秀詩人，計有王羅蜜多、葉子鳥、若爾・諾爾、蘇善、負離子、古塵、冰夕、希瑪、莊仁傑、然靈、黃羊川、劉哲廷、阿米、藍丘、陳牧宏、喵球、檽曦、蘇家立、余小光、百良二十一位詩人詩作選集。[3]

　　2014年3月初春聚，「吹鼓吹詩論壇」版主們於靈歌家樓下的接待廳聚會，有黃里、蘇善、葉莎、蘇家立、謝旭昇、周忍星、靈歌、鏊良、王羅蜜多及其妻、葉子鳥。版主們的聚會與聯繫，有助於詩論壇的運作。同年12月聚於臺南由王羅蜜多招待。

　　2014年3月由白靈老師發起「『吹鼓吹』詩創作雅集　掀起新詩寫作熱潮」，廣邀版主及詩友以寫詩、讀詩、評詩之形式進行小型詩雅集行動，特色是詩作以匿名方式，邀一主講者講評，眾多詩友儘管直言無諱，卸除表面的禮貌性，直指詩的弊病。分成北中南三地，分別由白靈、解昆樺、陳政彥任召集人。2016年後北中南召集人更異，分別為葉子鳥、靈歌、蘇家立為歷任北部召集人，中部李桂媚、周忍星，南部王羅蜜多、曼殊等，至今依然進行中。「吹鼓吹詩雅集」初始，也引起一番詩討論的熱潮，不同於網路的交流，面對面的唇槍舌戰，北中南邀請的主講者都是當代知名學者或詩人，北部有羹朵、李進文、吳俞萱、姚時晴等，增加了多面向的觀點。

　　2015年8月22日，在齊東詩舍的「詩集合」活動，宣傳與販售《臺灣詩學學刊》及《吹鼓吹詩刊》活動，蘇紹連老師當日於館內演講──〈20年來紙本到網路的編輯視野〉。

　　2015年10月3日（星期六）「臺灣詩學暨吹鼓吹詩論壇」獲邀於臺中文學館，舉辦了「2015詩腸鼓吹──詩聲與詩身」的詩朗

---

[2]　蘇紹連編：《新世紀吹鼓吹：網路世代詩人選》（臺北：爾雅，2012.09）。

[3]　以上部分參考「吹鼓吹詩論壇」網站，蘇老師所寫的歷史資料。http://www.taiwanpoetry.com/phpbb3/index.php

誦，由葉子鳥策畫、李桂媚設計摺頁、千朔設計海報。出席的師長有蕭蕭老師、蘇紹連老師、臺中文化局長路寒袖先生等，演唱者有孫圓圓、張心柔，協力者：千朔，朗誦者：周忍星、寧靜海、陳昊星、謝宇騰、王建宇、嚴毅昇、季閒、雪赫、靈歌、葉子鳥、林炯勛、游鍫良、王羅蜜多，並且與蘇老師秋聚。當天演出獲得相當好評，這一次的籌備極為匆忙，僅短短約兩個月期間，也為後來幾次的詩朗讀活動奠下基礎。

　　2016年6月11日（星期六）再度獲邀至臺中文學館的研習講堂，舉辦了「讀畫詩──詩與畫的交響曲」的詩朗讀活動，此次由蕭蕭老師、蘇紹連老師、李桂媚、葉子鳥策畫及邀約詩人，美編李桂媚，葉子鳥任主持人，與會朗讀的是知名詩人陳克華、林煥彰、王羅蜜多、岩上、王宗仁、渡也、紀小樣、李長青、林德俊、葉莎、愛羅、潘家欣（未出席，葉子鳥代讀），這些詩人大部分都以自己或名家的畫作、攝影或雕塑等，用自己的詩與之對話。文化局編審林沉默致詞幽默的說：「要不要調查一下古蹟內容積人數？古蹟內能載人量是有限的，要不要開罰單啊。」[4]因為來賓者眾，是林編審看過最多人的一次。

　　2017年6月25日更擴大與野薑花詩社攜手合作「詩的方城市──聯合詩展: 詩的夏日饗宴／讀劇演出：詩戲・戲詩」在臺中文學館舉行讀劇演出──「詩戲・戲詩」，結合部分戲劇的詩朗讀，分成「吹鼓吹組別」及「野薑花組別」，由曼殊及葉子鳥主持，在古蹟限制的條件下，發揮劇場的功能實屬不易，但是大家都極盡最大的創意，把詩與劇結合，讓詩立體化。除了演出，另有兩詩社同仁及吹鼓吹詩論壇版主詩作、詩刊、詩集的展覽，展期為6月25日至7月30在常設二館＋研習講堂大牆，可說是詩社結合的完美力量。後來更將詩展巡迴，分別為：

4　擷自林炯勛撰「讀畫詩──詩與畫的交響曲」活動紀錄，《吹鼓吹詩論壇26》p.169

・2017年9月11日至2017年10月11日，北門高中圖書館

・2017年11月1日至2018年1月28日，臺北大學人文大樓7樓亞太藝文走廊

・2018年3月5日至2018年3月16日，國立臺北教育大學篤行樓

・2018年5月2日至2018年5月30日，彰化市立圖書館（彰化文學館）

　　這些繁瑣的事務都是曼殊與李桂媚接洽統籌下寄送或連繫佈展，在詩社間的合作與人力匱乏下排除萬難達成，在此深表敬意與謝意。另每次於臺中舉辦活動，周忍星因地利之便，常常奔前奔後幫忙張羅，勞心勞力，是詩論壇在臺中不可或缺的主力。

　　2017年12月30日至2018年1月14日止，為慶祝「臺灣詩學季刊社」25周年慶，在紀州庵文學森林舉辦「璀璨25（1992~2017）──無框時代・世紀之跨　詩展」，分成：

【展覽日】展出同仁截句、百期雜誌封面、叢書、照片大事記等

【開幕式】發表25本同仁新書、4本吹鼓吹詩叢、並頒發臺灣詩學研究獎

【詩演會】戲劇／音樂／影像／表演／魔術的多元跨域展演

　　這些是由蕭蕭老師、白靈老師、靈歌、葉莎、葉子鳥共同討論策畫，展覽部分由靈歌、葉莎著力軟硬體，詩演會由白靈、葉子鳥總籌，節目橫跨多領域、各年齡層、各界好友共襄盛舉，是詩壇當年盛事。

　　「吹鼓吹詩論壇」的版主，有一部分是「臺灣詩學季刊社」的同仁[5]，有一部分雖然不是，但非常感謝大家依然義務性幫忙詩論壇網站的回帖與管理，尤其以曾任總版主的雪硯先生，為詩論壇的版主事務立下很多條例及規則，樹立了一些標準，讓詩論壇的版主在交接的執行上有所依據。雪硯總版當初也寫下諸多詩評，膾炙詩壇，為「吹鼓吹詩論壇」注入許多有質感的論述。另一位冰夕分行

---

[5]　2013年「臺灣詩學季刊社」計畫開放版主成為詩社同仁，分成「學刊同仁」與「吹鼓吹詩論壇」同仁。

詩總版主，也一直默默服務多年，至今依然不輟。再來是大陸詩友清歡任〈組詩·長詩〉版主多年，在大陸詩友任版主去留間，至今是最久的一位。

晚期「吹鼓吹詩論壇」比較活絡的版面是「論壇詩作主要發表區」：分行詩第一版：〈中短詩〉、分行詩第二版：〈俳句·小詩〉〈組詩·長詩〉及〈散文詩〉、〈大學詩園〉創作主力群、〈少年詩園〉明日之星。自2010年起蘇紹連老師「為因應facebook的強力效應，除了設有《臺灣詩學》專頁外，並設立《facebook詩論壇》本社團，由臉書朋友加入，一齊發表詩文、談詩論藝，相互交流。」[6]其實一開始臉書的社團功能還是很薄弱，發表主力都還聚集在「吹鼓吹詩論壇」，後來於「2017年1月12日起，將《facebook詩論壇》列為本社在臉書推動徵稿的平臺之一，與原《吹鼓吹詩論壇》並行運作，另《學刊》及《論壇》雙刊物，仍依編輯部的運作，接受e-mail投稿。」[7]但實則整個網路趨勢都轉移到臉書的社群平臺，詩社的競賽、徵稿活動也都在臉書活動，「吹鼓吹詩論壇」的貼文明顯下降，一方面由於它是屬於phpBB論壇網站，需註冊會員方可加入平臺；另一方面也是社群媒體的時代性變遷，除了臉書，還有Instagram、Telegram等，尤其是各個詩社也在此媒體便利下紛紛成立社團，貼文徵稿、選稿入詩刊，所以對詩感興趣的人有了各種更便捷的管道；有些詩社也辦詩獎徵稿、社員詩集出版、各個詩社也競相邀稿。有些詩人參加了一個以上的詩社，所以現在詩社在臉書世界成為詩的共和國，同中有異，分而治之，基本上詩人們都在這些社群流動。

管理phpBB的詩論壇網站面對的困境，是找不到網站的專業工程師，一遇到這方面的問題就相當頭疼，2018年因為租約公司網站轉移等技術問題，多虧陳徵蔚老師的的學生幫忙，方可順利維護網

6　出處：「facebook詩論壇」簡介。https://www.facebook.com/groups/supoem/
7　同上。

站的所有資料。再來是有些版主值班不定或突然離開，雖然有管理機制，但因為並無任何契約，都是義務性質，只能好言相勸，軟硬兼施。晚期值版的版主〈中短詩〉：沐沐、袁丞修、冰夕、寧靜海、季閒、葉子鳥、邱逸華、林宇軒、涂沛宗、蘇家立、哲佑、郭至卿、魯爾德、言安倫、破弦；〈俳句・小詩〉：黃里（於2020.09中旬卸職）、曼殊（於2021春卸職）、麥聿、櫺曦、靈歌，新增成員紅紅、夏慕尼；〈組詩・長詩〉：清歡；〈大學詩園〉：翼天；〈少年詩園〉：袁丞修、施傑原；〈散文詩〉：漫漁（原黃里、王羅蜜多）。歷屆值版的版主有的因私務必須離開，有的因有其一片天，在社群媒體開闊的世界展翅高飛。對於尚願意在此論壇服務的成員，實屬不易，心懷感激之情。

「吹鼓吹詩論壇」雖然貼文沒有往日熱絡，但一直保持比臉書更細緻的互動。我自2004年註冊成會員，一路成為版主、副站長、站長，在2017年轉而進入學院讀書由於課業繁重與詩稍是疏離，但也觀察到整個網路生態的文化現象，不再是一言堂，為某詩社或某網站獨尊，是一個大家競相自我展現的臉書社交舞臺，並且結合詩網路平臺的力量，群英並起，尤其是90後的年輕人在IG自成一個網絡。回顧這些流金歲月，蘇紹連老師曾撰：「它（吹鼓吹詩論壇）會形成一個詩創作的歷史資料庫，所有歷年發表的作品自動會標示時間，將來從中可以找到某些成名詩人的少作，見證某些詩人的成長，更見證網路詩風格的形成及轉變。」[8]

2020年8月29日吹鼓吹詩論壇版主聚會，旨在討論「吹鼓吹詩論壇」的存廢問題，並感謝版主們的服務。版主們紛紛表示「吹鼓吹詩論壇」極具歷史價值，也許可以透過宣傳，加強與詩人的互動，吸引詩人來此貼文，因此有「吹鼓吹詩雅集」最後講者的評論總結FB直播，由至卿負責，與IG版的「吹鼓吹詩人足跡」，由知

---

[8] 李瑞騰主編、林于弘、楊宗翰編著：《與歷史競走——臺灣詩學季刊社25週年資料彙編》（臺北：秀威，2018.01），頁37。

臻負責撰文，袁丞修編輯貼文，桂媚製圖；至於改版的提議，由於所費甚巨，暫無法實現。雖然透過宣傳在網站的流量稍有提升，但實則社群媒體的附著力，已然成為大家的日常。因此於2020年底的詩社會議，我再次提出網站目前所面臨的困境，徵蔚老師提出可轉移至他所任教學校網路空間，因此不但保留「吹鼓吹詩論壇」成為一個歷史資料庫，也可不必因為租約的費用傷神它的去留，在網站轉移成功後，決定於2021年5月31日停止營運[9]。在這之前有個插曲，就是音樂家R000000M，因為IG的宣傳，吸引她與吹鼓吹詩人的合作，由七位詩人紅紅、葉子鳥、邱逸華、破弦、漫漁、曼殊、涂沛宗的朗讀音檔，她將之雜揉在音樂創作裡，在HKCR香港聯合電臺首播，並存放於SoundCloud的個人平臺上[10]，這算是一個美好的結束，見證詩的跨界性合作。

　　《遠見雜誌》曾刊登〈臺灣現代詩迎來「文藝復興」時代〉[11]，廖偉棠卻說：「『文藝復興』的背後　是詩的馴化」[12]，這些都引起網路熱烈的辯證。是的，詩的風格一直在變，社群之間也自成部落。史坦利・費許（Stanley Fish）認為文學是有一個社群的，並且說：「文學的認定，並不是取決於文本的內容，也不是根據任何獨立恣意的意志；而是出自一個集體的決定，只要讀者或信仰者的社群仍然遵守，此一決定就有其效力。」[13]另，東尼・班尼特（Tony Bennett）和珍娜特・伍來寇特（Jennrant Willett）所說的，「閱讀形構」（reading formation）〔閱讀經驗的構成元素〕：閱讀是在特定的社會與意識形態關係下的產物，主要包含了以下的機器

---

[9]　吹鼓吹詩論壇資料庫新網址：http://taiwan.fl.uch.edu.tw/taiwanpo/
[10]　soundcloud：https://reurl.cc/9ZN41V
[11]　出處：臺灣現代詩迎來「文藝復興」時代，文／蕭歆諺，2018.06.06。https://www.gvm.com.tw/article/44592
[12]　出處：上報，廖偉棠專欄：「文藝復興」的背後　是詩的馴化，2018.06.09。https://www.upmedia.mg/news_info.php?SerialNo=42352
[13]　約翰・史都瑞（John Storey）著、張君玫譯：《文化消費與日常生活》（臺北：巨流圖書，2001.01），頁92。

（apparatuses）——學校、媒體、批判評論、同好雜誌等——在這些機構之內與各個機器之間，監督閱讀的社會支配形式，不斷被建構與爭論。[14]

　　做為文類之一的「詩」，這些徵象尤其明顯。海德格認為「語言召喚事物」，這座詩意的巴別塔，正循著上帝的旨意，形成各部落的語言，歧義之美裡的沸騰。

葉子鳥20210617　修稿

---

[14]　同上。（P.95）

「臺灣詩學・吹鼓吹詩論壇」研究：詩人群體、網路傳播與企劃編輯

附錄三
靈歌：「吹鼓吹詩雅集論詩會」心得

　　白靈老師在2014年創辦的「吹鼓吹詩雅集論詩會」，開始時，在耕莘文教基金會的教室裡舉辦，之後固定在紀州庵三樓。一開始白靈老師召集二年，後來葉子鳥召集一年，然後交棒給我。

　　我在2017至2019兩年間負責召集，每次邀請詩友約10到15人，並請一位年輕詩人擔任神祕嘉賓，在參加者討論完一首詩後，負責總評。這二年，我總共邀約了十一位嘉賓。參加者必須在開會前三天寄給我詩作，10行內小詩一或二首，或20行內詩一首。我製作紙名牌，放在每個人座位前方，讓大家認識和稱呼。因為是不具名討論會，避免討論批評時尷尬，我將全部作品去掉作者名字後，在會前二天寄給所有參加者，讓大家閱讀，討論時較有效率。

　　在臉書貼出活動訊息，一開始，報名的人數不夠，我只好列出幾位熟悉的詩友，私訊他們，大約有一半的人確定會參加，我就再列出其他好友私訊邀請，讓確定的人數達到上限。開會當天，少數臨時有事無法參加，也有沒繳詩作的觀摩者，人數大都在規定的範圍內，偶而有超出一二位。

　　大部分參加者，都有開會經驗，少數第一次參加。我先介紹今天的總評嘉賓，並由嘉賓推薦一本詩集，然後討論會開始。如果自由發言不踴躍，我就以順時針方式，請參加者輪流發言，最後，輪到我，我發言完畢，由總評嘉賓評論，每一首詩的流程就如此。

　　參加詩友，詩和詩論的能力，總有差別，表達意見，各有看法，有時互相激盪火花，有時彼此堅持看法，總評嘉賓在結語時，

會更深入解剖。我覺得，總評嘉賓的功力，對於這一場詩的討論會，影響很大，讓討論更精彩，內容更紮實。像沈眠和范家駿二人，散會後，參加者還圍著他們，繼續請教，他們也都超時分享自己對詩的看法，並提供選詩讀詩與寫詩的各種經驗分享。

不記名，讓大家敢於直言不諱，白靈老師幾乎每一場都出席，也都交詩作，他的詩，雖然常獲得稱讚肯定，但也有過，被批評很多，甚至十行詩，被大刀一揮，砍成五行詩，這才是不記名論詩會迷人之處。

這樣的討論會，嘉賓推薦好詩集，討論時火花四射，累積相當能量，對於賞詩論詩能力大為提升，也了解到，自己作品的缺失和不足，並可欣賞到，別人作品的精采處，對於創作，是真刀實槍的大有助益啊！

附錄四
蘇家立：雅俗之間
——三年來主辦北部吹鼓吹雅集之小感

　　生性閒散，看透人情世故，厭惡利益鬥爭與權勢的我，怎會毫不猶疑擔起臺灣詩學北部吹鼓吹雅集的責任，且一辦就是三年？這個問題其實很簡單，我對臺灣詩學這個組織沒什麼認同與歸屬，即便是接任詩刊主編的現在信念依舊。鄙人行事純粹就是為了人情義理，之後的諸多行為，不過就是沿著這條線擴展而出，舉凡理念、作為和理想，全是建築於對某人的思慕、償恩，尾隨的則是了卻個人職責，盡一己所長，至於卸職後臺灣詩學或吹鼓吹雅集何去何從，與我無關，我也沒興趣沾染。

　　打從一開始，要挑選一名游俠性格、無視倫理階級的人來承擔責任，原本就是主事者的眼光有誤。不過那不在這篇文章的討論範疇，我先說明一下擔任北部雅集（以下省略為雅集）的前因：約莫在2018年末，大概是九月、十月時，詩人林智敏（靈歌）臉書私訊問我：有沒有意願接手雅集業務？

　　我並沒有長考，當下就答應了。理由很簡單，兩個月一次的召集，不費吹灰，二是林智敏本身有買我至少五本詩集，該還還這份人情。再來，我也曾參加過雅集數回，大概明白流程如何，並不是多繁瑣，且過程非常的鬆散，毫無約束力，正適合我這種閒散份子的胡作非為。（我曾受邀擔任過講評人，知悉雅集運作模式，嚴格來說凝聚力差，沒有組織章程及強力的約束力，雖說創作自由但也是過於隨便，總體而言，我也是打呵欠一副「無所謂」的交差了事

心態）

　　以上是我接任雅集的因果。誠實說，雅集這活動的定位就是：透過兩個月一次的詩活動（以小詩為主，不免也有推廣截句的弦外之音），去壯大臺灣詩學的聲勢——我很早就知道自己做為主辦——不過就是臺灣詩學的搖旗人、棋子——是故至少雅集要找誰、內部要怎樣搞，我想自己作主。

　　接著談談臺灣詩學給予主辦人的資源：匱乏到不行。好的，雖然年度節餘款都有將近數十萬，但那些都是要去辦更大型的活動，這種能凝聚人氣，真正吸引年輕人的小型搔癢活動，不用投入太多錢啦——上面的心態約莫如此吧。

　　臺灣詩學投入北部雅集的資源有以下幾筆：1、紀州庵場地費，一次租用3000。2.活動講師費：兩小時2000。（酌情給予車馬費）3.主辦人的交通費：我2021年是領到8000。2020年是拿到5000，2019年忘了要看財報。

　　然後主辦人要幹的事有下列數項：一、邀請不同風格的詩人做為講者。二、在網路、臉書宣傳、建立雅集活動。三、集中收稿並將稿件寄給講者與參與人。四、活動的場地布置、茶點準備、簽到、名牌、桌牌等閒雜文書……。

　　聽起來主辦人還要兼任高級打雜。是的，這就是傳統組織對待員工的方式：你好用、免錢就盡情剝削。誰叫你要一口答應當志工？文學志工就是要做牛做馬（胡說八道），僅領交通費是任誰也幹不久的啦。（姑且不論交棒一事，做久了會心生疲憊、怨懟那是很正常的，年輕人會希望從事更有勞動價值的事）

　　2019年活動辦了六場、2020活動辦了五場，2021年預計舉辦5場，我自己找講者，大概都是找個性、詩風與自己相近的，簡而易之就是「同溫層」，若是主辦人當久了，一定也會落入某種窠臼，早早被撤換也是好的，該交棒就不要遲疑，至於要不要去找接手人，我看這個我不會主動提，等臺灣詩學意見吧。（話說我又不是

臺灣詩學部下，為何還要等它下指令？怪哉，莫非是我在不自覺中也被馴化了？）

雅集活動流程如下：先制式的跟來賓寒暄一番，請來賓介紹自己，然後說明自己的詩觀、推薦一本詩集，接著進行詩作的討論。活動中，白靈通常會參與全程，因為他是給錢的老大，不能讓雇主不開心，所以大概流程都會按照他「默許」的方式去走，我曾經想過要用票選的方式，讓大家先投票自己喜歡的詩作，然後從喜歡的作品開始討論，這樣就可以刷掉大家討厭的作品，而這方式被白靈否決了。自此之後，我就不會去改變什麼。

因為在雅集內，白靈的話才是真理。（我無所謂啦）有時為了辦雅集，白靈會邀請我到他家去落榻，受到他數次款待（老實說我是非常不願意，我後來就假裝很忙直接從週六由花蓮北上臺北），要不然受人恩情就要償還，不想把事情複雜化：畢竟中華文化就是鄉愿，人情優先但做事效率和變革擺後面。

在雅集內，大家都很清楚誰才是老大，所以討論就會朝白靈想要的方向去，其實雅集後來就變成了一般的讀詩討論會，沒什麼值得大書特書的。

至於組成人選：來來去去就是那幾個人，有時會有噴泉詩社的人來友情支援，再者我不擅長套人際、跑交情，會來參加我辦的活動的人，寥寥可數，更別提同時段（週六下午）有更多更棒的活動，誰要來參加你的雅集？

但這些我從未向臺灣詩學反映過，因為反映是件毫無意義的事：我能動用的資源趨近於零，如果不能做出改變，那就別白費心機做白工，依樣畫自己的葫蘆即可。

至於在活動間的甘苦：說實在的，這活動累的點就在於找人，先前也提過，我本人非科班出身，也厭惡詩壇大多數人的自私自利與爭權鬥利，朋友非常的少，能找的人大抵都是朋友，然後要將朋友拉入泥濘，給少少的講師費，每次都很過意不去……。不過這肺

腑之言，上面的人是不會懂得。因為他們心裡想的就是你要來當志工，什麼勞動價值、知識經濟等，老一輩的詩人僅說不做，他們只會天馬行空規劃活動，卻沒考慮到現實不停在改變，辦任何活動都需要用腦力，而用腦就是一種支出。沒有熱情是支撐不久的。

所以我在辦活動的一開始，就是沒啥熱情的在執行一件任務。因為我很清楚啥都不會改變。

在這活動中雖然有認識不少想要認真寫詩的朋友，但大多都是稍縱即逝：真正會想寫詩的人，不會積極參予這類沒有動能的活動，要不就是寫了詩想要被肯定，透過雅集建立自己的自信心。

我遇過不少要給我看詩，但沒看過幾次就不再回信的人，要不就是在電郵中佯裝親密，叫我不要太過拘謹，但最後也是戛然失去音訊的人。面對這些我都是一笑付之，人情世故不過爾爾，我也僅僅是雅集的一個裝飾，時間到了就會被撤換。

至於辦完活動都會大合照，那可說是我最痛恨的時刻：因為我討厭照相，是故活動我幾乎沒留什麼照片，或許對未來建檔沒啥建樹，但嚴格說起來就是為了臺灣詩學而生的旁枝活動，又有什麼值得紀錄或是眷戀的呢？身為一個辦完兩年活動的主辦人，我對雅集的想法只有二字：雞肋。

但我並非楊修，興許被撤換還算不錯的結局。而真正開心的不過是跟噴泉詩社的同學感情更加緊密，或許這是雅集對我而言最大的意義。至於雅集未來走向如何我並不是很在乎，未來也不會主動參與。

因為打從一開始我就是為了償還人情而加入，關於推廣文藝或什麼的，若不是出於我主動意識，都只是會用一種閒散的心情讓外人看起來好像很認真在做，但實際上只是套個模組樣板，不過就是如此。

臺灣詩學如果不給雅集資源，要它辦得多好也是緣木求魚。以上是我本人的肺腑之言，總而言之雅集讓我有了和詩壇稍稍接軌的

契機，但老實說我很不想跟詩人有人際上的連結。

　　關於雅集的想法，大概不出上面的範疇。至於改進的方針。我沒啥興趣想。因為想了也不會被實踐，也沒錢可拿。毫無興致。在熱情之前，我更是一個現實主義者。夢想如果沒有正視現實，都是空中樓閣，隨時都能消逝。

「臺灣詩學・吹鼓吹詩論壇」研究：詩人群體、網路傳播與企劃編輯

附錄五
林宇軒：2022「吹鼓吹詩雅集」活動主持後記

　　因為白靈老師的詢問（白靈老師很支持年輕人），我接任了2022至2023為期兩年的「吹鼓吹詩雅集」主持與企劃；而後因為個人課業壓力繁重，第二年便不得不交接給新進的同仁陳彥碩負責。在講評來賓的邀請人選上，我依照白靈老師的建議，主要以活動於大臺北地區的青年詩人為對象，五次雅集依序邀請蕭宇翔、楊智傑、小令、李蘋芬、廖啟余擔任講評來賓，每位都是新世代的代表性詩人。值得注意的是，第五場的活動時間與縣市首長大選撞期，該場的講評來賓廖啟余放棄投票、選擇參與詩雅集，為詩獻身的精神令人動容。

　　在五次的「吹鼓吹詩雅集」在活動宣傳上，我都透過自己的Facebook粉絲專頁「文學小屋」發文公告；而將活動名稱微調為「模擬文學獎」的構想，來自於臺師大噴泉詩社的社課傳統，實際的活動也有兩、三次以這個模式進行：仿文學獎「隱去作者」的詩作文本討論，而後「匿名投票」、提供獲得票數前三名的作者獎品（各一本詩集）。在這樣的流程當中，參與者可以模擬「文學獎場域」投稿者與評審這兩個角色，由此獲得更不一樣的交流體驗。

　　作為活動的主持與企劃，除了需要在事前蒐集稿件（以Messenger與Email）、確認排版（稿件是否正確）、列印紙本（以利討論）、活動提醒（前一天寄送確定的稿件並提醒勿外傳），當天還需要準備桌上型名牌（雙面，以利參與者互相交流）、接洽紀州庵（場地設備與紅茶）、排列場地桌椅（四邊形），以利整體順

利進行。感謝白靈老師處理費用、尊重活動的整體安排，同時感謝家立的傾力協助。活動在參與者到齊後，會由主持人簡短開場、介紹來賓，並邀請來賓進行簡短的詩觀分享。活動會依照稿件的號碼順序，邀請現場的活動參與者讀詩、發言；有的來賓（如廖啟余）有自己安排的討論順序，在詩作「對讀」的情況下，可能產生更好的討論效果。

　　過往的活動都順利進行，唯一一次產生較嚴重的問題，是活動開始前才發現有位參與者的稿件並沒有出現在講義上。因為同時開放以電子郵件與社群平臺報名，若傳送稿件的當下沒有即時紀錄、下載檔案，很有可能會產生遺漏。另外，因為整年度雅集的活動日期是年初即決定，往後應當避免安排在「連假」或「選舉」的日期。

　　回顧這五次詩雅集，會發現講評來賓的風格會影響整體活動的進行氣氛（在這五場活動中，我認為氛圍最好的是李蘋芬講評的場次）。有的講評來賓會帶自己認識的文友參與（如廖啟余帶他的詩人朋友莊子軒一同參與），為活動增加不少光彩；而有的講評來賓也會提供自己的詩作參與討論（如蕭宇翔、李蘋芬與廖啟余），對活動進行的會產生影響。感謝白靈老師邀請，自己在這五次的活動中獲益良多，也期待這個活動在日後能夠持續進行（或轉型），發揮更大的效益。

附錄六
陳彥碩：承接與期待

　　記得從前曾在宇軒的邀請下，參與幾次吹鼓吹詩雅集，親耳聽見許多詩人分享各自的詩觀，其後和彼此的作品們正面交鋒，在凝視與辯證之間，摸索鑑賞的眼光、評述的口吻，並共同叩問詩之為詩的多種可能。如今，宇軒將主持的工作傳給我，由我來籌備一年五度的盛會，設想並實踐它們的種種模樣。聯絡與接洽自非難事，然而，真正令人游移再三、遲遲未肯下定論的，便是與會詩人的人選。

　　一如許多文學選集，從過往的歷史連續體或時下的創作潮流中，藉由取捨，體現出編者對於文學流變的認知與想像；身為主持的我，又要如何延續過往的詩雅集傳統，從中勾勒出今年的模樣？回顧自身經驗，詩雅集最令我期待的，便是尋訪、邀請到來自社會中不同角落的創作者。透過跨領域的視野，拓展自身見聞，在差異的夾縫中萌芽出新的體悟，從而以聚會相談的形式，實現當代詩歌的多音交響。因此，今年我決定邀請五位不同領域的詩人，像是以筆窺探勞動日常、著有《工作記事》的陳昌遠，俯仰於學院與創作之間的郭哲佑等，除了共有對創作的執著，他們關懷的面向、乃至於具體顯露於文字中的詩觀，多少相異於彼此。期待他們和其他創作者們的參與，一起譜畫出正在發生的2023。

　「臺灣詩學・吹鼓吹詩論壇」研究：詩人群體、網路傳播與企劃編輯

附錄七
曼殊沙華：為南部詩友帶來文房四寶的刀光詩影
──吹鼓吹南部雅集《詩說新語》主持感想

吹鼓吹詩雅集・南部場～詩房四寶

筆、墨、紙、硯俗稱「文房四寶」，你知道臺灣詩學「吹鼓吹詩雅集」也有四寶嗎？

◆第一寶：詩人指點，詩藝大增
◆第二寶：詩觀交鋒，靈感不絕
◆第三寶：詩友相識，情誼長流
◆第四寶：詩意午後，雋永回憶

睽違二年的「吹鼓吹詩雅集・南部場」回來了！歡迎寫詩的你一起來抓「詩房四寶」，磨亮筆尖～

時間：105年11月27日（週日）下午2點到4點

1. 王羅蜜多主評／桂媚主持　2016/11/27

　　吹鼓吹詩社首次在臺南舉辦雅集活動，主辦人：桂媚（Rose Sky），主評人：副站長王羅蜜多老師。這是第一次在臺南試辦的雅集活動！大家在活動一週前交詩，活動當天以無記名方式討論給評所有的詩作。今天的詩作都非常有質感與深度，使用的文字都很精煉，但是大家還是討論得很熱烈。桂媚在活動進行中的破冰遊戲和抽卡活動，也增添許多活絡的氣氛！詩壇前輩離畢華老師也蒞

臨參加，他的風趣及文學涵養更使得現場蓬蓽生輝！今年的臺南文學獎昨日剛頒獎，王羅蜜多老師榮獲三個獎項，育銓榮獲青少年新詩獎，曼殊帶來蛋糕為二位祝賀！也感謝豆儿老闆的熱情貼心招待！

2. 厚森老師主評／桂媚主持　2017/05/07

　　（揮手～～）今天來參加「吹鼓吹詩雅集・南部場～詩房四寶」的詩友們，「體重屢創人生新高」的小編回到家囉！謝謝最支持文藝活動的豆儿老闆、王振聲跟蜜多王羅（Mito Wanrow）一直忙進忙出，謝謝王厚森擔任主評，謝謝詹巧璦姐的小點心跟小禮物，謝謝曼殊沙華（Heloise Zhang）為大家拍照，謝謝Mei Man Tseng姐幫忙切水果，謝謝壓軸的王建宇寫紀錄（一個催稿的概念），期待11月再見喔～

　　今天的「破冰遊戲：尋找自己」有幾個意義：

（一）這是幫助彼此認識的遊戲，一樣有很多面向，外顯的比如我們都是長髮，都穿白上衣；內在的像是我們都愛詩……這些是觀察力的發現，也是價值觀的展現，會注意到什麼，表示那是你相對在乎的點，認識彼此的同時，其實也在認識自己。

（二）表述的本身就像一場行動詩，可以說得很日常，也可以說得很戲劇，甚至你回家就把今天的句子寫成一首詩了。

（三）從一樣到不一樣，跟創作的進程類似，喜歡詩的初衷是一樣的，但終究會發展成不一樣的風格，也就是自己的風格。

（四）往往就是在一樣的日常中，發現那麼一點點不尋常，因而有了詩的誕生。泰戈爾《漂鳥集》有一首小詩：「Do not say，"It is morning," and dismiss it with a name of yesterday. See it for the first time as a new-born child that has no name.」大意是說，不要只是說「這是清晨」，就以昨日之名將它拋棄，應該要把它當成初見面的新生兒看待。這首詩所意圖揭示的觀點，其實

就是拋開慣性思考與視界，重新感覺生活的一切，自然能看
到詩意的存在。

吹鼓吹詩雅集·南部場～愛詩依依

郭漢辰老師主評／桂媚主持　2017/11/12

這次的臺南詩雅集又是圓滿ending！大家踴躍討論！雖然有
小李飛刀、瑞士刀、還有陶瓷刀，但是氣氛愉快，還是歡笑聲不
斷……

自此起，改由王羅蜜多和曼殊共同主持……。

詩說新語

2018/05/27

今天是曼殊第一次和王羅蜜多兄共同主持臺南場吹鼓吹詩雅
集，主評老師是野薑花社長浮塵子。

今天討論的詩作共有14首，八成以上的詩作都是佳作，其中有
幾首詩更是教大家驚豔欣賞。到場的詩友，最年輕的是高一學生秀
晨，她和高三的育銓的詩作都曾得獎，還有建宇、家齊等詩作都得
到大家熱烈討論。

大家的討論非常踴躍，雖然曼殊已經將破冰遊戲改為自我介
紹，也省略朗讀的部分，還是不夠時間給大家講得過癮，關於這點
深感歉意與遺憾。未來的活動，曼殊將視報名的詩作來彈性調整時
間，讓大家可以暢所欲言。

希望今天的活動讓大家都感到快樂而充實有收獲，也希望大家

繼續參加、支持這活動的推動。

2018/11/04

此次共有16位詩友參加吹鼓吹臺南雅集「詩說新語」。主評老師是白靈老師。這次的詩作水平都不錯，深受老師讚許。詩友們的討論熱烈，有大刀有小刀，還有不時的哄堂大笑，白靈老師對每首詩的解析給評細膩，有的詩經過他的把脈喬骨，更見不同的亮點與詩韻，深為大家所讚嘆。詩論會後，我們還有票選活動：「印象深深詩評人」是葳妮和陳金同，「最驚豔的詩作」是「眼睛」和「臺灣阿草」兩首詩。請這四位得主私訊曼殊您的通訊住址，曼殊將會寄出最新的吹鼓吹詩刊給您。在最後，白靈老師分享了許多寫詩的經驗及觀念給我們，讓我們受益良多。也很高興他為臺南雅集的肯定讚賞。希望這次的活動對大家而言，都是收穫滿滿、開心充實。也感謝王羅蜜多兄及豆儿老闆一家人的提供場地及美食，每次都把大家的精神與味蕾都餵得飽飽滿足。參加本活動詩友：（請參加的詩友自行前網分享相簿）白靈、Mito Wanrow、曼殊、許勝奇、張家齊、張育銓、王信益、王建宇、包秀晨、李明璋、李穎芝、羅宇媛、羅琪玫、陳金同、林培訓、Winni Wang、蔡鎮鴻

2019/05/05

這次吹鼓吹臺南雅集詩說新語活動邀請到林廣老師主評，老師在活動中分享其詩觀「淺談意象的繁簡」，並且對詩友交來的詩作，都做了很細膩的分析與建議，詩友們的討論也相當熱烈，踴躍提出自己的看法、意見或疑慮。這次的最佳詩作是柯老大的臺語詩和添楷的「文具」，給評最深刻獎是金同與家齊。最後，老師還帶來了許多書籍，加上曼殊提供，人人都獲得一本贈書。老師最後還出題給大家，請大家回顧今天他給予的詩創建議與分享，去完成一首詩，看看自己是否有深刻的體悟與練習。今天是大家都收穫滿滿

的一天，曼殊這次偷懶沒帶單眼相機，用新手機拍得不盡理想，所以加錄影片記錄，有不周到的地方敬請見諒，最後，感恩豆儿老闆配合活動停止休假，王羅蜜多兄提早到現場幫忙佈場，讓整個活動更圓滿順利。我們大家下次見囉～^^

2019/11/24

今天是今年吹鼓吹臺南雅集「詩說新語」的第二場次，很高興邀請到離畢華老師來擔任主評老師。這次的人數雖然不多，但是由於豆儿搬新家，有幾位詩友找不到而延遲開始，再加上大家的高度踴躍發言，活動延後40分鐘才結束。今天離老師以專業細膩給評，給予許多人寶貴的意見，相信大家收穫良多。也感謝豆儿老闆的熱情招待，今天的第二道甜點很特別，希望下次還能夠再品嚐！^^

2020/05

疫情暫停一次

2020/10/18

很高興「詩說新語」這次能夠把長青老師從百忙之中邀請來擔任我們的主評老師，指導我們南部詩友詩創，與我們南部詩友做詩的近距離交流。也很感謝今天來參加的13位詩友們以行動來支持我們的活動。今天有很多新面孔，而且還有四位年輕學子，其中有一位得過青少年詩獎。還有俐媛帶一位初寫詩的朋友和好吃的巧克力爆醬蛋糕來。也因此我們今天的詩作具有更多的風格及面貌，而且詩質不減。今天大家的討論熱烈，也偶有看法不同的火花出現，長青老師以清晰的邏輯性給予溫和又精準的肯定及建議，整場氣氛輕鬆愉快。

2021/05/02

　　今天的詩說新語又是高朋滿座，總共來了17位詩友。雖然這次交詩的詩質不差，但是主評予騰老師還是給了許多寶貴的意見，大家都很讚嘆予騰老師的堅決不送花籃，給的建議很中肯精準，詩友們受益良多；而大家的討論也很踴躍，有疑慮的地方都很大方地請教老師。相信今天對大家來說都是收穫滿滿。感謝大家的參與。

附錄八
「吹鼓吹詩論壇詩人足跡」發表一覽表

編號	日期	標題	愛心數	IG連結
1	2020.10.16	鯨向海:「男子漢詩歌」是什麼?	34	https://reurl.cc/2gQO1O
2	2020.10.23	楊佳嫻:你的現代詩啓蒙書?世代差異?	30	https://reurl.cc/8neMG7
3	2020.10.30	曹尼:從試探、地方到遷徙	24	https://reurl.cc/v1oNON
4	2020.11.06	羅毓嘉:涉入的詩樂園	20	https://reurl.cc/R1QA6z
5	2020.11.13	許赫:百變詩人	20	https://reurl.cc/Kj5x8j
6	2020.11.20	達瑞:以圖為始、以情綻放	15	https://reurl.cc/m9bG8A
7	2020.11.27	陳允元:被遺忘的孔雀獸	21	https://reurl.cc/0O0EkM
8	2020.12.04	波戈拉:痛苦的情詩	13	https://reurl.cc/0OMW9b
9	2020.12.11	楚影:與古人對話	14	https://reurl.cc/N67op5
10	2020.12.18	涂沛宗:獨特之眼	21	https://reurl.cc/odkkQj
11	2020.12.25	黃羊川:身體意識與性別感知	15	https://reurl.cc/R1Anq6
12	2021.01.08	陳思嫻:築一條從自我到社會的詩	19	https://reurl.cc/3N1D50
13	2021.01.15	阿米:花火詩人	22	https://reurl.cc/NX6q59
14	2021.01.22	王宗仁:散文詩的煉金者	21	https://reurl.cc/KxAlEn
15	2021.01.29	葉子鳥:論壇的凝視與推廣者	17	https://reurl.cc/4aQg7K
16	2021.02.05	寧靜海:詩藝的演繹者	21	https://reurl.cc/YWX4Yn
17	2021.02.19	施傑原:生死之姿	18	https://reurl.cc/V3L6nn
18	2021.02.26	巫時:厚嘴唇的誘惑	16	https://reurl.cc/R6WW7z
19	2021.03.05	趙文豪:兼備的理性與感性	14	https://reurl.cc/kVyyn9
20	2021.03.12	柯彥瑩:海洋詩境	19	https://reurl.cc/1gK5lX
21	2021.03.20	冰夕:人生的風景	19	https://reurl.cc/V328K5

編號	日期	標題	愛心數	IG連結
22	2021.03.26	林宇軒：青春揮灑	16	https://reurl.cc/rao2R1
23	2021.04.02	洪國恩：窺視的靈魂	21	https://reurl.cc/L0Z9k3
24	2021.04.09	蘇家立：詩心、詩教、詩傳播	16	https://reurl.cc/4yO4aV
25	2021.05.07	小令：日常新秀	18	https://reurl.cc/eEXxx7
26	2021.05.14	靈歌：性情與生活	14	https://reurl.cc/EnG7zA
27	2021.05.21	李長青：愛與成長	20	https://reurl.cc/ZQRNmV
28	2021.05.28	王信益：黑暗動物	23	https://reurl.cc/9rEDdx
29	2021.06.04	曾美玲：自我與社會映照	11	https://reurl.cc/xGGMGz
30	2021.06.11	莊仁傑／德尉：日常情愛	9	https://reurl.cc/GmEE53

IG發文圖（製作：李桂媚）

「吹鼓吹詩論壇」
之詩人足跡

第13話
阿 米

花火詩人

文：
蔡知臻

「吹鼓吹詩論壇」
之詩人足跡

第14話
王宗仁

散文詩的煉金者

文：
蔡知臻

「吹鼓吹詩論壇」
之詩人足跡

第15話
葉子鳥

論壇的凝視
與推廣者

文：
蔡知臻

「吹鼓吹詩論壇」
之詩人足跡

第16話
寧靜海

詩藝的演繹者

文：
蔡知臻

「吹鼓吹詩論壇」
之詩人足跡

第17話
施傑原

生死之姿

文：
蔡知臻

「吹鼓吹詩論壇」
之詩人足跡

第18話
巫 時

厚嘴唇的誘惑

文：
蔡知臻

「吹鼓吹詩論壇」
之詩人足跡

第19話
趙文豪

兼備的理性與感性

文：
蔡知臻

「吹鼓吹詩論壇」
之詩人足跡

第20話
柯彥瑩

海洋詩境

文：
蔡知臻

「吹鼓吹詩論壇」
之詩人足跡

第21話
冰　夕

人生的風景

文：
蔡知臻

「吹鼓吹詩論壇」
之詩人足跡

第22話
林宇軒

青春揮灑

文：
蔡知臻

「吹鼓吹詩論壇」
之詩人足跡

第23話
洪國恩

窺視的靈魂

文：
蔡知臻

「吹鼓吹詩論壇」
之詩人足跡

第24話
蘇家立

詩心、詩教、
詩傳播

文：
蔡知臻

「吹鼓吹詩論壇」
之詩人足跡

第25話
小　令

日常新秀

文：
蔡知臻

「吹鼓吹詩論壇」
之詩人足跡

第26話
靈　歌

性情與生活

文：
蔡知臻

「吹鼓吹詩論壇」
之詩人足跡

第27話
李長青

愛與成長

文：
蔡知臻

「吹鼓吹詩論壇」
之詩人足跡

第28話
王信益

黑暗動物

文：
蔡知臻

「吹鼓吹詩論壇」
之詩人足跡

第29話
曾美玲

自我與社會
映照

文：
蔡知臻

「吹鼓吹詩論壇」
之詩人足跡

第30話
莊仁傑／德尉

日常情愛

文：
蔡知臻

附錄九
「吹鼓吹詩雅集」照片

一、2014年詩雅集活動照片舉隅

2014年第一場臺北「吹鼓吹詩雅集」活動，由白靈召集，邀請蕭蕭、向明講評。
時　　間：2014年3月15日（六）
　　　　　14時至16時
地　　點：魚木人文咖啡廚房
與會詩人：靈歌、葉子鳥、季閒、煮雪的人、賀婕、鵜鶘、漂流、胡玟雯、胡淑娟、曾美玲、懿萱、龍青、小令、趙文豪、葉莎、李佳靜等（照片由葉莎提供）

2014年嘉義場「吹鼓吹詩雅集」活動，由陳政彥召集，邀請王羅蜜多講評
時　　間：2014年3月17日（一）
　　　　　19時至20時30分
地　　點：嘉義大學民雄校區人文館一樓J104教室（照片由王羅蜜多提供）

2014年第二場臺北「吹鼓吹詩雅集」活動，由白靈召集，邀請方群講評。
時　　間：2014年7月19日（六）
　　　　　14時至16時
地　　點：魚木人文咖啡廚房
與會詩人：白靈、方群、葉子鳥、胡玟雯、龍青、季閒、曾美玲等人（照片由葉子鳥提供）

 | 2014年第四場臺北「吹鼓吹詩雅集」活動，由白靈召集，邀請孟樊講評。
時　　間：2014年11月22日（六）14時至16時
地　　點：紀州庵文學森林
與會詩人：白靈、孟樊、夏婉雲、葉莎、靈歌、李曼聿、龍青、胡玟雯、曾美玲劉曉頤等人（照片由林靈歌提供）

二、2015年詩雅集活動照片舉隅

 | 2015年第一場臺北「吹鼓吹詩雅集」活動，由白靈召集，邀請李進文講評。
時　　間：2015年3月29日（日）14時至16時
地　　點：紀州庵文學森林
與會詩人：白靈、李進文、曾美玲、葉莎、劉曉頤、李曼聿、吳錡亮、溫風燈、傅予、胡玟雯、項美娜、朱婉妮、王興寶、葉子鳥。（照片由葉莎提供）

 | 2015年第二場臺北「吹鼓吹詩雅集」活動，由白靈召集，邀請李翠瑛講評。
時　　間：2015年5月30日（六）14時至16時
地　　點：紀州庵文學森林
與會詩人：白靈、李翠瑛、夏婉雲、靈歌、葉子鳥、溫風燈等人（照片由林靈歌提供）

 | 2015年第三場臺北「吹鼓吹詩雅集」活動，由白靈召集，邀請蕭蕭講評。
時　　間：2015年7月25日（六）14時至16時
地　　點：紀州庵文學森林
與會詩人：夏婉雲、蕭惠櫻、靈歌、曾美玲、龍青、季閒、葉莎、寧靜海、李曼聿、楚狂、嚴毅昇。（照片由林靈歌提供）

2015年第五場臺北「吹鼓吹詩雅集」活動，由白靈召集，邀請蕭蕭講評。

時　　間：2015年11月28日（六）
　　　　　14時至16時
地　　點：紀州庵文學森林
與會詩人：白靈、蕭蕭、曾美玲、葉子鳥、靈歌、寧靜海、嚴毅昇、翼天等人。
　　　　　（照片由林靈歌提供）

三、2016年詩雅集活動照片舉隅

2016年第一場臺北「吹鼓吹詩雅集」活動，由葉子鳥召集，邀請謝予騰講評。

時　　間：2016年3月26日（六）
　　　　　14時至16時30分
地　　點：紀州庵文學森林3樓
與會詩人：葉子鳥、謝予騰、白靈、夏婉雲、靈歌、季閒、項美靜、秋岑、舒嫚、蔡知臻、廖宛珠、詩蟬、翼天、魯道夫、葉莎。（照片由葉莎提供）

2016年第二場臺北「吹鼓吹詩雅集」活動，由葉子鳥召集，邀請德尉講評。

時　　間：2016年5月29日（日）
　　　　　14時至16時30分
地　　點：紀州庵文學森林2樓
與會詩人：葉子鳥、德尉、白靈、夏婉雲、靈歌、季閒、葉莎、曾美玲、翼天等人。（照片由白靈提供）

2016年第三場臺北「吹鼓吹詩雅集」活動，由葉子鳥召集，邀請姚時晴講評。

時　　間：2016年7月30日（六）
　　　　　14時至16時30分
地　　點：紀州庵文學森林3樓
與會詩人：葉子鳥、姚時晴、白靈、項美靜、胡玟雯、季閒等人。（照片由項美靜提供）

	2016年第四場臺北「吹鼓吹詩雅集」活動，由葉子鳥召集，邀請龍青講評。 時　　間：2016年9月24日（六） 　　　　　14時至16時30分 地　　點：紀州庵文學森林3樓 與會詩人：葉子鳥、龍青、白靈、靈歌、曼殊沙華、葉莎、寧靜海、胡玟雯、季閒、翼天等人。（照片由葉子鳥提供）
	2016年第五場臺北「吹鼓吹詩雅集」活動，由葉子鳥召集，邀請吳俞萱講評。 時　　間：2016年11月26日（六） 　　　　　14時至16時30分 地　　點：紀州庵文學森林3樓 與會詩人：葉子鳥、吳俞萱、白靈、夏婉雲、寧靜海、季閒、翼天等人。（照片由葉子鳥提供）
	南 部 場：詩房四寶活動，由李桂媚召集，邀請王羅蜜多講評。 時　　間：2016年11月27日（日） 　　　　　13時30分至16時30分 地　　點：豆兒DOR ART ROOM 與會詩人：王羅蜜多、王厚森、王建宇、仲發、李桂媚、施傑原、高詩佳、曼殊、張家齊、張育銓、曾美滿、謝文婕、詹巧瓅、離畢華、羅翊豪。（照片由李桂媚Rose Sky提供）

四、2017年詩雅集活動照片舉隅

	2017年第一場臺北「吹鼓吹詩雅集」活動，由靈歌召集，邀請蘇家立講評。 時　　間：2017年3月25日（六） 　　　　　14時至16時30分 地　　點：耕莘文教院四樓 與會詩人：靈歌、蘇家立、白靈、夏婉雲、寧靜海、翼天等人。（照片由林靈歌提供）

2017年第二場臺北「吹鼓吹詩雅集」活動，由靈歌召集，邀請賴文誠講評。

時　　間：2017年5月27日（六）
　　　　　14時至16時30分
地　　點：耕莘文教院四樓
與會詩人：靈歌、賴文誠、白靈、夏婉雲、蘇家立、劉曉頤、林宇軒等人。（照片由林靈歌提供）

2017年第三場臺北「吹鼓吹詩雅集」活動，由靈歌召集，邀請范家駿講評。

時　　間：2017年7月29日（六）
　　　　　14時至16時30分
地　　點：紀州庵文學森林二樓
與會詩人：靈歌、范家駿、白靈、林郁凌、葉莎、楚狂、張遠謀、寧靜海、胡玟雯、米亞、邱逸華、王婷、吳添楷、黃安祖、王士敬等人。（照片由林靈歌提供）

2017年第四場臺北「吹鼓吹詩雅集」活動，由靈歌召集，邀請紫鵑講評。

時　　間：2017年9月23日（六）
　　　　　14時至16時30分
地　　點：紀州庵文學森林二樓
與會詩人：靈歌、紫鵑、郭至卿、翼天、寧靜海等人。（照片由林靈歌提供）

2017年第五場臺北「吹鼓吹詩雅集」活動，由靈歌召集，邀請葉莎講評。

時　　間：2017年11月25日（六）
　　　　　14時至16時30分
地　　點：紀州庵文學森林二樓
與會詩人：靈歌、葉莎、林煥彰、潘之韻、林宇軒、李啓端、翼天等人。（照片由李啓端提供）

	南 部 場：愛詩一起活動，由李桂媚召集，邀 　　　　　請王厚森（王文仁）講評。 時　　間：2017年5月7日（日） 　　　　　13時30分至16時30分 地　　點：豆儿DOR ART ROOM 與會詩人：王羅蜜多、王厚森、王建宇、王振 　　　　　聲、李桂媚、牧童、洪瑞成、施傑 　　　　　原、高詩佳、曼殊、張家齊、張育 　　　　　銓、曾美滿、謝文婕、謝峯福、詹 　　　　　巧瓅、羅翊豪。（照片由李桂媚 　　　　　Rose Sky提供）
	南 部 場：愛詩依依活動，由李桂媚召集，邀 　　　　　請郭漢辰講評。 時　　間：2017年11月12日（日） 　　　　　13時30分至16時30分 地　　點：豆儿DOR ART ROOM 與會詩人：王厚森、王建宇、王振聲、王羅蜜 　　　　　多、巧妙、李明璋、李桂媚、李雅 　　　　　儒、柯柏榮、紅燈籠、若蝶、高詩 　　　　　佳、張家齊、曼殊、郭逸軒、郭漢 　　　　　辰、紫瑩。（照片由曼殊沙華提 　　　　　供）
	中 部 場：熊與貓話詩活動，由李桂媚召集， 　　　　　邀請林德俊講評。 時　　間：2017年12月2日（六） 　　　　　14時至16時 地　　點：熊與貓咖啡書房 與會詩人：李桂媚、林德俊、周忍星、郭逸 　　　　　軒、卡夫、寧靜海、鄭琮墿等人。 　　　　　（照片摘由桂媚Rose Sky提供）

五、2018年詩雅集活動照片舉隅

2018年第一場臺北「吹鼓吹詩雅集」活動，由靈歌召集，邀請馮瑀珊講評。
時　　間：2018年1月20日（六）
　　　　　14時至16時30分
地　　點：紀州庵文學森林三樓
與會詩人：白靈、夏婉雲、靈歌、馮瑀珊、邱逸華、蔡知臻、林宇軒、吳添楷、言安倫、王士敬、沐沐、黃卓黔、黃影、李啓端、張無雙、朱隆興、劉曼紅。（照片由林靈歌提供）

2018年第二場臺北「吹鼓吹詩雅集」活動，由靈歌召集，邀請干朔講評。
時　　間：2018年3月24日（六）
　　　　　14時至16時30分
地　　點：紀州庵文學森林三樓
與會詩人：白靈、夏婉雲、干朔、米米、靈歌、寧靜海、魯爾德、吳添楷、潘之韻、言安倫、袁正翰、李明璋、王士敬、朱隆興、畸零詩人、李啓端、黃卓黔、貓頭鷹、張無雙、楊貴珠、蔣錦繡。（照片由林靈歌提供）

2018年第三場臺北「吹鼓吹詩雅集」活動，由靈歌召集，邀請沈眠講評。
時　　間：2018年5月19日（六）
　　　　　14時至16時30分
地　　點：紀州庵文學森林二樓
與會詩人：夏婉雲、靈歌、簡玲、楚狂、涂沛宗、破弦、邱逸華、言安倫、顏曉曉、洪郁芬、呂振嘉、黃影、黃卓黔、李啟端、張無雙、沛瀅。（照片由林靈歌提供）

2018年第四場臺北「吹鼓吹詩雅集」活動，由靈歌召集，邀請林夢媧講評。
時　　間：2018年7月28日（六）
　　　　　14時至16時30分
地　　點：紀州庵文學森林二樓
與會詩人：靈歌、林夢媧、蘇家立、寧靜海、葉子鳥、郭至卿、林宇軒、言安倫、翼天等人。（照片由林靈歌提供）

2018年第五場臺北「吹鼓吹詩雅集」活動，由靈歌召集，邀請夏夏講評。
時　　間：2018年9月29日（六）
　　　　　14時至16時30分
地　　點：紀州庵文學森林二樓
與會詩人：白靈、夏婉雲、龍青、葉莎、靈歌、寧靜海、陳少、破弦、郭至卿、吳康維、魯爾德、潘之韻、王紅林、李依如、林宇軒。（照片由林靈歌提供）

2018年第二場臺中「吹鼓吹詩雅集」活動，由周忍星召集，邀請紀小樣講評。
時　　間：2018年5月27日（日）
　　　　　13時30分至16時
地　　點：臺中市東區【秀泰廣場】S2館「那個那個咖啡」店
與會詩人：周忍星、紀小樣、蘇紹連、徐江圖等人。（照片由徐江圖提供）

2018年第三場臺中「吹鼓吹詩雅集」活動，由周忍星召集，邀請林廣講評。
時　　間：2018年8月18日（六）
　　　　　13時50分至16時50分
地　　點：斯玥尼咖啡館（Stanley's Coffee）
與會詩人：周忍星、林廣、溫風燈等人。（照片由周忍星提供）

2018年第四場臺中「吹鼓吹詩雅集」活動，由周忍星召集，邀請李長青講評。
時　　間：2018年11月17日（六）
　　　　　13時50分至16時50分
地　　點：臺中市東區【斯玥尼咖啡Stanley's Coffee】
與會詩人：周忍星、李長青、郭逸軒等人。（照片由周忍星提供）

詩說新語：南部第一場活動，由曼殊沙華、王羅蜜多召集，邀請浮塵子講評。
時　　間：2018年5月27日（日）
　　　　　13時30分至16時
地　　點：豆儿DOR ART ROOM
與會詩人：曼殊沙華、王羅蜜多、浮塵子等人。（照片由曼殊沙華提供）

詩說新語：南部第二場活動，由曼殊沙華、王羅蜜多召集，邀請白靈講評。
時　　間：2018年11月4日（日）
　　　　　13時30分至16時
地　　點：豆儿DOR ART ROOM
與會詩人：白靈、曼殊沙華、王羅蜜多、許勝奇、張家齊、張育銓、王信益、王建宇、包秀晨、李明璋、李穎芝、羅宇媛、羅琪玫、陳金同、林培訓、蔡鎮鴻。（照片由曼殊沙華提供）

六、2019年詩雅集活動照片舉隅

	2019年第三場臺北「吹鼓吹詩雅集」活動，由蘇家立召集，邀請葉語婷講評。 時　間：2019年5月25日（六） 　　　　14時至16時30分 地　點：紀州庵文學森林三樓 與會詩人：蘇家立、葉語婷、白靈、夏婉雲、楚狂、言安倫、郭至卿、魯爾德、宋柏穎、王紅林、沒之、秋岑、吳添楷、靈歌。（照片由蘇家立提供）
	2019年第五場臺北「吹鼓吹詩雅集」活動，由蘇家立召集，邀請龍青講評。 時　間：2019年9月28日（六） 　　　　14時至16時30分 地　點：紀州庵文學森林三樓 與會詩人：蘇家立、龍青、白靈、靈歌等人。（照片由林靈歌提供）
	2019年第六場臺北「吹鼓吹詩雅集」活動，由蘇家立召集，邀請李韋達講評。 時　間：2019年11月30日（六） 　　　　14時至16時30分 地　點：紀州庵文學森林三樓 與會詩人：蘇家立、李韋達、白靈、言安倫、翼天等人。（照片由林靈歌提供）
	詩說新語：南部第一場活動，由王羅蜜多、曼殊沙華召集，邀請林廣講評。 時　間：2019年5月5日（日） 　　　　13時30分至16時 地　點：豆ㄦDOR ART ROOM 與會詩人：王羅蜜多、曼殊沙華、林廣、張家齊、金同等人。（照片由曼殊沙華提供）

詩說新語：南部第二場活動，由王羅蜜多、曼
殊沙華召集，邀請離畢華講評。
時　　　間：2019年11月24日（日）
　　　　　　13時30分至16時
地　　　點：豆儿DOR ART ROOM
與會詩人：王羅蜜多、曼殊沙華、離畢華、張
　　　　　　家齊、翼天等人。（照片由曼殊沙
　　　　　　華提供）

七、2020年詩雅集活動照片舉隅

2020年第一場臺北「吹鼓吹詩雅集」活動，
由蘇家立召集，邀請林宇軒講評。
時　　　間：2020年3月28日（六）
　　　　　　14時至16時30分
地　　　點：紀州庵文學森林三樓
　　　　　　（照片由白靈提供）

2020年第二場臺北「吹鼓吹詩雅集」活動，
由蘇家立召集，邀請許赫講評。
時　　　間：2020年5月30日（六）
　　　　　　14時至16時30分
地　　　點：紀州庵文學森林三樓
與會詩人：蘇家立許赫、白靈、靈歌、蔡文
　　　　　　哲、翼天、王紅林、沒之、黃个
　　　　　　擇、張華安、翁季三（翁淑秋）、
　　　　　　江依庭。（照片由林靈歌提供）

2020年第三場臺北「吹鼓吹詩雅集」活動，
由蘇家立召集，邀請丁威仁講評。
時　　　間：2020年7月25日（六）
　　　　　　14時至16時30分
地　　　點：紀州庵文學森林三樓
　　　　　　（照片由白靈提供）

2020年第四場臺北「吹鼓吹詩雅集」活動，由蘇家立召集，邀請蕭上晏講評。
時　　間：2020年9月26日（六）
　　　　　14時至16時30分
地　　點：紀州庵文學森林三樓
與會詩人：蘇家立、蕭上晏、白靈、言安倫、郭至卿等人。（照片由郭至卿提供）

2020年第五場臺北「吹鼓吹詩雅集」活動，由蘇家立召集，邀請寒鴉講評。
時　　間：2020年11月28日（六）
　　　　　14時至16時30分
地　　點：紀州庵文學森林三樓
與會詩人：蘇家立、寒鴉、白靈、夏婉雲、言安倫、郭至卿等人。（照片由蘇家立提供）

詩說新語：南部場活動，由王羅蜜多、曼殊沙華召集，邀請李長青講評。
時　　間：2020年10月18日（日）
　　　　　13時30分至16時
地　　點：豆ㄦDOR ART ROOM
與會詩人：王羅蜜多、曼殊沙華、李長青、張家齊等人。（照片由曼殊沙華提供）

八、2021年詩雅集活動照片舉隅

2021年第一場臺北「吹鼓吹詩雅集」活動，由蘇家立召集，邀請陳彥融講評。
時　　間：2021年3月27日（六）
　　　　　14時至16時30分
地　　點：紀州庵文學森林二樓
　　　　　（照片由白靈提供）

2021年第二場臺北「吹鼓吹詩雅集」活動，由蘇家立召集，邀請陳延禎講評。
時　　間：2021年8月28日（六）
　　　　　14時至16時30分
地　　點：紀州庵文學森林二樓
　　　　　（照片由白靈提供）

2021年第三場臺北「吹鼓吹詩雅集」活動，由蘇家立召集，邀請王柄富講評。
時　　間：2021年9月25日（六）
　　　　　14時至16時30分
地　　點：紀州庵文學森林三樓
　　　　　（照片由白靈提供）

九、2022年詩雅集活動照片舉隅【模擬文學獎】

2022年第一場臺北「吹鼓吹詩雅集」活動，由林宇軒召集，邀請蕭宇翔講評。
時　　間：2022年3月26日（六）
　　　　　14時
地　　點：紀州庵文學森林三樓
與會詩人：黃羽鴻、羅菩兒、蘇家立、張恒宇、陳彥碩、蔡宇翔、吳冠儀、寧忘、夏婉雲、白靈、陳少、管偉森、楚狂（照片由林宇軒提供）

2022年第二場臺北「吹鼓吹詩雅集」活動，由林宇軒召集，邀請楊智傑講評。
時　　間：2022年5月28日（六）
　　　　　14時
地　　點：紀州庵文學森林三樓
與會詩人：黃羽鴻、張恒宇、默歇、蘇家立、管偉森、李飛鵬、Emily Chen、張淨、潘之韻、白靈、夏婉雲、江依庭（照片由林宇軒提供）

2022年第三場臺北「吹鼓吹詩雅集」活動，由林宇軒召集，邀請小令講評。
時　　間：2022年7月30日（六）
　　　　　14時
地　　點：紀州庵文學森林三樓
與會詩人：黃羽鴻、陸享、郭天祐、張成彥、鄭閔聰、陳彥碩、默歇、楊懿（照片由林宇軒提供）

	2022年第四場臺北「吹鼓吹詩雅集」活動，由林宇軒召集，邀請李蘋芬講評。 時　　間：2022年9月24日（六） 　　　　　14時 地　　點：紀州庵文學森林三樓 與會詩人：黃羽鴻、蘇家立、陸享、羅菩兒、古君亮、鄭閔聰、白靈、夏婉雲、陳駿逸（照片由白靈提供）
	2022年第五場臺北「吹鼓吹詩雅集」活動，由林宇軒召集，邀請廖啓余講評。 時　　間：2022年11月26日（六） 　　　　　14時 地　　點：紀州庵文學森林三樓 與會詩人：邱鈺璇、夏婉雲、白靈、莊子軒、張成彥、張恒宇（照片由林宇軒提供）

秀威經典　　　　　語言文學類　PG2985　臺灣詩學論叢25

「臺灣詩學‧吹鼓吹詩論壇」研究：
詩人群體、網路傳播與企劃編輯

作　　　者 / 蔡知臻
論叢主編 / 李瑞騰
責任編輯 / 陳彥儒、邱意珺
圖文排版 / 楊家齊、許絜瑀
封面設計 / 吳咏潔

出版策劃 / 秀威經典
發 行 人 / 宋政坤
法律顧問 / 毛國樑　律師
印製發行 / 秀威資訊科技股份有限公司
　　　　　114台北市內湖區瑞光路76巷65號1樓
　　　　　電話：+886-2-2796-3638　傳真：+886-2-2796-1377
　　　　　http://www.showwe.com.tw
劃撥帳號 / 19563868　戶名：秀威資訊科技股份有限公司
　　　　　讀者服務信箱：service@showwe.com.tw
展售門市 / 國家書店（松江門市）
　　　　　104台北市中山區松江路209號1樓
　　　　　電話：+886-2-2518-0207　傳真：+886-2-2518-0778
網路訂購 / 秀威網路書店：https://store.showwe.tw
　　　　　國家網路書店：https://www.govbooks.com.tw

2023年12月　BOD一版
定價：480元
版權所有　翻印必究
本書如有缺頁、破損或裝訂錯誤，請寄回更換

國家圖書館出版品預行編目

「臺灣詩學‧吹鼓吹詩論壇」研究：詩人群
體、網路傳播與企劃編輯 / 蔡知臻著.
-- 一版. -- 臺北市：秀威經典, 2023.12
　　面；　公分. -- (語言文學類；PG2985) (臺灣
詩學論叢 ; 25)
　BOD版
　ISBN 978-626-97571-2-1(平裝)

863.091　　　　　　　　　　　　112014753